桜子さんと書生探偵

明治令嬢謎奇譚

里見りんか Rinka Satomi

アルファポリス文庫

https://www.alphapolis.co.jp/

プロローグ　お転婆令嬢と或る書生

「こんな夜更けに、いいとこのお嬢様が何をやっているんでしょう？」

　春の少し湿った夜風が、そよそよと流れる。華やかな帝都の大通りは行きかう人々の賑やかな声や足音で溢れていたが、その通りを二本奥に入った暗い路地裏は随分と静かだ。

　書生服姿の見知らぬ青年が、呆れるように言った。

「家の人は、貴女《あなた》の外出を知っているんですか？　こんな暗がりを貴女《あなた》のようなご令嬢が一人でうろついているなんて、襲ってくれと言わんばかりですよ」

　青年の肩から羽織った外套が春の夜風に翻って、真っ暗な闇に溶け込むように広がった。

　表通りでは等間隔に灯るガス燈の光も、このあたりまでは届かないらしい。手に携えた行燈の灯りが心許なく揺れた。

「私がいいとこのお嬢様だって……どうして、そう思うのかしら？」

青年の指摘に、思わず言葉を詰まらせる。

胡条《こじょう》財閥の一人娘、胡条桜子《さくらこ》。

青年の言う通り、こんな夜中に一人で街歩きをするような家柄の娘ではない。世間一般的には。

桜子は、行燈を青年に向かって突き出した。青年の、たった今文明開化が来たみたいに切りっぱなした黒い髪が、ぼんやりと照る明かりに縁どられて、ふわふわと揺れる。

「どうしてって……そうですねぇ」

青年は髪をくしゃくしゃ掻くと、桜子に向かって一歩踏み出した。自然、こちらは一歩下がる。

青年が一歩、また一歩と躊躇《ためら》いなく近づいてくるから、その度に桜子は、じりじりと後退を余儀なくされた。

暗い地面の足元を草履《ぞうり》の底で確かめるように、ちょっとずつ後ずさっていくと、踵が何かに当たって、後ろによろめいた。

「あらっ⁉」

そのまま倒れこんで、あわや尻もちというところで、身体がガクンと揺れて止まった。

「危ないですよ」

青年に手首を掴まれていた。

青年がその手をくいっと引くと、それに釣られて桜子の体が引き寄せられる。

「……ありがとうございます」

おれとともに見上げると、思いの外、互いの顔が近くにあった。

童顔だが年は桜子より少し上だろう。くりっとした瞳は、髪と同じ黒。

「申し訳ありません」

桜子は慌てて離れようとしたが、思ったよりも掴まれた手の力が強い。いくら引いても、びくともしない。

すると、ふいに青年の目が柔らかく微笑んだ。

「綺麗ですね」

「えっ⁉」

「ほら。白くて、綺麗な手でしょう」

青年の視線が、握られた桜子の手に落ちる。

「白魚《しらうお》のように白く、柔らかく、きめ細やかで美しい。炊事の労苦を知らぬ手です」

黒い瞳が、手から桜子の全身を検分するように上下に移ろう。

「加えて、ほつれ一つない明らかに上等な着物。訓練された人間特有の綺麗な姿勢。貴女《あなた》はどこからどう見ても、いいとこのお嬢様ですよ」

先程、桜子が虚勢を張って、自分のどこがいいとこのお嬢様なのかと尋ねたせいだろう。
青年が「これで答えになっていますか」と、悪戯っぽい笑みを浮かべた。
どこから飛ばされてきたのか、桜の花びらが数片、二人の間に舞っていた。

第一幕　恋文と婚約者たち

春の午後の麗らかな日差しが、木造校舎の窓から差し込む。静かな廊下は、終礼とともに一斉に教室を飛び出してきた海老茶袴姿の女学生たちで一気に華やいだ。

ごきげんよう、またあした。終業の開放感に浮き立つ挨拶が姦しく飛び交う中を、桜子も皆と同じ袴をひらひら靡かせて、革のブーツで颯爽と通り抜ける。

校舎の入り口を出ると、洋風の白い石畳。眩しく輝くような石畳の先には門があって、その両脇には『清く、美しく』を信条に掲げた女学校に似合いの、赤と白の薔薇の花が植わっている。

門を出たところで胡条家の女中、イツが待っていた。

「おかえりなさいませ、桜子さま」

黄色い縦縞模様の着物の上に白いエプロンをつけたイツが、出迎えの挨拶を告げる。

歳は桜子と四つしか変わらないが、桜子が幼いころから女中として仕えているせいか、イツは実年齢よりも落ち着いてみえる。

今日は、その顔がいつもより翳って見えたから、桜子は思わず彼女の顔をまじまじと見つめた。

「お荷物をお預かりいたします」

何かあったのかと桜子が尋ねるより先に、イツが慣れた様子で桜子の手荷物の風呂敷包をさっと取り上げた。

「明日は大切な日ですから、早く帰りましょう」

歩き出そうとするイツの袖を慌てて引っ張る。

「ねぇ、イツ。今日は、お団子かあんみつを食べて行かない？」

「駄目ですよ。お迎えに出る前に、時津《ときつ》さんから『最近、お嬢様の帰りが遅い。寄り道しているのではないか』と注意されましたから。あまり遅い日が続くと、今度は時津さん自ら迎えに行くと言い出しますよ」

時津は胡条家の筆頭家令だ。家令にしては年若いが、仕事ぶりは完璧で父の信頼も厚い。だが、桜子に対しては、やや過保護なところが困りもので、眼鏡の奥の鋭い眼光がいつも桜子の一挙手一投足を厳しく見張っている。

桜子は小言を言う時津の、眉間に皺の寄った顔を思い浮かべた。

「う……それは、ごめんだわ。でもね、」

言いかけたところで、言葉を止めた。向こうから、見覚えのある六歳くらいの男の子が裸足で歩いてくる。男の子は藍色の風呂敷包みを背負っていた。

「ねぇ。あの子、東堂《とうどう》呉服店の丁稚の子じゃないかしら？」

「本当ですね。樹さまと一緒にいるのを見たことがあります」

東堂呉服店は胡条家馴染みの呉服問屋だ。樹は、そこの次男で、桜子の八歳年上の幼馴染だ。幼いころから、よく遊んでくれたお兄さんのような存在で、イツも当然、良く知っている。

とぼとぼと肩を落として歩いてくる子どもは、東堂の店で何度か見かけたことがあった。

「どうかしたの？」

桜子が近づいて声をかけると、男の子は恥ずかしそうに俯いた。その視線の先、男の子の握った手には鼻緒の切れた下駄がぶら下がっている。

「鼻緒が切れてしまったのね」

桜子は自分の背中に手を回すと、ゆるく編み込んだ髪束を飾る濃い紅色のリボンをほどいた。ちょっと貸してと、下駄に手を伸ばす。

その様子を見たイツが慌てて止めた。

「待ってくださいい桜子さま。私がすぐに手拭いを割きますから」

「大丈夫よ。この方が早いもの」

少年の下駄に、さっと鼻緒代わりにリボンを通す。長い部分は上で蝶結びにして調整する。

「ほらね、ちょうどいい。少し目立つけれど、お店に帰るくらいの間はいいでしょう？」

背負った風呂敷から見て、きっと呉服店のお遣い帰りだろう。切れてしまった鼻緒をどうしてよいか分からず、一人とぼとぼと裸足で歩いていたと見える。

桜子が直してやると、少年は、ほっとしたような表情を浮かべた。

「ありがとうございました」

桜子に頭を下げてから、下駄に足を通す。

東堂呉服店まで送ろうかと聞くと、少年は「大丈夫です」としっかりとした口ぶりで答え、桜子にお礼を告げて去っていった。

気を付けてと手を振る桜子の横で、イツがため息とともに小さな不満を漏らした。

「あっという間にリボンを取って下駄に結んでしまうなんて。袴にも土がついていますす」

「あら、本当ね。きっと、リボンを結ぶために片膝をついたせいだわ」

令嬢らしくないと呆れているだけで、別に責めているわけではない。桜子のこの手の行動は、イツにとっては慣れたものだから。

「帰ったら、すぐに着替えてくださいね」

さぁ、早く戻りましょうと歩き出そうとするイツを桜子が再度、引き留めた。

「待って。まだ話の途中よ」

あの男の子で中断されたが、桜子はイツと話をしたいのだ。

「イツ。今日、何かあったのでしょう?」

迎えに来たイツの顔を見た瞬間、表情に翳りがあるのが気になった。

本人は隠していたつもりだろう。だけど、イツが桜子の言動を心得ているのと同じように、桜子だってイツのことならよく分かる。早くに母を亡くした桜子に、いつも近くで寄り添ってくれたのがイツなのだ。

誤魔化すように、「何もありません」と小さく首を振るイツの瞳じっと見つめた。

「隠したって無駄よ。正直に話してちょうだい」

こういう時の桜子が簡単には引かないことを、イツはよく知っている。頑なに見つめていると、ついに諦めたようで、イツは渋々話し始めた。

「実は、昼間に外出したときに御守り袋を落としてしまったようなんです」

「御守り袋?　それって、イツがお母さんにもらった御守り袋のこと?」

「そうです」

イツは六歳のときに胡条家にやって来た。元は地方の農家の生まれで、幼いころに父親に売られたそうだ。以来、生家に一度も帰ったことがなく、今となっては生まれた家の正確な位置すら覚えていないという。

家を出る時に母親が持たせてくれたという手作りの御守り袋は、イツにとっては、命の次に大切なものだ。

「それって大問題じゃない！　すぐに探しに行きましょう。今ならまだ間に合うかも」

「駄目ですよ」

はやる桜子を、イツが制した。

「時津さんに、遅くならないように釘を刺されていると申し上げたでしょう？　明日は大事な日ですから、寄り道しないようにと言われています」

「でも……」

イツにとっての一大事だ。落としたのなら、早くしないと誰かに持っていかれてしまうかもしれない。桜子は懸命に説得を試みたが、イツは「私は桜子さまのお目付け役ですから」と、頑として聞き入れない。

結局、桜子は、その場でイツを説き伏せるのを諦めた。

仕方がない。それならば夜にでも、こっそりと自室を抜け出して探しに行こうか。さっとイツの御守り袋を見つけて帰れば大丈夫だろう。桜子は楽観的に、そう考えていた。

まさか御守り袋が見つからないどころか、見知らぬ青年に咎められて、逃げるように帰る羽目になるとは、思いもしなかったのだ。

＊＊＊

翌朝、窓の外には気持ちの良い春の空が広がっていた。

桜子が部屋を出ると、ちょうど廊下の向こうから、イツが急ぎ足でやって来た。

「おはようございます。昨夜は、良くお休みになられましたか？」

昨晩、桜子が御守り袋を探そうと部屋を抜け出したことは、早々にばれていた。

桜子が部屋にいないことに気づいたイツが慌てて家令の時津に相談し、探しに行こうとしていたところに、ちょうど桜子が帰宅した。桜子はもちろん、世話係のイツも監督不行き届きであると、そろって時津から叱責を受けた。

抜け出したのは自分が勝手にしたことだと桜子が強く訴えたから、何とか父には黙っておいてもらえることになったのだけが救いだ。

「私はすっかり元気よ。イツこそ、今朝は早く起きなければならなかったのでしょう？体調は大丈夫かしら？」

桜子が心配をかけたせいで休めなかったとしたら申し訳ない。

すると、イツは「私も、この通り元気です」と、胸を張った。

「今日は大切な観桜会ですからね。皆、朝から大忙しですよ」

観桜会とは、胡条邸の春の恒例行事のことだ。その名の通り『桜を観る会』、平たく言うと胡条邸の庭で行われる花見である。

胡条家の敷地内に生えている桜は最近、至るところで見かけるようになった人気の染井吉野《そめいよしの》だ。真っすぐ伸びた木に、薄紅色の花が密集して咲くのが美しい。

最初の一本は桜子の産まれる前の年に庭に植えられた。桜子の名は、その桜に因んで付けられたという。その美しさを母が気に入って新しい苗木を次々植えた。今では染井吉野が敷地内に八本植わっている。

その桜があまりにも見事なので、毎年、満開になる頃に合わせて胡条家と付き合いのある面々を招いて、花見の催しをしている。それが胡条の観桜会。

当日は朝早くから使用人総出で、上を下への大騒ぎで、息つく間もないほどに忙しい。

「今日は振袖を着るのよね？　すぐに着替えたほうがいいかしら？」

「旦那様がお呼びです。お支度より先に、書斎に向かってください」

「お父様が、今から？」

一瞬、昨晩のことが耳に入ったのかと心配になったが、それならイツだって叱られるはずだ。よりによって忙しい朝に呼ぶとは、何の用だろうか。心当たりを考えながら、桜子は書斎に足を運んだ。

父の重三郎《じゅうざぶろう》は書斎の執務机で、書類に目を通しているところだった。

「忙しいところ、すまないな」

父が、書類から顔を上げて言った。

「お急ぎの御用ですか？」

「まぁ……そうなんだが」

コホンと一つ咳払いをした。何事も簡潔に話す父にしては珍しく、やや勿体ぶってみえる。

「話というのは、お前の縁談のことだ」

「縁談、ですか？」

突然の降って湧いたような話に、桜子の思考は束の間停止した。

よく考えれば桜子も、もう十五歳。女学校の学友たちの中にも縁談がまとまっている子がいると聞くし、おかしな話ではない。

「私の縁談が決まったのですか？」

親の決めた家に嫁ぐ。それは当然のことで、桜子も重々承知している。それでも、あまりに唐突で実感が追いつかない。なんだか他人の話でも聞いているような気分だ。

「お相手は、どちらの方でしょうか？」

「いや。相手はまだ決まってない」

父の言葉に桜子は眉を顰めた。

どういうことだろう。縁談が整ったから、桜子を呼んだのではなかったのか。

「決まっていないのですか？　それでは本日のお話と言うのは？」

「正確に言うと、お前の縁談相手が誰になるのかは、まだ決まっていない。現状では、複数の縁談候補者がいる」

候補者が複数人というと、今後、その候補者たちの中から何らかの形で父が選別するということだろう。普通は決まってから桜子に教えるものだと思うが。

「私の縁談候補者は何名いらっしゃるのでしょうか？」

父は「四人……」と答えかけてから、すぐに、「いや、三人だ」と言い直した。何故か苦い顔をしている。

「あの……たった今、一名減ったのは、どういうことですか？」

しかし、父は桜子の質問を無視して、机の上の書類の山から大判の封筒を一つ取り上げた。

「この中に、三人の名前と簡単な経歴を書いた釣書が入っている。いずれの候補者もお前の相手として、不足はない」

桜子は、自分に向けて差し出された封筒と父を順に見た。

「お父さまの言いぶりだと、まるで候補者の中から私が選んでいいとおっしゃっているように聞こえます」

「そう言っている」

桜子は目を瞬いた。候補者というけれど、それは父の中での話だと思っていた。自分に選ぶ権利があるとは想像すらしていなかった。

「お父さま。どうして今日、この話をなさるんですか？」

よりによって、忙しい観桜会の朝にわざわざ呼び出す。こんなにも慌ただしく告げる理由があるとしたら、一つしか思い浮かばない。

父が、桜子の予想通りの答えを言った。

「三人を今日の観桜会に呼んでいる」

「私に、候補者の皆様と交流せよということですか？」

「個別に話すほどの時間は取れないかもしれないが、顔くらいは見られるだろう。後で紹介するから、事前に釣書に目を通しておきなさい」

今日会う三人の中の誰かに、桜子は嫁ぐ。実感の湧かなかった話が一転して現実味を帯びる。

「お相手の皆様は、私との縁談をご存知なのですか？」

「勿論だ。候補が複数いることも伝えてある。先方も、桜子が自分の妻に相応しい女性かを考えるだろう。互いをよく知り、信頼できる人を探しなさい」

逡巡している桜子に、父が再度、封筒を突き出す。桜子は、おずおずと手を伸ばしてそれを受け取った。入っているのはたった数枚の紙のはずなのに、手にした瞬間、ずしりと重みを感じた。

家のために、親の決めた相手に嫁ぐのは当然だと思っていた。まさか自分に選択権が与えられるなんて……

喜びとも戸惑いともつかぬ気持ちで、桜子は父の顔を見た。

「お前が幸せになれる相手と巡り合えることを願っている」

父はいつものように、愛おしい娘に向ける眼差しをしていた。


父の書斎から戻ると、桜子はすぐに観桜会の衣装に着替えた。

山吹色に、赤い花を染め抜いた美しい振袖だ。特注で誂えた衣装に身を包んだ桜子は、重たい着物に思わずため息を漏らす。

「お嬢様、大丈夫ですか？　お顔の色が良くないようです。少し帯を緩めましょうか？」

イツが、振袖に合わせて髪を結っていた手を止めた。心配そうに顔を覗き込んでくる。

「イツに隠し事はできないわね」

桜子は苦笑いを返して、父に告げられた縁談のことを打ち明けた。

「まぁ!?　三人の候補の中から、お嬢様がご自身でお相手を選ぶのですか？　まるで恋愛小説のようですね」

イツの声が、珍しく華やいでいる。

「それで、その……釣書とやらの中身は見たのですか？」

尋ねてよいかどうか迷っているのだろう。イツは遠慮がちに聞いた。

「……見たわ」

見たことは、見た。その内容がまた、桜子を悩ませている。だけど、それはイツには話せない。

桜子は極力感情を排して頷いたつもりだったが、イツは桜子の表情から、不安を読み取ったらしい。

「大丈夫ですよ」

イツは編み込んだ髪に、いつも以上に丁寧な手つきで飾りを付けると、その手を桜子の両肩に添えた。

「気負わなくても、いつもの桜子さまらしくいれば大丈夫です。きっと皆様、そのままの桜子さまを好きになるはずです」

振り返るとイツと目が合った。真っすぐな視線が桜子を励ましている。

確かにまだ、皆と会ったわけではない。今ここで思い悩んでいても仕方がないことだ。イツの気遣いのおかげで、桜子は少しだけ、着物が軽くなった気がした。

観桜会が始まると、桜子は父の横に立って参加者たちをもてなした。今年は例年以上に招待客が多いのか、ひっきりなしに挨拶にやってくる者たちで休む間もない。おまけに今日は、この時期にしては気温が高く、着込んだ振袖が暑い。こんな状況が続くようでは、婚約者候補と会うどころか、その前に疲労困憊で倒れてしまいそうだ。心配したイツが汗を拭いたり、化粧や帯を直したり、水を持ってきてくれたりするうちに、父が小声で桜子に耳打ちした。

「園枝《そのえだ》くんが、こちらにやって来る」

促されて顔を向けると、淡い茶色のスーツを洒落た様子で着こなした細身の青年が、桜子たちの方に、にこやかに歩いてくるところだった。

青年の名は、園枝有朋《ありとも》。父から渡された釣書の一枚目の人物だ。

園枝財閥の跡取りである有朋は、今年二十七歳。同じ財閥でも、その規模は胡条よりずっと大きい。その上、華族の流れを汲む爵位持ちの名家だ。

釣書には細かい経歴とともに有朋の写真が添付されていた。整った甘い顔立ちと、その魅力を十二分に引き出す優美な微笑み。

写真そのままの笑顔を浮かべた有朋が、二人の前で足を止めた。

「本日はお招きありがとうございます。とても楽しみにしておりました」

「こちらこそ、お越しいただき、どうもありがとう」

有朋は父への挨拶を済ませると、桜子をちらりと見た。

「早速ですが、そちらの美しい御方にご挨拶させていただいても？」

「娘の桜子だ」

有朋は桜子の手を取ると、その甲に軽く唇を当てた。流れるように自然な動作。

驚いて思わず身体を強張らせた桜子に、有朋はさりげなく微笑んだ。こういう西洋式の挨拶に慣れているのだろう。

「胡条家の観桜会の素晴らしさについては、かねがね聞き及んでおりました」

西洋の人がよくやるように、片目をぱちんと閉じる。

その仕草の一つ一つが様になっていて、男性とのこういった交流に慣れていない桜子は、少し反応に困る。

「胡条さんの鬼のような経営手腕をよく存じ上げているので、どのようなお嬢様なのかと想像していたのですが。桜子さんは初々しくて可憐な方ですね」

父が「鬼とは言い過ぎだろう」と、苦笑いを返す。

「あいにく、本日はすぐにお暇しなくてならないのですが、桜子さんとは今度、改めてゆっくりお話させていただければと思います」

「そうだな。晩餐にでも招待しよう」

「それは楽しみです」

有朋は社交的な笑みを浮かべると別れの挨拶をして、踵を返した。その瞬間、すぐ後ろにいる背の高い軍服姿の男とぶつかりそうになって謝った。

「おっと、失礼」

「いえ、こちらこそ」

軍服の男は有朋に不愛想に頭を下げると、そのまま桜子たちの方に向きなおった。父が、その軍服男に声をかけた。

「やぁ、久しぶりだね。貢くん」

「ご無沙汰しており、申し訳ありません」

その無表情な仏頂面で、ハッと気づいた。

軍服の男は、藤高貢《ふじたかみつぐ》。父に渡された封筒にあった二人目の婚約者候補だ。釣書によると貢は帝国陸軍の少尉で、彼の父親も陸軍中将という生粋の軍人家系だ。士官学校を優秀な成績で卒業し、近いうちに陸軍大学校へ進学予定だと記してあった。

同封されていた写真では、軍服に身を包んだ鋭い目つきの男が、口角一つ上げぬ真面目くさった顔で座っていた。園枝有朋の写真とあまりにも対照的な様が、かえって印象に残った。

「貴女《あなた》が胡条桜子さんですか？」

貢は写真と同じ冷ややかな目で、桜子を見下ろして言った。

「藤高貢です」

抑揚のない口調。「はじめまして」も「こんにちは」もない。細長い三白眼と、鋭く直線を描く眉からは、感情が読み取れなくて少し怖い。

「はじめまして、胡条桜子と申します」

桜子は思わず抱いた負の感情を見せないように、精いっぱいの笑顔で返した。けれど貢は、じっとこちらを眺めているだけで、何も言わない。

先程の有朋みたいにお世辞の一つとまでは言わないけれど、せめて社交辞令か時候の挨拶くらいはしてほしい。父も、二人が何か話さないかと期待でもしているのか、黙って見守っている。何とも気まずい沈黙だ。

桜子が何か、話題を探すべきかと考えていると、貢の後ろから「あの……」と、遠慮がちな少年の声がした。続いて、貢の腰の高さあたりから見慣れた顔がひょっこりと覗く。

「僕もご挨拶させていただいて、よろしいですか？」

声の主は、従弟の牧栄進《まきえいしん》だ。

「栄進ちゃん、来ていたのね！」

気心の知れた従弟の出現に、気詰まりな空気が薄れて、ほっとした。

栄進は桜子と話したそうに、貢を見上げている。行儀よく許可を待つ栄進に、貢が短く「どうぞ」と告げて場を譲った。

栄進が嬉しそうにニコリと笑う。それを見た貢は、父と桜子に「失礼します」と会釈して、大股で去って行った。

結局、貢とは会話らしい会話もしなかった。

貢がいなくなると、栄進が改めて父と桜子に挨拶をした。

「本日はお招きいただき、ありがとうございます」

栄進は、桜子の亡き母の、姉夫婦の子である。まだ十歳だが利発な子で、大人びた物言いで父と桜子に観桜会を祝う口上を述べた。その顔が、くるりと少年らしい無邪気な笑顔に変わる。

栄進は家族の近況を話してから、「桜子姉さん。今度また遊びに伺いますね」そう言って離れた。

その後も幾人かの客が挨拶に来たが、それも、しばらくすると落ち着いた。

そろそろ自分の役目も終わりだろうかと思っていると、父が言った。

「最後の縁談相手が来ていないが、彼についてはわざわざ紹介することもないだろう」

「ええ、勿論です」

三人目の縁談相手は桜子がよく知っている人だ。

「それならば、桜子は少し休んできなさい。来客が多くて疲れただろう?」

父の提案はありがたかった。次から次へと現れる客人に加えて、突然の縁談相手の紹介という事態にいつもより気疲れしていた。

その場から離れた桜子は、一旦、屋敷に戻ることにした。念のためイッには一言告げておこうと探したが、どこかで忙しく働いているのか見当たらない。

屋敷に向かって歩きながらあたりを見回していると、木の向こうを過《よぎ》る人影に、思わず足を止めた。

書生のような羽織と袴に、黒い髪が揺れた気がした。昨晩、会った書生の青年に似ている。まさかと思いながらも、咄嗟に追おうとした桜子を、別の声が呼び留めた。

「あの、すみません」

振り向くと、見慣れぬ男の子が所在なさげに立っている。

「あの……胡条桜子さまは、どちらにいらっしゃるか、ご存知ですか？」

歳は栄進より少し下だろうか。オドオドしている。

「あら、胡条桜子は私だけど？」

どこの子だったかしら？　見覚えがない。

今日は、観桜会のためにさまざまな人間が出入りしている。客人だけでなく、料理の仕出し、酒屋、清掃している庭師たち。縦縞模様の着物をきちんと着ているところを見ると、この少年は多分、どこかの店の丁稚だろう。

「何か御用かしら？」

相手が桜子本人だと分かると、男の子は、ほっとした様子で懐から何かを取り出した。

「これを、胡条桜子さまに」

男の子が差し出したのは、淡い桜色の封筒だ。

「何かしら？」

「桜子さまをお慕いする方から預かりました。必ず、桜子さま御本人にお渡しするようにと」

「えっ⁉　私をお慕いする方？」

桜子は驚いて、桜色の封筒に手を伸ばした。手が触れた瞬間、男の子の手がパッと離れる。

慌てて呼び止めようとしたが、逃げるように走り去った男の子は、あっという間に客人たちにまぎれこんで姿が見えなくなった。

桜子は、手に残された一通の手紙を見た。封筒には美しい字で「胡条桜子様ゑ」と書いてある。確かに、桜子宛であるらしい。男の子は、桜子を慕う人から託されたと言っていた。

「これって、もしかして……恋文ってこと、よね？」

自分の身に起こったことが俄かに信じられず、呟いた。

学友たちの中で、男子学生や恋人から手紙をもらったと、はしゃいでいる子を見たことがある。けれど桜子は未だかつて、そんな経験はない。

今日は縁談に恋文に……今まで無縁だった出来事が、いっぺんに押し寄せてくる、とんでもない一日だ。

それにしても、〝お慕いしている方〟とは誰だろう。封筒を裏返してみたが、差出人の名前はない。男の子の口ぶりだと、さっきまでそこにいたようだけど。

真っ先に頭に浮んだのは、先程、舞う花びらの向こうに見えた気がした黒い髪と書生服。昨晩の青年の、仄かな行灯に照らされた顔が蘇る。

いいえ、でも、まさか――

文を見たまま立ち尽くしていると、突然、背後から声をかけられた。

「桜子ちゃん？」

桜子は跳び上がらんばかりに驚いた。慌てて文を着物の懐に押し込むと、何でもないように装って、くるりと振り返る。

話しかけてきた相手については、その声で分かっていた。

「こんにちは。樹《いつき》兄さん……と、イツもいっしょにいたのね」

東堂呉服店の次男、東堂樹が、イツと並んで立っていた。

「お嬢様、どうかされたのですか？　そんなに驚いて……」

桜子の様子を敏感に察したイツが、案じるように尋ねた。

「なんでもないわ。ちょっと考え事をしていただけ。それより樹兄さんは、今いらしたところなの？」

「あぁ、そうなんだ。ちょっと別の仕事があってね。イツさんとは、ちょうどそこで会ったところさ」

内心の動揺を隠そうとしたのは、手紙のせいだけではない。

樹こそが、桜子の三人目の婚約者候補だった。

桜子がイツに釣書の内容を尋ねられた時、詳しく話せなかったのは、候補者の中にこの人がいたせいだ。

「お嬢様？　本当に、どうかされましたか？」

樹の隣で、イツが心配そうに尋ねる。

「……ちょっと疲れたみたい。部屋に戻るわ」

「それなら私も付き添います」

「大丈夫よ。イツは樹兄さんを会場の方にご案内して」

「ご案内って、僕は毎年……」

樹が何か言いかけていたが、桜子は二人を置いてさっさと歩き出した。無意識のうちに、手紙が入った着物の襟をギュッと上から押さえていた。

部屋に戻って一人きりになると、懐から手紙を取り出した。

さっきの出来事は、もしかしたら夢だったのかもしれないとも思ったが、手紙は確かにそこにある。上品な桜色の封筒を前に、深呼吸をした。

「いつまでも、眺めていても仕方がないわよね」

心を決めると、机の引き出しからペーパーナイフを取り出し、慎重に封を切る。緊張で少し手先が震えたせいで切り口がガタガタした。

中身は四つ折りの白い便箋だった。

便箋の手触りから、上質なものだと分かる。右下には小さな桜が三輪、透かし模様になっている。随分と洒落た便箋には、流れるような美しい文字で桜子への想いが綴られていた。

胡条桜子様
貴女《あなた》は、私の心を知っているだろうか？
貴女《あなた》は、私にとって寒空に降り注ぐ日差しのように暖かい。

貴女《あなた》は、私にとって夜空を覆《おお》う満天の星たちよりも輝いている。

私は貴女《あなた》という美しい花を、他の誰にも渡すつもりはない。

唯、私の側に置き、愛で、慈しみ、守りたい。

貴女《あなた》が他の誰かに嫁ぐなど、私にとっては耐え難く、許し難いことだ。

貴女《あなた》が私から離れていこうとするならば、私は仮令《たとえ》どんな手を使っても、阻んでみせます。

どんな手を使っても、必ず阻止してご覧にいれます。

だから貴女《あなた》は、どうか永遠に私の側にいてください。


あの少年が『桜子さまをお慕いする方から預かりました』と言った通り、これは紛れもなく恋文だ。それも相当に熱烈な。

これほどまでに自分を想っている人がいるということに、桜子は驚きと戸惑いを覚えた。この手紙の差出人は一体誰なのだろうと考えながら、再度頭から読み返していると、突然、すぐ近くでイツの声がした。

「あの、桜子さま？」

あまりに集中していたから、イツがいることに気が付かなった。桜子は驚きのあまり手紙を取り落とした。

「貴女《あなた》、いつから部屋の中に……」

「何度か扉の前でお声をかけたのですが、お返事がなく心配になったので」

イツが答えながら、落ちた便箋を拾う。そこに書かれた内容が目に入ったのだろう。中腰のまま桜子と手紙を交互に見た。

「これは、もしかして恋文ですか？」

見られた以上は誤魔化せない。

桜子は仕方なく頷く。

「一体、いついただいたものですか？　差出人はどなたですか？　お手紙には、お名前が書いていないようですが？」

差出人を問われ、あの青年の顔が浮かんだが、桜子は打ち消すように慌てて首を横に振った。

「分からないわ」

イツの眉間に皺が寄る。桜子が手紙を渡されたときのことをイツに教えると、イツはますます険しい顔になって、手紙を睨んだ。

「文面からして、桜子さまの身近な方かと思われます。よく考えてみてください」

言われるまでもなく、先程から何度も考えている。けれど桜子には、こんなことを書きそうな相手はいないし、字にも見覚えがない。

「こんなに綺麗な字、一度見たら忘れないわ」

手蹟は流れるように美しい。それなりの教育を受けた人間の中でも、かなりの筆達者だ。そう考えると、この字は昨晩の青年には、あまり似合わない気もする。

「もしかして、差出人は婚約者候補のいずれかの御方ではございませんか？」

何度か手紙を読み返しているうちに、イツが言った。

「他の誰かに嫁ぐのは認めない、とおっしゃっていますし、自分以外の候補者たちのことを知って書いたのかもしれません。候補者がどのような方達なのか、お伺いしてもよろしいですか？」

桜子は躊躇《ためら》った。イツには、あまり話したくない。イツがじっとこちらを見て、返事を待っている。桜子は深呼吸をして、心を決めた。

どちらにしても、いつまでも黙っておくわけにはいかないのだ。

仕方なく、封筒から三枚の釣書を出して渡した。イツがそれを順に眺める。

一人目は甘い顔の貴公子、園枝有朋。二人目は無表情な軍人、藤高貢。そして三人目をめくった時、イツが小さく息を呑む音がした。

「樹さま、ですか？」

イツの手が僅かに震えている。それに気づいた桜子の心にも、苦い痛みが広がる。

「ただの候補よ。それに私、樹お兄様と婚約なんて、全然想像つかないもの」

今の段階で「しない」と言い切ることはできないけれど、それでも桜子は努めて軽い調子で本音を告げた。

「あの恋文の差出人が樹さま、ということはありませんよね？」

「絶対に違うわ。だって、字が全然違うでしょ？」

イツはあまり見る機会がないかもしれないけれど、樹の字は、もっと読みやすい。この手紙のような連なって流れる字ではなく、一文字一文字を丁寧に書く。小さい頃、何度か勉強を教えてもらったことのある桜子は、絶対に違うと言い切れる。

「そう……なんですね」

桜子の言葉に、イツは納得したようだったが、それでもまだ表情が少し固い。空気を変えようと、桜子が冗談めかして言った。

「いっそ、時津みたいな字だったらすぐに判別できたのに、残念ね」

イツは一瞬ポカンとした顔をしたが、すぐに控えめに笑った。

何事も完璧で卒なくこなす家令、時津の唯一の欠点が書字であることは、この家の者なら誰でも知っている。感想を聞かれれば「下手」以外に言いようのない時津の字なら、桜子もイツもすぐに分かるだろう。

しばらく二人で手紙を眺めていたが、桜子はやがてそれを丁寧に折り畳んだ。これ以上考えてみても、なにも思いつきそうにない。

「どうなさるおつもりですか？」

イツの言葉に、桜子は封筒を見つめた。正直なところ、どうするべきか考えあぐねていた。

「差出人が不明というのは心配です。旦那様か、時津さんにお話ししたほうがよいのではないでしょうか？」

桜子の中の小さな迷いに気づいたのだろう。イツの言葉には、当然そうするべきだという響きがあった。

イツの言うことは、もっともだ。そうするべきなのだろう。

けれど、これは自分あての手紙だ。これほど情熱的に想いを寄せてくれている。それを親や使用人に見せてしまってよいのだろうか。

そして何より、桜子には一抹の期待があった。ひょっとして、この手紙の差出人はあの青年ではないか、という期待だ。だとしたら、これは彼のことを知る機会となるかもしれない。

そう思うと、急ぐ必要はない、もう少し待ってみてもいいのではないかとも思えてくる。

「手紙をくださった方に全く心当たりがない、というわけではないの」

イツが大きく目を見開いた。やや疑わしそうに問い返す。

「本当ですか？　どなたですか？」

「まだ確証はないのよ。でも、もしその方だったら、きちんとお返事を書きたいと思っているわ」

「ご自身のお名前も書かないような方に、お返事をするのですか？」

「何か、名乗れないご事情があるのかもしれないし、もう少し待ってみれば次の手紙がいただけるかもしれないわ。慌ててお父様にお伝えする必要はないと思うの」

「しかし……」

イツは難色を示したが、反論が続く前に桜子は封筒を壁の状差しに入れた。

「もう少しの間だけ内緒にしておいてちょうだい。ね？」

懇願する桜子に、イツは結局、不承不承頷いてくれた。

＊　＊　＊

手紙のことにさしたる進展のないまま数日が過ぎた。ある日、桜子は帰宅した父に書斎に呼ばれた。

「もうすぐ園枝くんが我が家にやって来る。お前も晩餐に同席しなさい」

「園枝くんというのは、園枝有朋さんですか？」

父が、何を当たり前のことをと両眉を上げる。

「観桜会のときに、晩餐に招待すると約束しただろう？　突然ではあるが、今晩、仕事のついでに我が家で夕食をとることになった。きちんと準備を整えて出迎えるように」

「分かりました」

桜子はすぐにイツに頼んで支度にとりかかった。

夕飯時に合わせて、有朋がやってきた。今日も格子柄の焦げ茶色のスーツを華麗に着こなしている。中に着込んだベストも合わせて仕立てた一品物だろう。

フワリと靡く柔かな髪は、左右の耳のあたりで固めてセットされていて、洋装によく似合っている。先日も思ったが、これほど見事にスーツを着こなす人を他に見たことがない。

有朋が洋装好みだと聞いていたから、女学校から帰ったときには海老茶袴を着ていた桜子は、ワンピースに着替えていた。髪は後ろでまとめて、真珠が一粒載ったバレッタで留めてある。

イツが「家での食事会ですから、綺羅びやかなものより、控えめで上品な装いがいいでしょう」と、はりきって着飾ってくれた。

その甲斐あって、有朋は対面するなり桜子の装いを褒めた。

「先日の振袖もお似合いでしたが、今日のお姿は一段と素敵ですね！　可愛らしい桜子さんによく似合います。まるで西洋のお人形のようです」

頬を上気させながら熱のこもった褒め言葉を次々に告げられると、満更でもない気がしてくる。有朋の方も婚約者候補として桜子を見定めていると言われていたから、やや身構えていたが、桜子に対して好意的なようで安心した。

夕食の会は和やかに進んだ。有朋は話し上手で、聞き上手だ。終始、温和な笑顔を絶やすことなく、桜子に話を振る。女学校について尋ねたり、自分が見に行った芝居のことを語ったりと、話題が豊富で尽きることがない。

話の弾んだ会食が終わりに差し掛かった頃、有朋が桜子を見つめて改まった様子で言った。

「胡条家のご息女が、桜子さんのような方で良かった」

桜子は良家の子女らしい微笑を浮かべて、控えめに首を傾げた。すると有朋は、カップを持つ桜子の手に、そっと自らの手を重ねた。

「所作も美しく、西洋風の食事のマナーも完璧。流石、胡条家のお嬢様だと感嘆いたしました。貴女《あなた》のような方を妻に迎えられたら、これ以上の喜びはありません」
有朋から向けられる熱い視線と求婚のような台詞にどう答えるべきか戸惑っている
と、父が「ウォッホン」と、咳払いで割り込んだ。
「有朋くん。今日はまだ、そういう段階では……」
「ええ、分かっています」
有朋が、桜子に重ねていた手をゆっくりと離す。視線は桜子に向けられたままだ。
「ですが今日を機に、桜子さんに私のことをよく知っていただきたいと思う気持ちが
強くなりました。桜子さん、今後もその機会をいただくことをお許し願えますか？」
桜子は、父の顔を窺う。父が、許可を与えるように頷いた。
「よろしくお願いいたします」
桜子が頭を下げる。
今日一日で、有朋との関係は良好に進展した。
有朋は桜子を好いてくれているようだし、桜子からしても有朋に悪い印象はない。
もしこのままいけば、有朋と結婚するのかもしれない。
しかし、その考えは、あまり桜子の心を沸き立たせなかった。何故だろう。こんな
にも甘い言葉をたくさんくれるのに……
ふと視線を落とすと、テーブルの端の冷めた紅茶が目に入った。

桜子の元に再び手紙が届いたのは、その翌日のことだった。

＊＊＊

「お嬢様、あの、これですが……」

学校から帰宅した桜子に、イツが周囲を憚りながら、見覚えのある桜色の封筒を差し出した。表には、つい先日とまったく同じように『胡条桜子様ゑ』と宛名が書いてある。

「これ、どこで？」

桜子が手紙に手を伸ばす。封筒は先日と全く同じものに見える。

「門の前を掃除していたら、見たことのない子がやって来て渡されたのです。時津さんにお伝えしようかとも思ったのですが……」

手紙のことは誰にも言わないでほしいと桜子に懇願されたことを、イツは覚えていてくれたらしい。

「変なことを聞くけど、近くに書生服を着た青年がいたりしなかった？」

「書生服ですか？」

「いえ、やっぱりいいの」

何か聞いたそうなイツとの会話を打ち切ると、今度こそ差出人の名前があるかもしれないと、微かな期待を込めて封筒を裏返した。中も開いて見てみたが、残念ながら差出人の名は今回もどこにも記されていない。

改めて文面に目を通す。そこに書かれた内容に桜子は小さな悲鳴を上げた。

「桜子さま、どうされたのですか？」

桜子が手紙を渡すと、イツが手紙を読み上げる。

「貴女《あなた》は、いかにすれば私の心を知るのでしょう……」

読み進めるにつれ、みるみるうちにイツの顔が青ざめていく。

「……どんなに麗しくとも、どんなに甘くとも、その内まで美しいとは限らない。園枝有朋なぞ、特にその最たる例でしょう。あの者は、貴女《あなた》に相応しくありません。見せかけの外面に惑わされてはなりません……って、桜子さま、これは⁉」

その先も有朋への中傷と、いかに桜子に相応しくないかが切々と綴られている。

「園枝さまとの婚姻を見合わせるように、って言いたいみたいね」

抽象的に想いを伝えるような前回の手紙とは打って変わって、今回の手紙では具体的に園枝有朋が名指しされていた。

届いたのが昨日の今日ということを鑑みると、これを書いた人は、昨夜、桜子が有朋と会ったことを知っているのかもしれない。

「やっぱり旦那様と時津さんにご相談しましょう」

イツの勧めに、桜子は壁の状差しに視線を向けた。そこには先に届いた手紙が差さっている。

初めてもらった恋文に、ときめきと淡い期待を抱いた。父に告げられた婚約者候補とは違う相手が現れるのではないか、などと思い描いたりもした。けれど、この手紙で、どうやら桜子の期待通りにはならなさそうだと気づかされる。

苦い落胆が心の中に広がっていく。

「……分かったわ。なるべく早く、お父さまに話します」

桜子は手紙を封筒に戻し、重いため息とともに状差しに押し込んだ。

桜子が父と話す機会を得たのは、翌日の朝食時だった。

食事を終えて寛ぐ父の様子を窺う。言うなら今だろう。さて、どうやって話を切り出そうか。

桜子が機会を探っていると、時津が慌てた様子で部屋に飛び込んできた。

「お嬢様！」

「あら、時津。どうしたの？」

時津は桜子の側に歩み寄り、何かを差し出した。桜色の封筒。すぐに、あの手紙だと分かり、桜子は思わず「あっ⁉」と小さく声を上げた。

「たった今、桜子お嬢様にと見覚えのない子どもが持ってきたのです。至急と言われましたが、封筒には差出人の記載がありません。よろしければ私が開けても？」

「い、いいわよ。開けなくても」

たった今、その話を自ら切り出そうとしていたのだ。先にこんなものを出されては困る。

「しかし……」

「私宛の手紙なのでしょう？　自分で見るから。私の部屋に置いておいてちょうだい」

一通目と二通目の間は数日あった。まさか、こんなにも早く三通目がやって来るとは思わなかった。しかも二通目はともかく、一通目は熱烈な恋文だ。こうなると父に話すにしても、三通目に何が書いてあるのか、先に確認しておきたい。

時津は怪訝な顔をしたが、桜子が引く様子を見せなかったので、仕方なく了承する。

「分かりました。それでは、お嬢様のお部屋に……」

「時津。その手紙をこちらに寄越しなさい」

時津を制するように、父の声が飛んできた。

「お父さま、それは私宛の手紙ですから」

「お前は親に見せられないような手紙のやり取りをしているのか？」

普段は桜子に甘い父だが、今日は有無を言わせぬ響きがあった。

「時津、早くしろ」

父は時津から受け取った手紙の封を豪快に破ると、中の手紙を取り出した。

父の目が文面を追うように、激しく上下に動く。今度の手紙は、どんな内容なんだろう。差出人は書いてあるだろうか。

もし、差出人の名がなければ、何か聞かれるかもしれない。桜子に答えられることは何もないけれど。

前の二通を隠していたのに、そう言って信じてもらえるかしら。

父から出る言葉を戦々恐々と待っている桜子に、手紙を読み終えた父が言った。

「これ以外にも同様の手紙はあるのか？」

桜子が答えに詰まると、父はイツを見た。父に睨まれたイツの視線が、咄嗟に桜子に向く。それが答えと判断したようだ。父がイツに命じる。

「後で、手紙をすべて私の書斎に持ってきなさい」

そして三通目の手紙をポケットに入れると、立ち上がった。

「桜子は学校から帰り次第、すぐに私の書斎に来るように」

女学校から帰ると、イツが父からの言いつけについて桜子に念を押した。

「旦那様が書斎でお待ちです」

「分かっているわよ」

先に届いた手紙はすでに、イツの手を通じて父に渡っているだろう。気は重いが行かないわけにいかない。どちらにせよ、話すつもりはあったのだ。

憂鬱な桜子とは違い、イツはむしろ安堵していた。

「私としては、旦那様のお耳に入り安心いたしました」

イツは差出人の名がない一通目の手紙にも不審を抱いていた。桜子の頼みがあったからこそ黙っていたが、二通目の手紙を見た時は本当に不安になったという。

「荷物を置いたら、すぐに旦那様の書斎に行ってくださいね」

桜子は肩を落として呟いた。

「分かっていても、気が重いわね」

桜子の気分を少しでも和らげようとしたのだろう。イツが、ふと思い至った様子で付け加えた。

「ひょっとしたら、手紙以外に別のお話があるかもしれません。後で、お客さまがいらっしゃると言っていましたから」

「お客さま？　じゃあ、また婚約者候補の方のどなたかが見えるのかしら？」

「特段、お嬢様のお支度が必要とは聞いておりませんが」

来客があるなら、気の重い話も長くは続かないだろう。多少、気が楽になった。

客を迎える準備があるからと、桜子の部屋に荷物を運び終えたイツは早々に部屋を出ていった。

一人で荷を解いていると、取り出した教科書を置いた拍子に机上の小筆がコロコロと床へ転がり落ちた。拾おうと身を屈めて机の下を覗く。すると机の奥、毛足の長い絨毯に埋まった灰色の紐が見えた。

「……あら？」

桜子は膝をついて、机の下に潜り込む。紐を掴んで引っ張りだすと、紐の先に小豆色の小さな巾着がついている。その巾着には見覚えがあった。

「これ、イツの御守り袋だわ！」

数日前、失くしたと聞いて桜子が夜中に探しに出た、あの御守り袋だ。

あの後、桜子が探しに行くことは、時津とイツから固く禁じられた。けれど、イツは何度か探しに行っていたはずだ。やはり見つからない、誰かに持っていかれたのだろうと半ば諦めていたというのに、まさか、こんなところに落ちているなんて。

「カーペットの毛足に隠れて見えなかったのね。灯台下暗しだわ。すぐにイツに渡してあげなくちゃ！」

桜子は御守り袋を手に急いで部屋を出た。しかし、その途端、時津に捕まった。

「お嬢様、どちらへ？」

「ちょっと、イツのところに」

「駄目ですよ」

時津がぴしゃりと言った。

「イツにお聞きでしょう？　間もなくお客様がいらっしゃいます。旦那様が書斎でお待ちです」

夜間の外出に加え、隠していた手紙のことが露見したせいだろうか。時津の監視の目が今まで以上に厳しくなった気がする。本当にちょっと行くだけだと言っても認めてもらえそうにない。仕方がない。先に父の書斎に行くしかなさそうだ。

桜子は、お守り袋を手に持ったまま父の書斎を訪ねた。

扉の前で、黒い輪のドアノッカーを叩いた。しばらく返事を待ったが返ってこないので、「失礼します」と、扉を開けて中を覗く。

部屋には誰もいない。

「お父さまってば。人を呼んでおいて、いないじゃない」

桜子は部屋の中に入って、あたりをぐるりと見回した。

執務机の上には、書類が広げたまま置いてある。きっとすぐに戻るつもりなのだろう。座って待っていようかと思った、そのとき。ふいに一陣の風が吹いて、机上の書類を舞い上げた。

春特有の強い風に、桜子はたまらず「きゃあ」と声を上げた。着物の袖口で顔を覆《おお》う。袖の隙間から覗いて見れば、窓が開いたままになっているではないか。

「不用心だわ」

桜子は手に持っていた御守り袋を執務机に置いて、窓辺に寄った。

今日は天気が良いけど、風が強いらしい。閉めた窓の向こうで、桜の木の枝がザワザワと騒がしく揺れている。つい先日まで満開だった薄紅色の花も、今はほとんど散って、若緑の芽が顔を出していた。

窓を閉め、突風に吹き飛んだ書類を拾い集めていると、扉の外でカタンと小さな音がした。

「お父さま?」

拾い終えた書類を机に置いて、部屋の外へ出る。すると、廊下の向こうから部屋に向かって歩いてくる父と目が合った。

桜子は首を傾げた。音はもっと近くで聞こえたと思ったのに。気のせいだったのかしら。

父は、桜子の目の前に来ると、軽く手を挙げた。

「もう来ていたのか。待たせて済まなかったな」

「いえ、大丈夫で……す」

答えた桜子は、父の後ろを歩く人物に気づいて、心臓が飛び出しそうなほどに驚いた。丸首のシャツの上から羽織袴の書生服。ぴょんと四方に伸びた散切り頭には見覚えがある。

「あの、お父さま。その方は」

あの晩の、と出そうになった言葉を、すんでのところでゴクンと呑み込んだ。どういう知り合いかと問いただされたら困る。まさか、夜中に家を抜け出したときに会いました、というわけにもいかないし。

「彼は私の知り合いなのだが、まあ、まずは部屋に入って話をしよう」

父の後に続いて部屋に入った青年は、桜子の脇を通る時に軽く会釈をした。その口元が意味ありげに笑っている。向こうも桜子の正体に気づいているのだ。

桜子は返そうとした会釈をやめ、ふいっと顔を背けた。

二人の後について部屋の中に入った桜子は、父に促されて応接用の椅子に向かった。父の隣に座りかけたところで、御守り袋を置いたままにしていたことを思い出す。

父に一言断って、執務机のところに戻る。机の上を見た桜子は、「あれ?」と、思わず困惑の声をあげた。

「どうしたのか？」

父が振り返って尋ねた。

「ここにおいたはずの御守り袋がないのです」

「御守り袋？」

「えぇ、イツの御守り袋です」

桜子はイツが大事にしていた御守り袋と、少し前にそれを失くしたことを簡単に説明した。当然、そのために夜に家を抜け出したことは割愛して。すると、例の書生の青年が立ちあがった。

「外出先で失くしたはずのものが貴女《あなた》の部屋で見つかったのですか？　それで、今度はここで消えたと？」

青年に詳しく聞かれ、桜子は部屋に入ってからの行動について順を追って説明する。すると青年は、「なるほど」と呟きながら、窓の側に歩いて行った。

「机の上に置いた後に閉めたのは、この窓ですね？」

「はい。その通りです」

青年が窓の鍵をガチャガチャと触る。それから、何かを検分するようにカーテンを掴んで何度か翻した。

桜子はもう一度御守り袋を探そうとしたが、父がそれを制した。

「御守り袋のことは、とりあえず後回しだ。先に、こちらの話をしたい」

父が席に座るように勧めたので、青年も戻って来た。三人が椅子に腰を下ろすと、ちょうどイツが紅茶とビスケットを運んできた。イツが退室するのを見計らって、父が切り出した。

「改めて紹介しよう。五島新伍《ごしましんご》くんだ。三善中将《みよしちゅうじょう》の家で書生をしている」

「はじめまして。お嬢様」

新伍が何食わぬ顔で頭を下げる。さっきはニヤリと笑ったくせに。さも初対面であるかのような振る舞いに、桜子は思わず心の中で、よくもまぁと小さな不満を唱えた。よりにもよって、三善中将の家で書生をしていたとは。陸軍中将、三善治正《はるまさ》は、父の昔からの親友だ。あの晩、もっともらしく、手がきれいだとか、なんだとか言っていたけれど、きっと桜子のことを初めから知っていたに違いない。

「五島くんは帝国大学の学生だが、三善中将お墨付きの優秀な男でね。変わったことによく気がつく。私も三善中将の家で何度か話をしたが、なかなか頼りになりそうだ」

桜子は、目の前の書生を改めて見る。何がどう頼りになるのだろうかと考えていると、父が例の恋文について話し始めた。婚約者候補の件もあわせて一通り新伍に説明をしてから、桜色の封筒を差し出す。

「これが、その手紙だ」

新伍が、興味深げに身を乗り出した。

「中を拝見しても？」

父の許可を得て、手紙を取る。ひょっとしたら、この人が書いたものかもしれないと思ったこともあった。けれど、今の態度は、この手紙に全く心当たりのない者のそれだ。

手紙を読み終えると、新伍は顎の下に手を添え、何事かを考え始めた。しばらくして顔を上げた新伍が、手紙の感想を述べた。

「なんというか、特徴的な字ですね。お二人は手紙の字に見覚えは？」

「いや。ないな」

「私もありません」

新伍は、便箋を折りたたんで封筒の中に戻した。

「この方は随分と熱心に園枝有朋さんとお嬢様の結婚に反対しているようです。そのことに、心当たりはないのですか？」

恋仲の男性がいないのかと、桜子に暗に尋ねているのだろう。

「ありません」

きっぱりと否定したが、新伍は重ねて聞いた。

「まったく思い当たることはありませんか？　これはまるで桜子さんへの脅迫のよう

ですよ」

「え？　脅迫ですか？」

新伍の口から出た物騒な言葉に、桜子は眉根を寄せた。新伍が机に置いた手紙に手を伸ばす。しかし、先に父がさっと取り上げた。それほどまでに過激な内容が書いてあるのだろうか。

「……なんだか、気味が悪いわ」

脅迫じみた手紙に、消えた御守り袋。桜子は何気なしに、御守り袋が消えた執務机に視線を向けた。

それに気づいた新伍が、「あぁ」と、顔の前で軽く手を振った。

「御守り袋のことなら、この手紙とは無関係ですよ？」

「ほう。無関係とは？」

父が面白そうに両眉を上げ、身を乗り出す。新伍が肩を竦めた。

「確かに、世の中には好意を抱いている相手の物を欲しがる人間もいますよね。御守りだったり、根付《ねつけ》だったり、着物だったり、あるいは相手の髪の毛や爪、その他、身体の一部とか……」

「あの……何の話ですか？」

「ゴホンッ」

父が大きな音を立てて、咳払いをした。

「五島くん。若い娘の前だから、それくらいに」

新伍は呆気に取られている桜子に気づいて、「申し訳ありません」と慌てて謝った。少しバツの悪そうな顔で黒髪をかき上げる。

「僕が言いたいのは、えぇっと……ひょっとしたら桜子さんは、この手紙と御守り袋が消えたことに関係があるかもしれないと不安に思っているかもしれませんが、御守り袋とこの手紙とは関係ないから心配する必要はない、ということです」

「それほどまでに君が言い切るということは、何か分かっているのだな？」

新伍は立ち上がると、窓の方へと歩いていった。

「まず、状況の確認をしましょう」

窓の前で立ち止まると、桜子が閉めた窓ガラスをコンコンと叩く。

「桜子さんがこの部屋につくと、ここの窓が開いていた。そうですよね？」

「はい。外から吹き込む風のせいで、机の上の書類が舞ったのです」

「それで桜子さんは御守り袋を執務机に置いて、窓のところへ行った。窓の鍵をしめ、書類を拾ったあとに部屋の外に出た」

新伍は、桜子が先程歩いたところを辿るように、執務室の机の脇へと移動した。

「その通りです。部屋を出たら、ちょうどお父様と五島さんが歩いてくるところでした」

桜子は、その時の自分の行動を、順に思い出しながら答えていく。すると、何度も頷きながら聞いていた新伍が桜子に問うた。

「では、質問です。仮に何者かが外から忍び込んで御守り袋を持ち出したのだとして、その盗人は今、どこにいると思いますか？」

「どこ……と、おっしゃいますと？」

「桜子さんが閉めた窓は、僕が確かめた時も、確かに内側から鍵が掛かっていました。桜子さんは部屋を出た後も扉の前から動いていない。盗んだ人間が窓から出て、内側の鍵をかけるのは不可能。勿論、扉からも出られない。では、その者は、今どこにいるのでしょう？」

淀みなく状況を述べ立てる新伍に、父が言う。

「桜子が窓を閉めている間に御守り袋を盗み、床に落ちた書類を拾っている隙に部屋を出たのでは？」

「それもあり得ます。風に煽られて床に落ちた書類を拾おうとしたら、こう……」

新伍は実際に、執務机の側で屈む仕草をした。

「このあたりで、扉には背を向けることになりますから、死角はできるでしょう」

桜子は、あの時のことを思い出してハッとした。

「それだわ！　拾っているときに、背後で物音を聞いたんです。それで気になって、部屋の外を覗いて……お父様、私が部屋から出た時、どなたかが部屋の前にいませんでしたか？」

「いいや、気が付かなかったが」

父は眉根を寄せて、首を横に振った。

桜子と父のやり取りを聞いていた新伍が、「物音がした？」と小声で呟いた。口元を拳《こぶし》で押さえて、考え込むような仕草をする。

「五島くん？」

黙り込んでしまった新伍に父が声をかけると、新伍は「すみません」と顔を上げ、気を取り直したように話を続けた。

「桜子さんのおっしゃる通り、もし、その時に部屋を出た者がいたとしたら、どちらに逃げるでしょうか？」

新伍に問われ、桜子は考える。もし犯人が外に逃げようとするなら。

「階段は、出て左です」

「しかし、左側からは胡条さんと僕が来ていました。左に出たら、犯人は僕たちと出くわしているはずですが、胡条さんも僕も誰も見ていない」

「それなら、右でしょうか？　でも、右に逃げても……」

「この部屋は二階の西端。外に逃げようとするなら、突き当たりの窓から飛び降りるしかない」

二階の突き当たりの窓は、健康で足腰に覚えがあれば飛び降りられなくもなさそうだ。

「それなら、すぐに窓を調べてみようか。それと真下の地面も。書斎と同じで内側の鍵はかけられないだろうし、あの高さから飛び降りれば、地面に足跡くらい残っているだろうからね」

父の提案に、新伍は首を横に振った。

「いえ、必要ないでしょう」

「必要ない？　何故だね？」

「今の話は、犯人が部屋の外に逃げたと仮定した話ですから」

「ですが外に出ていなければ、その人はまだ、この部屋の中にいることになってしまいますよね？」

桜子が不思議に思って尋ねると、新伍が極めて落ち着いた口調で告げた。

「ええ、そのとおり。イツさんの御守り袋をとった犯人は、まだ部屋の中にいます」

驚いた桜子は、咄嗟に父親の腕に触れる。

「大丈夫。桜子さんに危険はありません」

新伍はもう一度、窓のところに戻ると、天鵞絨《ビロード》のカーテンを摘まむように持ち上げた。

「だって犯人は、これですから」

「これ？　カーテンが犯人……ですか？」

桜子は恐る恐る、飾り紐のたくさんついた臙脂色のカーテンに近づいた。

「違います。カーテンのこれです。よく見てください」

反対の手で生地の下の方を持ち上げ、桜子に見えるように広げる。

「……猫の爪痕？」

新伍はにっこり笑って頷くと、窓の下にちらりと視線を投げた。

「外の桜の木を伝ってきたのでしょう。木登りするのは人間だけではありませんから」

「なるほどな。では、その猫は今、どこにいるんだね？」

すると新伍は執務机の傍に戻り、突然、床に伏せた。

「さっき、この机の下で光るものが見えました。多分猫の目でしょう」

顔が床に擦りそうなほどに低く身を屈め、机の下に向かって、「チチチ」と舌を鳴らして指を差し出す。桜子も新伍の隣で腰を屈めた。すると、暗がりに光る玉が二つ浮かんでいる。なるほど、確かに猫の目のようだ。

新伍はテーブルの上の皿からビスケットを持ってくると、二つに割って目の前の床に置いた。

「さ、出ておいで」

少し待っていると、ビスケットに釣られた猫が「にゃおう」と身をしならせて這い出てきた。すかさず新伍が捕まえる。灰色に縞模様の毛玉が、新伍の濃紺色の着物の袖の中にすっぽりと包まれた。

「まだ仔猫なのね」

「好奇心旺盛なのでしょう」

新伍が、よしよしと猫の顎の下をくすぐりながら、「お前、木を登って、窓から入ってきちゃったんだなぁ」などと、まるで幼い子どもにするように話しかける。その小さな猫の足には、古い布袋の紐がぐるぐるに絡まっていた。

「これが例の御守り袋ですか？」

「ええ、間違いありません。良かったわ」

新伍が猫の前足から丁寧に御守り袋を外して、桜子に渡してくれた。

「ありがとうございます」

イツの大切な御守り袋。せっかく見つけたのに、桜子の不注意で失くしてしまうところだった。

押さえつけられているのが不満なのか、仔猫が新伍の懐でクネクネと身をよじらせている。

新伍が「外に連れて行きます」と、書斎の外に出て行った。

二人だけになると、父が桜子の方に身体を乗り出した。

「どうだ、五島くんは？」

「どうって……」

「なかなか面白いだろう？　頭も切れるし」

三善中将のところで何度か会っているうちに気に入ったのだという父の話を聞いていると、やがて新伍が戻って来た。

「お待たせしました」

桜子の向かいの椅子に新伍が腰かける。

「ちょうど桜子に君の話を聞かせていたところだ」

「僕の話、ですか？」

新伍が「あまり良い予感がしませんが」と肩を竦めた。

「私が君を大変買っている、という話だ」

「そうですか。それは困ったなぁ」

新伍がさして困ってなさそうに言う。父の言葉を誉め言葉としては受け取ってはいないようだ。

「困った？　何故、五島さんが困るのですか？」

「三善中将に大変お世話になっている僕は、中将と昵懇の仲の胡条さんに頼みごとをされると、断れないのです」

「いや、君は断る時は断る男じゃないか」

父の言葉に新伍は口角を僅かに持ち上げ、首を傾げた。

「……何の話です？」

父と新伍が、しばし視線を交差させる。二人とも表情はにこやかだが、桜子の目には、無言の議論を交わしているように映った。その様子に、何か別の意図を感じた。

だが、それを探る前に、新伍が机の上の桜色の封筒を指で弾いた。

「桜子さんへの手紙の話に戻しましょう。胡条さんの頼みごとというのは、僕にこの怪文書の差出人を探ってほしいということですか？」

父が「そうだ」と認める。

「正体不明の手紙の送り主を見つけて、私の愛娘と我が胡条家の名に傷がつかないように処理したい」

「手紙を出すのをやめさせて、桜子さんに危害を加えない約束を取り付ける、といったところですか？　桜子さんか胡条財閥、どちらかを優先しなければならないときは？」

「決まっている。娘だ。胡条の名は、私の努力でいくらでも取り戻せるが、桜子を失ったら二度と得られないからな」

新伍の瞼が驚いたように持ち上がり、そして、すぐに微笑んだ。

「どうだ？　引き受けてくれるか？　勿論、それ相応の礼はしよう」

新伍は父の提案に、考えを巡らせるように押し黙った。

桜子は、その横顔を見つめた。

手紙の差出人が、この人ではないかと考えたこともある。今は、それは違うと分かっているけれど、それならこの手紙は誰が書いたのだろう。桜子への恋文なのか、脅迫なのか。この人ならば、それを明かしてくれるのかしら。

「どうだね、五島くん？」

考え込んでいた新伍は、父の言葉に軽くため息をついた。困ったように笑っている。

「先程申し上げた通り、僕は胡条さんの頼みは断われません」

新伍の返答に一呼吸置いて、父も「ハハハ」と笑った。この笑い方は機嫌がいいときにするやつだ。

「それでは、よろしく頼む。良きに解決してくれよ」

＊＊＊

次の日、桜子が薔薇に囲まれた女学校の門を出ると、イツではなく新伍が待っていた。

書生服に身を包んだ新伍は、通り過ぎる女生徒たちの好奇心に満ちた視線を集めている。だが、当の本人はいつもの通り、どこ吹く風の涼やかな顔をしていた。

「あんなところで待つのは、やめてください」

桜子は足早に通り過ぎようとしたが、新伍がすぐに追いかけてきた。桜子は少し咎めるように言った。

「皆に見られて、恥ずかしいったら、ありゃしません」

「桜子さんは誰かに狙われているかもしれませんから。護衛みたいなものです」

「護衛?」

物騒な答えに、桜子は驚いて足を止めた。てっきり新伍は、桜子に用があって待っていたのだと思っていた。

「あの手紙のせいですか? いつものようにイツに迎えに来てもらうのでは、駄目なんですか?」

「まぁ、僕の方がいいかと」

言い切る新伍を、桜子は改めて眺めた。背は桜子より高いが、男性にしては低いほうだろう。頭の回転が速いことは分かったが、こんな細身の身体で護衛として頼りになるのだろうか。

「あの……失礼ですが、五島さんは、お強いのですか?」

今後も、人力車が来られないときは代わりに自分が来るという。だが、時津は忙しいにしても、他にもっと適した使用人がいるのではないか。

すると新伍は、にこりと笑った。

「ご心配なく。桜子さんのことは、きちんと守ります」

不思議なことに、その笑顔を見た瞬間、新伍なら本当に桜子を守ってくれるような気がした。見た目は強そうではないのに、負ける姿が想像できないのだ。

ただ、それと同時に、これから頻繁に新伍が迎えに来るのだと思うと、気恥ずかしいような居心地の悪さを感じた。

「帝国大学の学生さんって、私のお迎えに来られるほど暇なのですか？」

「比較的、自由が効くのは確かですね。それに今日から胡条さんのお宅でお世話になりますので、桜子さんの送り迎えも、さほどの手間ではありません」

突然明かされた情報に、桜子は目を瞬いた。

「え？　我が家に住むんですか？」

昨日は、そこまでの話は出ていなかったはずだ。あの後、父と新伍で決めたのだろうか。

「しばらく胡条家に滞在して、桜子さんの周辺を調べさせてもらいます。勿論、婚約者候補の方たちについても」

「でも、貴方は三善のおじ様の家の書生ですよね？」

「その方がいいと判断しました。三善中将とは話がついています」

状況についていけず困惑していると、通りがかりの背の高い男に声をかけられた。

「あれ？　桜子ちゃん？」

振り返ると、東堂樹が、いつもの人懐っこい顔で近寄って来る。

「今から帰るところかい？　そちらの書生さんは、初めてお会いする方かな？」

「はじめまして、五島新伍と申します。三善中将のところで書生をしています」

「三善中将？　あぁ、旦那様と仲の良い方ですね」

「はい。縁あって少しの間、胡条家でご厄介になっています」

父と三善中将との繋がりで、胡条家にお世話になっている。時津やイツが忙しいときには、桜子の世話役もするのだと語る新伍は、口からでまかせを言っているようにはみえない。時津やイツなど、たいした面識もないはずなのに、当たり前のように会話に織り込む堂々とした話しぶりに、桜子は内心、驚かされた。

相手は人の良い樹兄さんだ。疑うことをしない人だから、アッサリと「それは、ご苦労さまです」と、頭を下げて挨拶を交わす。

「桜子ちゃんは、しっかりした良い子だから手がかからないでしょう？」

樹は笑うと、目尻に僅かな皺が寄る。妹を見守る兄のような優しい眼差し。その笑顔がくるりと、がっかり顔に変わった。

「けれど、そうか……イツさんは忙しいのか。手土産を持って行ったら煩わせてしまうかな？」

「樹兄さん、うちに来るところだったんですか？」

「時津さんに届け物があってね。でも皆さんお忙しいようなら、玄関先で失礼しようかな」

「そんなことありませんよ。是非、寄っていってください」

そもそも忙しいと言うのも、新伍の述べた作り話だ。樹が来れば、イツは喜ぶだろう。桜子はいつものように樹の腕をとって、「行きましょう」と歩き出す。

桜子に腕を引っ張られて歩き出した樹が、斜め後ろの新伍の方を振り返る。それから、なんの疑心もない笑顔で尋ねた。

「それでは、ご一緒させてもらってもいいですか？」

三人一緒に家に着くと、「ただいま」と「お邪魔します」の声に応えてイツが出てきた。樹の姿を見るなり「あら、まぁ」と、目を丸くする。

「今日は、随分と賑やかなお帰りですね」

「イツさん、これ、お土産です。街で人気のケーキだそうです」

「樹さま、いつもありがとうございます」

イツが両手で丁重に受け取る。

「早速、お茶の準備をいたしますね」

「僕は時津さんに用事があるから少し失礼します。用事を済ませたら、イツさんがお茶を運ぶのを手伝いましょう」

樹と一旦別れ、桜子と新伍は客間のテーブルについた。

「東堂さんというのは、いつも、ああいうふうなんですか？」

「……ああいうふう、とは？」

桜子が首を傾げて尋ねると、新伍は扉の方に視線を向けた。

「客人の男性が女中の仕事を手伝うのは、かなり珍しいなと思いまして」

イツを手伝うと申し出た樹の言いぶりが、慣れていると感じたらしい。

「客人と言っても、樹兄さんは私が小さい頃からこの家に出入りしているんですよ。家族みたいなものなんです」

なんだか難癖をつけられたみたいな気がして、少しだけ強い口調になったせいだろう。新伍が慌てて「すみません」と謝った。

「他意はなかったのですが」

新伍の謝罪に、やや気まずい空気が流れた。

二人で黙ったまま待っていると、しばらくして、「失礼します」というイツの声とともに、扉が開いた。

扉を押し開けたのは樹で、その後ろからポットとカップの載ったワゴンを押したイツが入ってくる。イツが通り終えるまで扉を押さえていた樹は、後の支度をイツに任せると、自分の家のような気楽さで桜子の正面に座った。

「樹兄さん、時津への御用は終わったのですか？」

「うん。今日は納品書を届けに来ただけだからね」

東堂呉服店は樹の曽祖父が立ち上げた呉服屋で、今は樹の父が店主だ。樹は胡条家に出入りしている御用聞き、つまり外商といったところで、店自体は樹の兄の幹一《かんいち》が近い将来に継ぐことになっている。

だからもし樹が桜子と婚約すれば、婿養子として胡条の家に入ることになるのだろう。

そんなことを考えていると、イツが「お仕事お疲れさまです」という労いの言葉とともに、紅茶のカップと三角形に切ったバターケーキを樹の前に置いた。

「お嬢様。こちら、樹さまからいただいたケーキですよ」

新伍と桜子の前にも白い小皿に乗った三角のケーキが置かれた。バタークリームの甘い香りが部屋中に漂っている。

「まぁ！　おいしそう。ありがとう、樹兄さん」

「新しくできたお店で、若い女の子たちに随分評判って聞いたから」

「なかなか手に入らないって噂よ。さすが樹兄さんだわ」

「胡条さんにはお世話になっているので。あっ、イツさんたちも、後で食べてくださいね」

樹がイツのほうに顔を向けて言った。

女中が客人と相伴することはない。それでも樹はいつも桜子や父以外にも、時津やイツ、他の使用人の分まで手土産を持ってくる。呉服屋というのは番頭、丁稚以外にも沢山の針子を抱えている。東堂呉服店は、自家の使用人を大事にするというから、胡条の家にも同じようにしてくれるのだろう。

樹は、茶と菓子を喫しながら、半刻ほど談笑して帰っていった。

桜子と二人だけになると、新伍が言った。

「東堂さんは良い方ですね。誰にでも分け隔てなく接する優しい方です」

「そうでしょう？　昔から、ああなんです」

身内同然の樹が褒められるのは、悪い気がしない。

「でも、少しお人好しが過ぎる感じがします。周りを気にして、あまり本音を語らない性格でしょうか？」

驚いた。当たっている。

桜子の表情の変化に、気づいた新伍が恐る恐る尋ねてきた。

「すみません。僕はもしかして、また余計なことを言っていますか？」

「いえ。怒ってはいません。むしろ当たっていて、驚いています」

樹は優しくて良い人だが、あまり自分の望みを口に出さない。何を聞いても、ふわふわとした笑顔で曖昧に躱してしまう。桜子との年齢差のせいもあるだろう。だが、そういう事だけではなく、生来の気質として本音を隠す性格だ。

「東堂さんはイツさんに、いつもあんな様子で接しているのですか？　なんというか、とても親切に」

「……えぇ。イツは小さい頃から私のお世話をしているので。樹兄さまもよく見知っているのです」

「そうですか。お二人は、とても良い関係のようですね」

含んだような言い方が気になった。新伍は鋭い。桜子が必死で取り繕おうとしていることも、すでに気づいているように思える。

桜子は新伍の発言の意図を聞き出そうとしたが、そこへ父が入ってきた。

「五島くんも、ここにいたか。ちょうど良い。ちょっと使いを頼まれてくれないか？」

「お使いですか？　どちらまで？」

「藤高中将の家だ」

藤高中将の家。それ以上は、聞かずとも分かる。あの日、観桜会で会った婚約者、藤高貢の家のことだ。

藤高家の玄関で、藤高貢は、あの日と同じように愛想のない顔で出迎えた。

「ようこそ」

やはり貢は苦手だ。表情の変化が乏しく、相手に感情を読ませない。その上、社交性に欠ける。先日の観桜会でも、貢とは上手く会話が成り立たなかった。そう思うと、今回は新伍がいてくれてよかった。

斜め後ろの新伍を振り返る。

桜子の不安を察した新伍が、サッと一歩前に歩み出た。

「はじめまして、藤高少尉。五島新伍と申します。三善中将のお宅で書生をしています」

新伍の身体で視界が半分隠れると、それだけでちょっと安心感がある。

貢の三白眼の中の黒い小さな眼球が、上から下へと素早く動く。見慣れぬ書生服姿の青年の細部まで頭の中に取り込んで、吟味しているかのように。

分析が完了したのか、貢が淡々とした口調で挨拶を述べた。

「はじめまして。三善中将のお宅に書生がいるという話は、聞いたことがありますよ。

確か、帝国大学の学生さんでしたね」

新伍は「どうぞ、よろしく」と、手を差し出したが、貢は、その手を一瞥しただけで、すぐに視線を戻した。新伍はあまり気にしていないのか、軽く肩を竦めて手を引っ込めた。

代わりに懐に手を突っ込んで、紙を一枚取り出した。

「今日は桜子さんの随行で来たのですが、一つお願いがあるのです」

その紙を貢に向けて差し出した。

「先程お持ちした書類について、受け取りの署名をいただけますか？」

「受け取りの署名？」

貢の眉間に、ほんの僅かに皺が寄った。

「胡条さんから託された書類を、藤高少尉が確かに受領した、という旨を一筆いただきたいのです」

「何故ですか？　貴方が確かに渡したと伝えてくれれば済むでしょう？」

「何分、大事な書類ですし、桜子さんのお遣いでは不安だと胡条さんが仰っていたので。きちんと証拠をお見せしたいのです」

貢は少しの間、口をへの字に曲げて閉ざしたまま。何かを探るように新伍と紙を交互に見ていたが、結局、紙片を受け取った。

「分かりました。どうぞ中へ入って下さい」

貢の案内で、二人は藤高家の立派な和室の客間に通された。

床の間には、水墨画の掛け軸と最低限の彩だけを確保しているかのような質素な一輪挿し。静謐な空気に満たされた、整った部屋だ。

貢は座布団に座るや否や万年筆でサラサラと紙片に何かを書き付け、新伍に渡した。

「これで良いですか？」

それを見た新伍が、満足げに礼を告げる。

「確かに頂戴しました。お手数おかけいたしました」

貢は無言で頷くと、桜子に視線を移した。

「この部屋は居心地が悪いですか？」

唐突な質問に桜子は面食らった。しかし、桜子の答えを聞くより先に、貢が話を続ける。

「御覧の通り、当家は何事においても和式です。桜子さんは、こういった部屋は慣れないでしょう？」

「胡条の家にも和室はありますが」

胡条家は玄関から入ると洋式だが、屋敷の奥の方にはちゃんと和式の部屋や庭が作ってある。当世流行りの和洋折衷式の屋敷だ。

「それは良かった。洋式の生活習慣で育っていると馴染むのが大変でしょうから」

「馴染む、ですか？」

何故、桜子が貢の家に馴染む話になっているのか。貢の表情を読もうとしたが、細い三白眼からは意図を読み取れない。

しかし桜子の戸惑いなど意に介していないようで、貢は勝手に話を進めた。

「うちにも使用人はおりますから、貴女《あなた》は嫁入り道具と親しい女中でも連れて来れば良いでしょう。私は今は少尉ですが、来春には陸軍大学校へ行くことが決まっています。大学校を卒業すれば、さらに上へと道が開ける。後々は父と同じ中将か、それ以上になるつもりですので、貴女《あなた》も苦労することはないかと」

眉一つ動かさぬ無表情は変わらぬまま貢が告げていることは、まるで——

「藤高少尉は、桜子さんとの婚姻をお望みですか？」

桜子に代わって、新伍が助け船のように尋ねた。

「すみません。第三者の僕が不躾に。でも、藤高少尉のご発言は、まるで桜子さんをこの家に迎えたいかのように聞こえたので」

貢の目尻が僅かに動いたような気がした。貢は背筋を伸ばしたまま、新伍の方に身体を向けた。

「桜子さんは、父が決めた縁談です。家に相応しい相手なのでしょう。当然、結婚を望んでいますよ」

甘やかさの欠片もない求婚。貢の言いようは、桜子がどんな人間であるかなど関係ないと告げているに等しい。

確かに、この手の縁談は互いの家の利益と都合で成り立っている。政略結婚みたいなものなのだから、当人同士の気持ちなんて関係がないと言えば、その通りだろう。しかし、だからと言って、当人相手にあまりに割り切ったその態度は、いかがなものか。

「桜子さんには藤高少尉の他にも婚約候補の方がいる、ということはご存知ですか？」

「聞いています。そして私は候補としては二番手。筆頭ではない。胡条さんの腹の中は、おそらく財閥のお坊ちゃんが本命でしょうか」

かなり直截な言い方だったが、発した当の貢は自分の言葉を何とも思っていないらしい。

「私は別に気にしていませんよ。貴女《あなた》が私に決めてくれれば、それでいいのでしょうから」

長い指でコツンコツンと机を数回打ち鳴らしてから、突いた点の外側を囲むように、指先でクルリと円を描いた。その様が、何かの戦略でも練っているかのように見えて、あまり良い気がしない。

「いかがですか、桜子さん？　藤高に嫁いでいらしては。惨めな生活はさせませんよ」

今すぐにでも返事を寄越せと言わんばかりに、貢の三白眼がこちらを見据えている。

その視線も態度も、桜子には、ひどく無礼なものに映った。

桜子は何も答えたくなかった。嫌な沈黙が広がる。

「藤高少尉は、少し性急なところがあるようですね」

空気を変えるように、新伍がのんびりと口を挟んだ。

「合理的で、回りくどいのを嫌う、といったほうが、より正しいでしょうか？　利点を挙げて早急に決めさせたいのは理解できますが、桜子さんは気持ちが付いていっていないようです」

新伍が穏やかに代弁してくれたことで、桜子は少し落ち着きを取り戻した。

「胡条さんの中で婚約者候補に本命など、ないと思いますよ。少なくとも僕はそう聞きました」

「なるほど」

貢は新伍の指摘に軽く顎を引いた。どうやら頷いたらしい。

「確かに、貴方がおっしゃったことは一理あるようです。ですが、私からも一つ質問をさせてください」

ぎらりとした三白眼が、今度は新伍に向けられる。

「五島さん、貴方は何故、この場にいるのですか？　先程、『僕はそう聞いた』と言いましたが、貴方は三善中将殿の家の書生で、桜子さんとの婚姻とは関係がないはず。にも拘らず、そのように言い切る貴方は、桜子さんとはどういう関係なのでしょう？」

確かに、婚約者候補の娘によく分からない他家の書生が付き添っているのは、不審かもしれない。以前、樹にも聞かれたことだ。桜子はその時と同じ内容を、今度は自分で説明しようとした。

「うちの使用人たちが忙しいので、三善中将にお願いして五島さんに胡条家の手伝いを……」

「桜子さんに、不審な手紙が届いたのです」

桜子の言葉を新伍が遮った。

桜子は弾かれたように、隣の新伍を見る。

手紙のことを正直に話してしまうとは思わなかった。まだ、犯人が誰か分からない。ひょっとしたら、貢が犯人だってこともあり得るのに。

新伍は、桜子の無言の抗議を躱すように、軽い調子で肩を竦めた。

「忙しいからといって、他家の書生にお嬢様の世話を頼んだなどという説明で、藤高少尉がすんなり納得するとは思えません。中途半端な回答は、かえって疑心を招き、少尉はこの後も、何のため僕がいるのかと探るようになるでしょう」

貢は新伍に視線を据えたまま、上半身を乗り出した。新伍の言動に興味を持ったようだ。

「手紙というのは、どういうものですか？」

貢の求めに応じて、新伍が手紙について、かいつまんで説明した。

「なるほど。桜子さんの結婚をやめさせるための怪文書ですか」

貢が腕を組んで、顎を上げた。長い指先で、コンコンと肘のあたりを打つ。

「それで？　この話を私に明かすということは、手紙の犯人は私ではないと証明できたわけですね？」

「はい。少尉のご協力のおかげです」

どういうことかと問うような視線を送ると、新伍は懐から取り出した受領証を桜子に見えるように広げた。

「さっき少尉に書いてもらった受領証です」

そこには、手習いの手本のように細部の留めはねまで正確な文字で、『お約束の書類、確かに受け取りました。　藤高　貢』と書かれている。

「受領証を書かされた時にはなんの意味があるのかと疑っていましたが、腑に落ちました」

「それでは、五島さんは少尉の筆跡を確認するために、あんな書き付けを？」

新伍が「貢は犯人ではない」と言い切るだけあって、貢の書いた字は、あの手紙の文字とは似ても似つかない。少なくとも貢は、手紙を実際に書いた者ではないということだ。

「この件、警察には話してあるのですか?」

「怪しい手紙が届いたというだけで動いてもらうのは無理でしょう」

「藤高家からも口添えしましょうか?」

胡条はそれなりに有力な財閥だし、藤高家の当主は陸軍中将だ。警察の中に顔が利く人間もいるのだろう。だが貢の提案に、新伍はゆっくりと首を横に振った。

「胡条さんは、あまり大事《おおごと》にしたくはないようでした」

「なるほど。もしかして、胡条さんの方では犯人に目星がついているのかもしれませんね」

貢の見解は桜子にとって、全くの想定外だった。

犯人の目星がついている? まさか。そんなこと思いもしなかった。

新伍はどう考えているのだろう。何か掴んでいるのだろうか。だが期待に反して、「それは、どうでしょうね」という曖昧な返事とともに、首を傾げただけだった。

用事を終えた桜子と新伍は、藤高の家を辞した。

外はすでに、日が暮れかけている。新伍の手に提げられた藤高家で借りた行燈が、薄墨色に変わり始めた街をぼんやりと照らしている。

「あの恋文のこと、わざわざ藤高少尉に知らせないといけなかったのですか？」

桜子は言外に、「言わないでほしかった」という思いを滲ませて尋ねた。

「あの場でも申し上げた通り、藤高少尉は鋭い方ですから中途半端な言い繕いでは、かえって不信を招きます」

「それは、そうかもしれませんが……」

「少尉のお父上の藤高中将は軍の要職です。藤高少尉も癖は強いが切れ者だ。味方につけておいた方がいいですよ。まぁ……桜子さんは、あまり好きではないようですが」

新伍の指摘は図星だったが、改めて指摘されると、少々バツが悪い。答える代わりに反論で返す。

「藤高少尉のご関心は、私ではなく胡条家でしょう？」

家同士の結婚で情を求めても仕方がないってことくらい桜子だって理解している。貢にとっては、両家を結ぶ合理的な手段なのだろう。

それでも最低限の礼儀と言うか、節度というものがあるはずだ。貢の態度は一人の人として桜子に関心を持つつもりがないというのがあからさまで、ちょっと受け入れがたいものなのだ。

それに比べると、財閥の息子である有朋は桜子に対する思いやりがあった。軽い雰囲気があるのがちょっとばかり気になるが、桜子を丁重に扱ってくれるだろう。

「藤高少尉とのご縁談については、帰ったら早急にお父様にお断りしたいと伝えます」

行きましょうと新伍の方を振り返った途端、目に飛び込んできた光景に、桜子は思わず動きを止めた。

「どうしました？」

新伍が桜子の視線の先を探す。

「あの背の高い男性ですか？　女性と腕を組んでいる？」

「えぇ。園枝有朋さんです」

腕を組んだ女性に、親しげに顔を寄せる有朋。女性は甘えるように有朋にしなだれかかり、有朋の方もそれに応えるように微笑んでいる。

「桜子さんの婚約者候補の園枝有朋さんですか？　一緒にいる方は、随分と濃い化粧の人ですね。スカートにハイヒール。髪型からすると芸妓ではなさそうですが」

目鼻立ちを際立たせる化粧に、桜子より頭一つ分ほど、高い背丈。華やかな空気を身に纏い、薄暗い中でも、目を惹いている。なんとなく、以前にどこかで見たことがある顔のような気がしたが、遠目ではよく分からない。

ただ、暮れかけた繁華街を睦まじく歩く二人の雰囲気は、桜子が樹と腕を組んで歩くのとは全然違った。

「あの人、園枝さんの恋人……なのでしょうか？」

「まぁ、一般的に言えば、そうでしょうね」

悲しいわけではない。ただ、心の中が急速に冷えていく。

自分は何を期待していたのか。園枝でも、藤高でも何も変わらない。政略結婚だもの。そして、それは樹だって同じ。

父は三人の候補の中から、桜子の意志で一人を選んで良いと言った。だから、つい勘違いをしてしまった。単に形式みたいな婚姻じゃなくて、互いを大切に想い合えるような関係を築ける人と結婚できるのだ、と。

桜子は、三人の中から誰かを選ばなければならない。

今すぐ貢を断ったとして、何になるのか。たとえ全員が気が進まない相手であったとしても、誰かを選ばなくてはならないのに。

自由に思えた選択肢が、酷く不自由なものに思えた。

「私がもし園枝さんと結婚したら、あの方と園枝さんはお別れしないといけないのでしょうか？」

桜子は、有朋たちが歩いて行った先を見つめた。すでに人垣の向こうに隠れ、仲睦まじい二人の姿は見えない。

新伍がさらりと言った。

「あるいは、妾にするのかもしれませんね」

「妾、ですか？」

桜子が戸惑うように繰り返したせいだろう。新伍はハッと顔色を変え、慌てて謝る。

「すみません。僕はまた、余計なことを言いました」

余計なことには違いない。けれど、妾という選択肢があるということを、新伍に指摘されるまで桜子は思い至らなかった。

有朋は園枝家の跡継ぎだから、園枝家と胡条家の関係性を大事にするだろう。だからこそ、あんなにも桜子に愛想良くしていた。でも本当の恋人が別にいるということは、有朋の振る舞いも純粋に桜子への好意ではなかったのだと気づかされる。

桜子は緩く首を左右に振った。長いため息をつく。多分、新伍の言っている通りだ。

あの二人を見た限り、別れるなんてないだろう。

「他に好きな人がいるくらい、大したことじゃありませんよね」

自分に言い聞かせるように呟く。強く両の手の拳《こぶし》を握りしめると、ふいに隣から力の抜けた声がした。

「あの……余計なことを言った僕が言う事ではありませんが、そこは無理しなくても、いいんじゃないですか？」

驚いて隣を見る。新伍が桜子の顔をじっと覗き込んでいる。

「だって貴女《あなた》の顔には、他に恋人がいるような人に嫁ぐのは嫌だ、と書いてありますよ」

桜子の心の内を見透かすような眼差しに、思わず顔を逸らした。

「……そんなこと、ありません。こういうことに納得できないほど、私は子どもではありませんから」

他に思いを寄せている人がいるから、なんだというのだ。妾を持つことなんて、政略結婚では、ままあることだろう。だが新伍は、先程と同じ言葉を繰り返した。

「無理に納得しなくていい、と僕は思います」

いつもの、頭に浮かんだ先から口に出すような言い方ではない。一言、一言を紡いで差し出すように丁寧だった。

「僕は胡条の家にお世話になって日が浅いですが、いろいろな方に話を聞きました。だから、桜子さんが周りの方からたくさんの愛情を受けて育ってきたことは知っています」

新伍は手紙のことを調べる過程で、時津やイツ、その他の使用人たちからも話を聞いたのだという。

「大切に育てられた桜子さんが、貴女《あなた》自身と向き合おうとしない人や、互いを尊重し、敬うことをできない相手を、結婚相手として受け入れられないと思うことは自然なことです。そして、その嫌だと思う気持ちを抑える必要はないと、僕は思います。その想いは貴女《あなた》を形作る、とても大事なものだから」

ガス燈の明かりをつける点灯夫が、二人の周りを忙しなく駆けていった。新伍の言葉に重なるように灯ったガス燈の明かりが暮れかけの街に煌めく。

「……すみません。また少し余計なことを言ったかもしれません」

ガス燈の光を浴びた新伍が、照れくさそうに微笑んだ。

空を見上げて、「さぁ、帰りましょうか。直に真っ暗になりますよ」と、歩き始める。

桜子は何故だか、その背中を呼び止めたくて仕方がなくなった。けれど、呼んだところで、何を話せばいいのか分からない。

新伍が、付いてこない桜子を案じて、足を止めた。

桜子は気持ちを切り替え、新伍の後を追いかけて歩き出した。


家に着くと、少し焦った様子のイツが桜子たちを出迎えた。

「お嬢様、園枝様がいらしています」

「えっ、園枝さま？」

つい半刻前に、女性と腕を組んで愉しげに歩いているのを見たばかりだ。その人と別れたあと、その足でここにやってきたというのでもなければ、こんな時間に来るはずがない。

「旦那さまも一緒に、応接室でお待ちです」

一緒に待ち構えていた時津が、新伍から藤高家の行燈を受け取り、イツに手渡した。

「お嬢様は、私と一緒に応接室へ。申し訳ありませんが、五島さんも、ご一緒にお願いします」

「僕も同席して構わないのですか？」

「旦那様がそのように、と。例の件もありますので」

有朋は桜子への手紙の中で、名指しで結婚を反対されている。警戒が必要という判断らしい。

時津が新伍に顔を寄せ、少し低い声で告げた。

「五島さん。くれぐれも園枝有朋という男の人間性についても、よく見ておいてください」

「人間性？　僕は、園枝さんの人間性を推し量る立場にはありませんが」

時津は鼻の眼鏡を軽く押し上げ、いつも通りの冷静な家令の顔で言ってのけた。

「お嬢様のお相手が、おかしな虫であってはいけませんから」

「五島さん。気にしないでください。時津はちょっと過保護なの」

時津に見送られ、新伍と一緒に入室する。桜子と目が合った瞬間、有朋が薔薇色の頬を緩ませた。

「桜子さん、またお会いできましたね」

有朋は桜子に近寄ると、先日と同じように、手の甲に軽い口づけをした。

桜子は、戸惑いを顔に出さないように必死で堪えた。さっきまで愛おしそうに別の女性の肩を抱いていたのに、今はまるで桜子に想いを寄せているみたいにみえる。

「あの……私も、お会いできて光栄です」

絞り出すように挨拶を返す。洗練されていて素敵だと感じた仕草が、今は妙に胃にもたれた。自分の笑顔が引きつっていないか心配になる。

そんなことなど何も知らぬ父が、新伍を自分の横に呼んだ。

「園枝くん、ついでに紹介させてくれ。五島新伍くんだ。三善中将のところの書生だが、なかなか優秀でね。私の仕事を少し手伝ってもらっている。例の舞踏会には彼も随行しようと思うのだが、構わないね？」

「ええ、もちろん。胡条さんのご紹介でしたら大歓迎です」

それから新伍に向かって「是非いらしてくださいね」と、手を差し出した。新伍も、それににこやかに応じる。

「お父様、例の舞踏会とは、なんのお話でしょうか？」

桜子が父に尋ねると、新伍から手を離した有朋が振り向いた。目がいきいきと輝いている。

「桜子さん。それについては私から話します」

「まずは席に座ろう」

今にも話し出そうとする有朋を父が制して、全員が席についた。改めて有朋から、二週間後に園枝家主催の舞踏会が開催されることが説明された。

「今日は、お二人に招待状を持ってきたのです」

有朋が白地にきらびやかな金色で装飾された、大きめの封筒を差し出した。父が受けとり、中を検める。

「場所はどちらですか？」

桜子は招待状を覗き込んだ。読むより先に有朋が答える。

「大帝都ホテルです。大ホールを貸し切ります」

「大帝都ホテルの大ホールですか？」

桜子が声を上げ、父が小さく「ほう」と漏らした。帝都の一等地に立つホテルの大ホールは、桜子とて数えるほどした訪れたことがない。そこで舞踏会を開催するとは、さすが園枝財閥である。

「舞踏会には桜子さんもいらしていただけますよね？」

「勿論、喜んでお伺いいたします」

舞踏会は、ただの華やかな遊戯ではない。社交や政治や商売の大切な場なのだ。桜子が居住まいを正して承ると、有朋はにこりと微笑んで付け足した。

「本当は、私のパートナーとしてご参加いただけたら嬉しいのですが……少し気が早いでしょうか？」

先程の有様を見てしまった桜子にとって、それは気の重い好意だった。

＊＊＊

大帝都ホテルのロビーは吹き抜けになっている。上を見上げると、二階部分はぐるりと取り囲む回廊で、その回廊を支える柱、壁、階段に至るまで西洋風の精緻な彫刻が施されていた。

今宵は、園枝財閥主催の舞踏会だ。ロビーは煌びやかに着飾った人で溢れかえっている。男性は皆、黒い燕尾服を身に纏い、女性はフリルのついた赤や黄色、紫のドレスが華やかに翻る。

「いや、しかし……さすが園枝財閥とでもいうべきか」

一緒に来ていた父がハンカチで額の汗を拭いた。熱気で少し暑い。

「会場の大ホールは、この奥だ」

父は、赤い絨毯に導かれた廊下の向こうを指し示した。

重い扉を開け放った両脇に、黒い服の男が二人立っている。そのうち一人が、父が差し出した招待状を確認すると、「ようこそ、いらっしゃいました」と腰を折って、中に向かって手を差し出した。

ホールの中も、ロビーと同じように賑やかだ。楽団が奏でる陽気な音楽が聞こえてきたが、どこで演奏しているのかは人の頭に隠れてしまってよく分からない。

来客たちの中には胡条家と付き合いのある見知った顔もいる。他にも、名の知れた財界の大物、あるいは、桜子はよく知らないが一目で只者ではないと感じる、おそらく政界の重鎮であろう者たち。

「この規模の夜会を催せるような家は、そうはない」

これに比べれば先日の胡条の観桜会など、ほんの子ども騙しだな、と父は呟いた。別に卑下している風ではなく、素直に感心しているようだ。

とはいえ、胡条とて一応は名の通った財閥。こういう場の常で、来客が次々と父のところに挨拶に来る。桜子は父の隣で、いつものように愛想よく振る舞った。

挨拶が一段落ついたところで、桜子は父に断って人の輪を抜けて壁際にやってきた。今日、おろしたばかりの真新しい靴が、まだ足に馴染んでいないようで、少しだけ痛む。

ホールの中心では、何組かの男女が華麗なステップを踏んで踊っていた。桜子も嗜みとしてダンスの練習会に何度か行かされたから、踊ることは出来るけれど、得意だと胸を張れるほどではない。

「五島さんは、どこにいるのかしら？」

一緒に来るはずだった新伍は、大学の用事で少し遅れて来ることになった。そろそろ到着してもいい頃だろう。桜子は、ダンスをしている者たちから視線を移して、周辺で談笑している人たちに目を凝らした。

「うーん……まさか、いつもの書生服じゃないわよね？」

ほとんどの男性は燕のような尻尾のついた燕尾服を着ている。いくら新伍でもそれなりの装いをしてくるはずだ。

そんなことを考えながら探していると、突如、入り口付近の人の輪が動いた。

無遠慮な黄色い声が上がったかと思うと、密集していた人々の群れが左右に割れる。

見ればその中心に、帝国陸軍の制服を着た藤高貢が立っていた。

細身だが背が高い。身体に沿うように作られた美しい飾りボタンのついた軍服は、この賑やかな場にあって一際目立っていた。

「どうして、あの方が？」

長身が人目を惹くせいだろう。妙齢の令嬢たちが、きゃあきゃあと色めきだっている。しかし貢はそれには見向きもせず、あの独特の三白眼を一層細くさせて周囲を見渡した。

桜子は思わず身を縮めた。

桜子を探しているわけではないと思うけれど、苦手な貢とは顔を合わせたくない。見つかる前にホールを出よう。

庭に面した掃き出し窓は換気のためか、何箇所か開け放ってある。桜子は壁伝いに移動すると、開いた窓から外に出た。

賑やかな室内と違い、庭は静かだ。あちこちにガス燈がついているようで意外と明るい。ちょうどいい。庭でも散策して時間を潰そうかと考えた時だった。桜子の足に、強い痛みが走った。

室内よりも足元が悪いせいか、それとも人の目がなくなって緊張の糸が切れたせいか。ハイヒールに締め付けられた足がズキズキ痛む。このままでは歩けそうにない。一旦、靴を脱いだほうがいいかもしれないと腰を屈めた瞬間、近くでドスンと何かが地面に落ちる音がした。

音のした方へ顔を向けた。どうやら庭には先客がいたらしい。三人の女が何かを取り囲んで、揉めている。

桜子は靴にかけた手を止め、慌てて身体を起こした。他の人の目があるところで、靴を脱ぐような、はしたない真似は出来ない。なんの騒ぎだろうかと、女たちの方へ歩み寄った。

近づくにつれ、女たちの声がはっきりと聞こえてくる。

「本当に、なんで貴女《あなた》のような愚図を雇うことになったのかしら」

濃紺色のひざ丈ワンピースに、白いフリルのエプロンを付けた一人の女が、ため息混じりに言う。すると、同じ格好をした他の二人も続けて声を上げた。

「そうよ。いくら夜会で人が要るからって、ねぇ……?」

「身体が大きくて、一人だけ揃いのお仕着せも着られないだなんて、みっともないったらありゃしないわ」

「あっ、あの……でも、私は体力には自信がありますので……」

輪の中心からは、途切れ途切れながら、なんとか答えようとする声が聞こえる。だが、取り囲む女たちの冷たい声が口答えを許さない。

「ち・か・ら、だけはね。それ以外は、てんでダメ。顔だって男みたいに怖いじゃない」

他の女たちが、「そうよ、そうよ」と、くすくす笑いながら同調した。

「あんたみたいな怪力しか取り柄のない女、絶対に旦那さまや有朋さまの前に出ないでちょうだいね。皆様のお目汚しになるから」

次々と繰り出される酷い言葉に、桜子はげんなりした。駄目だ。これ以上は黙って聞いていられない。

気合を入れるように背筋を伸ばす。女たちに近づき、声をかけた。

「どうかされましたか？」

張りのある、しっかりとした声が腹から出た。不思議と足の痛みは感じない。

声をかけられた女たちが一斉に桜子の方を振り向いた。

こんな暗がりに近づいてくるのは誰だろうと、一瞬、不審者を誰何するような表情をみせたが、桜子の顔を認めると、中心にいた女中がハッと目を見開いた。

「胡条桜子さまですね？」

その女中は、大きくつり上がった目の下に、特徴的な泣きぼくろがあった。かなり気が強そうな顔立ちだが、桜子の名前を言い当てると綺麗な仕草でひざを折って、洋式の挨拶をした。

「お見苦しいところをお見せし、大変失礼いたしました」

他の二人も泣きぼくろの女に追随する。左側の女が、後方に向かって咎めるように囁いた。

「ほら、あんたも立って。挨拶しなさい」

すると、三人の背後から大きな影がのそりと立ち上がった。

女だ。それも、かなり背が高い。新伍以上、ひょっとしたら時津と同じくらいかもしれない。

その女は、身体に不似合いなおどおどとした声で謝った。

「も、申し訳ありません」

洋風の女給服を着ている他の三人と違い、一人だけ縦縞の着物に、やや窮屈そうにエプロンをつけている。

真ん中で仕切っていた泣きぼくろの女が、一瞬、苦々しそうに顔を歪めた。だが、すぐにその表情を隠すと、桜子に向けてはきはきと尋ねた。

「桜子さまは、若旦那さまの……有朋さまの婚約者でいらっしゃいますよね？」

やはり、この者たちは園枝家の使用人らしい。

「いいえ。家同士で話し合っているとは聞いていますが、まだ何も決まっておりません」

桜子が訂正すると、女中はすぐさま「失礼致しました」と頭を下げる。さっきまで他の女中を愚図だ何だと罵って虐めていた女と同一人物とは思えないほど、桜子に対しては慇懃だ。

「貴女《あなた》たちは、ここで何をしていたのですか？」

今は舞踏会の真っ只中。園枝家の使用人ならば、こんなところで油を売っている暇などないはずだ。

「この者は新米でして、いろいろと至らないことも多く、指導しておりました」

女中は平然と答えたが、指導と言うには随分、一方的に罵っていたようにみえる。

桜子は他家の女中同士の諍いに口を挟む立場にはない。ない、のだが――

「度を超えた指導は、何も生みません。彼女が十分な技量を会得できるよう、適切な指導してあげてください」

黙って見過ごすのは、どうにも気分が良くない。

泣きぼくろの女は、桜子の諫言に気分を害した様子もなく、「畏まりました」と素直に頭を下げた。

「お見苦しいところをお見せして、申し訳ありませんでした」

仕草は無駄がなく美しい。左右にいた他の二人のお辞儀も同じように、よく訓練されている。

泣きぼくろの女は頭をあげると、真っすぐ桜子を見つめた。

「当家にて桜子さまにお仕えできる日を、使用人一同、心待ちにしております」

社交辞令には聞こえなかった。むしろ、桜子を受け入れるつもりであるとさえ感じた。

「それでは、失礼いたします」

女中たちは桜子に辞去の挨拶をすると、揃って歩き出した。

「ほら、あんたも行くわよ」

左の女が背の高い女中の着物の袖を引く。和服姿のその女中は、あたふたと後をついていこうとした。

桜子が、それを呼び止めた。

「待ってください。実は私、足を痛めてしまって、どなたか……えぇっと、そこの和服の方がいいわ。私に肩を貸してくれないかしら？」

桜子のお願いに、和服の女中は、どうするべきかと窺うように真ん中の女を見た。泣きぼくろの女中が「桜子さまのおっしゃるように」と、許可を出す。他の二人は、和服の女中を見下すような笑みを浮かべていた。

三人が去っていくと、和服の女中が桜子の側に近づいてきた。桜子の高いヒールの靴を見つめる顔は、とても心配そうだ。

「あちらに腰掛けがありますから、どうぞ私の肩に」

「ありがとう」

女中の肩を借りて、長椅子まで移動して座る。

「ごめんなさいね、困っているのは分かったのだけれど、あまり助けになれなくて」

桜子が詫びると、驚いた女中が「滅相もありません」と、首をぶんぶん横に振った。

「貴女《あなた》、お名前は？」

「えっ？　わたしの名、ですか？」

「名前を知らないと話すのに不便だわ。教えてくださる？」

答えることを躊躇《ためら》うように、視線がきょろきょろとあたりを彷徨《さまよ》う。やがて、弱々しい声で名を告げた。

「トワ、と申します」

トワは桜子の前に屈んで、おどおどとした物言いで靴に触れる許可を求めた。

「お嬢様、靴を拝見してもよろしいですか？」

桜子が了承すると、トワは遠慮がちな口調とは裏腹に、テキパキと手際よく桜子の靴を脱がせた。

靴を脱いだ瞬間、激痛が走った。思わず、「うっ」と、小さな声が漏れる。

「小指に血が滲んでいます」

「痛いはずね。新しい靴で、慣れていないの。やっぱり履き慣れたものにすれば良かったわ」

トワは、桜子が脱いだ靴をマジマジと見た。先が細く窄んだ形のヒールは、いつも履いているものよりも少し高い。

「こういうものを履いて踊るのは大変でしょうね。踵が高くて、足が詰まりそうです」

トワは独り言のように呟くと、靴を傍らに置いた。靴下も脱がせ、懐から手拭いを取り出して割く。それを、傷の具合を確認しながら丁寧に指先に巻いていく。

するとトワが、巻きながら「痛いの、痛いの……」と歌うように唱えた。

懐かしい呪文に、ふいに幼い頃を思い出す。亡き母の優しい眼差しが頭に浮かんで、少し切なくなった。

「トワさん、今のは？」

桜子が声をかけると、トワがハッと顔を上げた。とんでもない失言をしてしまったかのように、申し訳ありませんと真っ赤な顔で謝った。

「お嬢様にとんだ失礼を」

「いいえ。トワさんは、優しいのね。おかげで少し痛みが引いた気がします」

桜子が礼を言うと、トワはホッとした様子で足から手を離した。

「出来ました。薄く巻いたので、靴を履くには支障ないと思います」

「ありがとう。おかげで助かりました」

「すぐに歩くと、また傷口が開いてくるかもしれません。もう少し、こちらで休んでいたほうがよろしいかと」

「貴女《あなた》はどうするの？」

「戻らないと叱られますので」

あの女中たちは、トワにかなりきつく当たっていた。あそこに戻るのは辛いだろう。

仕事とはいえ気の毒に思う。

「あの人たちは、いつもあんな様子なの？」

「私は、この夜会のための臨時の女中ですから。普段は料亭の下働きをしています。そりゃあ、このままお勤めできたら良いと思っていましたけど」

トワの「けど」という言葉の切り方で、今はもう、そのつもりがないということが分かった。園枝が大きな財閥で、魅力的な就職先であったとしても、あの仕打ちでは無理もない。実際に勤めたら苦労するのは目に見えている。

「桜子さまは園枝有朋さまにお嫁入りされるのですか?」

「まだ、そうと決まったわけではないわ」

トワが俯いた。

「お似合いだと思いますよ」

「そうでしょうか?」

「はい。二人とも美男美女で。私とは大違い。私は大女で性格も明るくありませんし……」

トワは眉を八の字に下げてボソボソと呟く。

よく見ると、俯いたトワの頬に泥がついている。さっき、あの三人に小突かれていたときについたのだろうか。

桜子はナデシコの花の刺繍がされたハンカチーフを取り出して、トワの頬を拭った。トワが驚いて目を見張る。

「お、お嬢様、ハンカチーフが汚れます！」

「トワさん。そんなふうに自分を卑下するのはよくないわ。誰かが貴女《あなた》を傷つけていい理由なんて何もありません」

ナデシコのハンカチーフをトワの手に、そっと握らせた。

「嫌な時には、素直に嫌だと言っていい。そういう気持ちに嘘をつく必要はないと思います」

頭に浮かんだのは、あの暮れかけの街で、新伍に言われた言葉の受け売りだった。

トワの置かれている状況は胡条家の令嬢である桜子のものとは全然違う。だからこんな言葉、トワにとっては何の意味もないかもしれない。それでも桜子にとってそうだったように、トワにとっても、この言葉が心の中に小さな灯火となって宿ればいいなと思う。

「ハンカチーフは差し上げます。どうぞ顔を拭って、前を向いて。私に構わず戻ってくださいな」

トワは少しの間、握られたハンカチーフと桜子を交互に見つめていたが、やがて汚れたハンカチーフを握りしめた。

「ありがとうございます。ハンカチーフは必ず綺麗に洗ってお返しします」

深いお辞儀をしたトワが会場の方へと去っていく。その顔がさっきまでより強いものに見えたから、桜子はちょっとだけ安心した。

一人になった桜子は、このまましばらく長椅子に座って休むことにした。

桜子の位置からは植栽のちょうど向こう側に、硝子越しの会場の様子が見える。

有朋は主催者らしく会場内を縦横無尽に動き回り、色々な人たちと挨拶を交わしている。その合間に紳士たちから若い娘を紹介されてダンスを踊っていた。有朋のダンスは見た目の印象通りに上手い。しかも華やかで、会場中の視線を一挙に独占する。

桜子の父は、中心からやや離れた場所で談笑していた。話し相手は樹だ。

樹も招待されているとは知らなかった。いつもの地味な着物ではなく、珍しく燕尾服を着ているけれど、他人の服でも借りているみたいで、相変わらず洋装が似合わない。そんなことを考えながら微笑ましく眺めていると、ふいに後ろから「桜子さん」と、名を呼ばれた。

振り返ると、藤高貢が大きな木の陰から現れた。

「ここにいたんですね。探しました」

貢は長身を持て余すように、頭上の枝を掴んで足元の花壇をヒョイッと乗り越えた。

「探していた？　私を？　何か御用ですか？」

「貴女《あなた》と踊ろうと思いましてね」

貢は、とてもダンスを申し込んでいるとは思えない仏頂面で言った。

「皆の前で踊れば、私が貴女《あなた》の有力な婚約者候補だと周囲に認知させることができるでしょう?」

桜子は思わず顔を顰《しか》めそうになるのを辛うじて堪えた。貢にとって、胡条家の令嬢との婚約が大事なのは分かる。けれど、あまりにも桜子の心情を軽視した物言いではないか。

しかし貢は、桜子の内心など気にも留めていないらしい。

「それにしても、こんなところに一人でいるとは。貴女《あなた》は手紙の人物に狙われているかもしれないという自覚がないのか? 五島さんは、何をしているんだ」

心配というより叱責に近いような言葉を吐いて、桜子のすぐ側に近寄って来る。長身の貢が大股で歩く様は威圧感があった。

「戻りましょう。まぁ、あの男がいなくとも私が側にいれば問題ない」

早くしろと急かすように、貢の手が桜子の方へと伸びてきた。驚いた桜子が思わず身を竦めた。

その貢の手が空中で不自然に停止した。

「僕ならいますよ」

貢の手首を、新伍が上から押さえるように掴んでいる。

黒い外套を羽織っているが、いつもの四方八方に散らばる散切り頭ではなく、きちんと髪を撫でつけていた。

「五島さん⁉」

「遅くなりました。すみません」

新伍が桜子に、いつものごとく飄々と言う。その顔に緊張していた心が緩んだ。

新伍が貢の手首を離す。

「さて、少尉。桜子さんは足を痛めているようです。少し休憩が必要でしょう。休んでから、僕が中へお送りします」

「足を？」

貢は軽く顎を引いて、桜子の足元を見た。

「慣れない靴のせいです。代えの靴を預かってきましたので、少尉は会場でお待ちいただけますか？」

「分かりました。ダンスは会場の中で、改めて申し込みましょう」

新伍の説明に納得したようで、貢は踵を返してホールの方へと消えていった。

「さて、桜子さん。足は大丈夫ですか？」

貢がいなくなると、新伍は外套の内側に手を突っ込んで、靴を取り出した。めくれた外套の隙間から、皆と同じ燕尾服が覗いている。

「少し失礼しますね」

桜子の正面で片膝をついてしゃがんだ新伍が、すっと手を伸ばした。

「え、あの……」

桜子が戸惑っているうちに、新伍がさっさと靴を脱がしていく。

まさか新伍に靴を替えられるとは思っていなかった。イツよりも逞しい指先が足首を掴む。慣れた手つきではないが、丁寧に触れてくれているのが分かり、桜子はそわそわとして何とも落ち着かない。

すると新伍が、桜子の足を支えたまま手を止めた。

「あれ？　手当しましたか？」

「ええ。さっき園枝家の女中さんがしてくださったのです」

薄い靴下が、小指のあたりで少し不格好に歪んでいる。新伍がそれを気遣いながら、新しい靴を履かせてくれた。

靴の交換は、あっという間に終わった。新伍が、脱いだ方の靴をもって立ち上がる。

「僕は、こちらの靴をイツさんに預けてきます」

イツはホテルの前で待っているという。新品の靴を選んだ桜子を心配して、後から追いかける新伍に替わりの靴を頼んだそうだ。新伍は様子を窺うために庭から回ろうとしていたところで、貢と話す桜子を見つけた。

「イツには敵わないわ」

桜子がほろりと呟くと、新伍が優しく微笑んだ。

舞踏会の喧騒が庭木の向こうから聞こえてくる。

「僕は靴を預けてから受付をして会場に入るつもりですが、桜子さん。足は、まだ痛みますか？」

桜子はゆっくりと立ち上がった。履き慣れた靴はさっきよりも踵が低く、足に馴染んでいて、柔らかい。

「平気です。もうダンスだって踊れます」

新伍に向けて、足をトントンと鳴らしてみせる。

「試しに踊ってみますか？」

冗談めかして誘うと、新伍が珍しく逃げ腰で後ずさりした。

「いえ、結構です」

「五島さん？」

「僕は踊れませんので」

「そうなんですか？」

初対面から余裕の表情ばかり見せてきた新伍の意外な弱点に、桜子はちょっと可笑しくなった。

「簡単ですよ。教えて差し上げます。ホラ、手を取って」

「い……い、いいですよ、僕は……」

会場の中に入れば踊ることもあるでしょうからと、構わず自身の右手を新伍の左手に重ねた。左手は新伍の肩に乗せる。動揺している新伍に、ちょっとした優越感だ。

「反対の手は腰に添えてください。それで、こう……踊るんです」

真っすぐ伸ばした右手を波のようにユラ、ユラ、ユラ。今度は反対に左手を伸ばして、ユラ、ユラ、ユラ。

「足は適当に動かしてください。あ、でも、私の足を踏まないでくださいね」

新伍は、最初のうちは「うわっ！」「わわっ！」と、ぎこち無く動いていたが、すぐに慣れて、桜子の足を踏まないようにトントンと跳ねるように踊った。多分、器用なのだ。

正しいダンスとはほど遠いけれど、楽しくなってきた。

「あの……これ、合っていますか？」

「全然、合ってないです……ふふふふ」

自然と笑いが込み上げてくる。ガス灯の柔らかな明かりに包まれて、しばらく踊った二人は、どちらからともなく足を止めた。

「……もう、戻りますね」

離す手が名残惜しく感じる。

「そうですね。藤高少尉がお待ちでしょうから」

新伍の一言に、弾んでいた気持ちがすっと縮んだ。

「藤高少尉は本当に、あの手紙の差出人ではないんですよね？」

「違いますね。桜子さんも御覧になった通り、筆跡が全く違います」

桜子の周りにいる人物の筆跡は使用人も含め、全員確認したが、該当する人はいないそうだ。

それでも桜子が、貢から距離を置きたがっているのを察したのだろう。

「そんなに身構えなくても大丈夫ですよ。少尉は警戒するほど悪い方ではありませんし、僕も会場の隅から見ていますから」

新伍に励まされ、会場に戻る。すぐに、貢がやってきた。

「胡条桜子さん、一曲、お相手よろしいですか？」

貢が礼に則り、丁重に申し込む。桜子も背を伸ばして令嬢らしく優雅に応じた。貢に手を取られて、会場の中央へと歩いていく。

貢は情感の全くない、正確無比なダンスを踊った。手本通りの踊りは、新伍よりもずっと上手だ。無表情で心情を慮《おもんばか》らない対応に苦手意識を持っていたが、こうして儀礼的に相対すれば、そこまでの嫌悪感はないのだと気づく。

貢との無言のダンスが終わって会場の端に戻ってくると、今度は園枝有朋に声をかけられた。

「ようやく、皆さんとの挨拶が終わりました」

有朋は同じ婚約者候補である貢にも、いつもの社交的な微笑みを向けた。それから桜子の方に向き直ると、洗練された仕草で恭しく腰を折った。

「桜子さん。私とも一曲、お相手願えますか？」

貢と踊った以上、有朋の誘いを断るわけにはいかないだろう。靴を替えたおかげで、幸い足も持ちそうだ。

「はい。お願いいたします」

有朋に手を取られ、再び会場の真ん中へ歩み出る。

有朋のダンスは遠目に見ていた時の印象通りだ。桜子を巧みに導き、踊りやすい。華やかな彼が踊りだした途端、皆が注目したのが分かる。こんなにも人に見られながら踊るのは初めてで、少し緊張する。

それも有朋にとっては日常茶飯事なのだろう。全く気にしていない様子で、桜子に話し始めた。

「今日は楽しかったですか？」

「ええ、とても。人が多くて驚きました」

「そうですね。おかげで、あまり話せませんでしたね」

踊っていると顔が近い。香水なのか、花のような甘い香りがした。

「今度、桜子さんをお茶会にご招待してもいいですか？」

「お茶会、ですか？」

「うちの庭でやるんです。ゲストは桜子さんだけ。二人でゆっくりお話ししたいので」

「あの、それはどういう……」

桜子の質問を封じるように、有朋が桜子の身体をくるりと回した。正面に戻ってきた桜子を、手慣れた調子で抱き留める。

「桜子さんの踊りは上手ですよ。皆が見ています」

グイッと腰を引き寄せた有朋が小声で耳打ちした。

「どうも、あちらの軍人さんが私を牽制しているようです。こちらも見せつけておきましょう」

有朋が大人の色気を纏って笑う。桜子は終始、困惑させられ、なんとも落ち着かないダンスだった。

有朋との踊りが終わり父の側に戻ると、今度は東堂樹に声をかけられた。

「桜子ちゃん、お疲れさま」

こういう場所で、見慣れた樹の顔はホッとする。

「足が痛いんでしょう？　僕とのダンスは、今日はお預けかな」

樹は桜子の足の痛みに気づいていたらしい。

正直、樹の提案は有り難く、桜子もできるならそうしたい。だけど貢や有朋同様、樹も桜子の婚約者候補だ。貢は有力候補だと認知させたいと言い、有朋は見せつけようという。

樹と踊らないことで、彼は既に選外なのだと他の二人に思わせたくはなかった。

「大丈夫です。少しだけなら」

桜子は、樹の腕を取った。

「行きましょう」

樹は優しいけれど、断ることが苦手だ。押し切られたら駄目だと言えない。その性格を熟知している桜子は、「でも……」と煮え切らない樹の腕を強引に引っ張った。

いざ踊り始めてしまえば、互いに慣れたものだ。

「さすが桜子ちゃん。上手だね」

「樹兄さんこそ」

樹は小さい時から桜子の練習相手をしている。上手いとか下手とか、そういう次元の関係性ではない。勝手知ったる樹と踊るのは、他の二人とするよりも、ずっと楽だ。自然と体が動いていく。

でも、一番楽しかったのは……

踊りながら向けた視線の先には、ガス灯に照らされた窓の向こうの庭。そして、その傍で壁際にもたれて会場内に隈なく視線を巡らす、真っ黒い髪。

「桜子ちゃん？」

よそ見をしている桜子に、樹が声をかけた。

桜子は慌てて、頭を振る。

何を考えているのか。婚約者候補は三人だ。この中の誰かと、遠からず婚約を結ぶ。そうだと決まっているのに。

＊＊＊

園枝有朋からお茶会の招待状が届いたのは、夜会から一週間後のことだった。

左下に薔薇の模様をあしらった上等な紙に日時が書いてある。場所は、園枝家の洋風庭園らしい。

「やはり行かないといけないでしょうか？」

父に渡された招待状を、じっと見つめる。

「気が進まないのか？」

乗り気ではないのを感じ取ったのだろう。娘を案じるように父が言った。

「園枝くんは華やかな分、やや軽薄な印象を持ったのかもしれない。しかし事業に対しては、真面目に取り組んでいる。今後は海外との取引を増やしたいと積極的に動いているし、彼なら、お前の世界を広げてくれるだろうと思ったのだが」

父の言うことは理解できる。先日の夜会でも熱心に参加者たちに挨拶をして、人脈を広げていた。そういう一面があるからこそ、父も婚約者候補として勧めたのだろう。

だが一方で、以前、夜の街で女性と腕を組んで歩いていた姿を忘れることはできない。桜子と結婚したからといって、あの二人は別れないだろう。

「園枝くんは嫌か？　貢くんの方がいいということか？」

「いいえ！」

桜子は即答で否定してから、言い訳するように付け足した。

「藤高少尉は、あまり私に関心がないようです」

桜子の目に映る貢は、胡条という家柄と婚約を結ぶことのみを重視している。

「あの方は何を考えているか分からなくて、少し怖いです」

「では、樹くんは？」

桜子は答えに窮した。

「三人とも気に入らない、か？」

父がため息をついた。

「そうは……」

　言っていない。けれど結局、似たようなものかもしれない。どんなに桜子が渋ったところで、あの三人の中から誰か選ばなくてはならないのに、桜子は誰も彼も選べない。

「お父さま。この機会に伺ってもよろしいですか？」

「いいとも」

「園枝さんは、ご長男ですよね？　藤高少尉も」

　そして胡条家は一人娘だ。ずっと気になっていた。桜子が選択をする上で、避けては通れない問題。

「そのお二人のどちらかと結婚したら、私は先方の家に嫁入りするのでしょうか？」

　長男なら家を継ぐはずだ。園枝は大財閥の跡取りだし、軍人家系の藤高が婿に出すとは考えにくい。三人の中で次男なのは東堂樹だけだ。

　桜子の問いかけに、父は「そうなるな」とあっさり頷いた。

「園枝くんか貢くんのどちらかを選べば、お前は嫁に行き、樹くんを選べば、彼に婿に入ってもらう」

「でしたら、この胡条の家はどうするのです？」

　園枝ほどではなくとも、胡条もそれなりの規模の財閥だ。跡を継ぐ者は必要だろう。

「それは心配いらない。もし、お前が嫁にいけば、栄進を養子にとるからな」

「栄進ちゃんですか？　まだ十歳になったばかりですよ」

先日の観桜会にも来ていた従弟の牧栄進は、桜子の亡き母の、姉の子どもだ。伯母は、あまり裕福ではない男爵家に嫁に行き、栄進とその兄をもうけた。

樹が桜子にとって兄のような存在なら、栄進は弟のようなものだ。父は昔から利発な栄進に目をかけて、可愛がっていた。

「栄進は優秀な子だ。桜子が嫁に行こうと行くまいと、将来はうちで預かるつもりだ。栄進自身もそのつもりでいる」

栄進には以前から父の指図で優秀な家庭教師をつけており、その学費も胡条で賄っている。それは全て、胡条の将来への投資である、と父は言った。

「栄進ちゃんが、胡条の跡継ぎ……」

悪い案ではない。栄進は、幼い頃から聡い子だった。性格も温厚で思慮深い。それでいて、樹のような優柔不断さはなく、こうと決めたらハッキリ主張するし、やり通す意志の強さがある。

だが、その優秀さが仇となってか、牧家の跡継ぎの兄とは折り合いが悪いと聞く。桜子はほとんど会ったことがないが、栄進の兄は、優秀すぎる栄進を嫌って遠ざけているという噂だ。十歳の弟に立場を脅かされると思っているらしい。将来、栄進を胡条で預かることになれば、兄弟間の不和もいずれ解消されるかもしれない。

「うちの跡継ぎがどうなどということは、桜子が気にする必要はない。もちろん、樹くんを選んでも、栄進を重用することに変わりはないから安心しなさい」

父の説明に桜子は胸を撫でおろした。一人娘である以上、後継者問題は避けて通れない話だと思っていたから。

桜子の様子から心の内を察したのだろう。父が突然、思いもよらぬ提案をした。

「もし桜子が三人の誰とも結婚したくないと言うのなら、遠慮せずそう言いなさい」

誰とも結婚したくないなら、と言われた桜子は、咄嗟に否定出来なかった。

けれど、それを簡単に肯定してはいけないことも理解している。

たとえ跡取りでなくても、胡条家の令嬢として、他家と縁をつなぐのは重大な責務だ。候補者の中から選んで良いと言われるだけで、すでに破格の待遇なのだ。

「大丈夫です。もう少し考えてみますから」

「そうか」

父が去ると、入れ替わりに時津がやってきた。

「お茶会の招待状をお預かりいたします」

時津が、受け取った招待状を懐に入れる。

ふと思いついて、桜子は時津に尋ねた。

「ねぇ。時津は三人の中で誰が良いと思う？」

「三人というと、園枝さま、藤高さま、樹さまですか?」

「そうよ」

「私はそれにお答えする立場にはありませんが……」

あくまで使用人に徹する時津らしい返答だ。でも、聞きたいのはそんな答えではない。

「それは分かっているわ。けれど、幼いころから私を見守ってきた時津の意見を聞きたいの」

父の仕事を間近で補佐している時津だ。人を見る目もあるだろう。

時津は少し考えてから、鼻の上のメガネをきゅっと押し上げた。「それでは、僭越ながら」と前置きをしたかと思うと、いつも小言を言うときの調子で言葉を継いだ。

「桜子さまは、普通のご令嬢とは少々違うように存じます」

違うと言われてもピンとこないが、あまりいい意味で言われたようには聞こえない。

その勘は当たっていた。

「まず、一般的なご令嬢は、夜中にこっそり家を抜け出したりはしません」

「う……」

先日、イツの御守りを探しに抜け出したときのことだ。耳が痛い。

「それから、困っている人にやたらと話し掛けたり、住むところのない身元不確かな者を家に連れ帰ったりしません」

完全に叱られているときのような空気に、桜子は「そういえば、そんなこともあったわねぇ」と曖昧に躱す。

まさか七、八年前の昔話まで持ち出されるとは思わなかった。

「お嬢様は、良家の令嬢にしては好奇心が強く、行動力がありすぎる」

次々続く小言に、説教をされるつもりで質問したのではないのにと後悔していると、一転、時津が口の両端を柔らかく持ち上げた。

「そして、使用人に優しすぎるのです」

いつも真面目くさった顔か、しかめ面ばかりの時津にしては珍しい優しい顔に、褒められたのだと気づいて思わず顔を伏せた。

「そういうところが、お嬢様の良いところだと私は思います」

「どうも……ありがとう」

めったにないことだから、妙に照れる。

「それで、時津は私の相手には、どなたが良いと思うの？」

桜子が本題に戻すと、時津がきっぱりと言い切った。

「私がお嬢様のお相手によろしいと思うのは、樹さままでです」

「樹お兄様？」

「樹さまなら、お嬢様の性格をよくご存じです。婿に迎えるのだから他家に出て苦労することもありませんし、お嬢様は今まで通り、この家で、のびのびと過ごせるはずです」

「それは、その通りでしょうけれど」

「それに正直、私には残りのお二人がいい婚約者だとは、とても……」

そこまで言いかけたところで、度を超えたと気づいたのだろう。慌てて謝った。

「申し訳ありません。今のは失言です」

「いいのよ。聞かなかったことにします」

うっかり本音を漏らすなど、時津にしてはかなり珍しい。それほどまでに桜子のことを心配しているということなのかもしれない。

時津に言われ、改めて樹のことを考えてみる。気が弱そうだが、優しい眼差し。観桜会のときには婚約者候補として話が持ち上がっていることを、樹もきっと知っていただろう。声をかけられた、あの時、隣にはイツが立っていた。それを思い出したところで、桜子はため息をついた。

結局、同じところを堂々巡りしているような遣る瀬無さに、気分が沈んだ。

＊＊＊

園枝家のお茶会が開かれたのは、良く晴れた休日の午後だった。

桜子の隣を歩く新伍が、感嘆した様子できょろきょろとあたりを見渡す。

「実に洒落た屋敷ですねぇ」

「なに、大したことありませんよ」

少し前を歩く園枝有朋は、いつも通り人当たりの良い口調で謙遜した。

洋式の石畳で作られた道沿いには、個人の邸宅の敷地内にも拘らず、ガス燈が立っている。道の左右は芝生が植えられていて、右手を眺めると、遠くに池と噴水が見えた。

「わざわざ有朋さんご本人がお出迎えになるとは、思いませんでした」

「大切な客人ですからね。私もまさか、五島さんが一緒にいらっしゃるとは思いませんでしたが」

新伍の言葉に、別に嫌味を言うふうでもなく返す。

「申し訳ありません。他の使用人の都合が合わなくて」

有朋は、新伍が胡条家の書生ではないことを知っている。にも拘らず、この場についてくることになった非礼を桜子は詫びた。だが、実際には、新伍に供をさせようというのは、父と時津が決めたことだ。

「謝っていただくことはありません。五島さんは軍部の有力者である三善中将だけでなく、胡条さんの信まで得ているのだから、きっと一廉《ひとかど》の方なのでしょう」

「いえいえ、たまたま手が空いていたからついて来ただけです」

新伍は謙遜すると、さりげなく有朋の横について、庭や、その奥に見える大きな館の一角を指しては、「あれは、何ですか?」と、熱心に尋ね始めた。

有朋の方も、自慢の屋敷について聞かれるのは満更でもないようで、「我が家は完全に洋式建築で建てていまして」と、得意げに説明している。

新伍に会話の相手を任せ、二人の少し後ろを歩いていた桜子は、遠くに見知った姿が見えた気がして、思わず足を止めた。

「どうかしました?」

新伍が桜子の方を振り返る。

「今、知り合いがいた気が……」

再度、姿の見えた方に目を凝らしたが誰もいない。

「いえ……気の所為《せい》だったようです」

慌てて二人に追いつくと、有朋は目の前にかかる蔓薔薇のアーチを指し示した。

「この奥が本日の会場です」

アーチを潜った先は、少し開けた円形広場のようになっていた。足元は芝生で覆《おお》われ、周囲は桜子の胸ほどの高さの木でぐるりと囲まれている。椅子に座れば、外からは見えないだろう。

中央には、瀟洒なデザインの白いテーブルセットが置いてあった。猫のような机の脚が、この洋風の庭園によく似合っている。

有朋が振り返って、両手を大きく広げた。

「ようこそ、我が家のティーパーティーへ」

有朋の歓迎の口上とともに、待ち構えていた女中が桜子たちのために椅子を引く。

給仕をしてくれる女性には、特徴的な吊り目の下に見覚えのある泣きぼくろがあった。濃紺色のワンピースの上から白いエプロンをつけた人は、先日、帝都ホテルの夜会で会った女中だ。

「うちの料理人が腕によりをかけて用意しました」

テーブルにはケーキやシュークリーム、エクレアにクッキー。花びらのような飾りの乗ったケーキまである。

色とりどりに並んだ西洋の菓子。あたり一面、砂糖とバターの甘い香りが満ちている。

「すごい……」

続きの言葉が出てこないほどに驚く桜子に、有朋は満足げに微笑んだ。

女中がカップに紅茶を注ぐと、ティーパーティーが始まった。

「先日は、私どもの夜会にお越しいただき、ありがとうございました」

まずは有朋が、主催者らしく夜会の礼を述べた。

「人が多くて大変だったでしょう。お疲れにはなりませんでしたか？」

「大帝都ホテルの大ホールに入る機会は、あまりありません。美しい会場の装飾と、素敵な音楽を堪能させていただき、とても楽しい晩でした」

桜子も礼を返す。

「桜子さんは、踊りがお上手ですね。どこで習得されたのですか？」

「練習会に通っておりました。かろうじて踊れる程度で、お恥ずかしい限りですが」

「ご謙遜なさる必要はありません。練習会では、どちらの先生に習ったのですか？」

有朋は会話上手で、話が途切れることがない。次から次へと桜子に質問するし、こちらが何か答えれば興味深げに頷き、さらに質問を重ねて話を引き出す。

誰にでもこんなふうに人あたりが良いのなら、きっと皆から好かれるだろう。夜会でひっきりなしに声をかけられていたのも分かる気がする。

有朋と桜子が話しているのを新伍が黙って聞いているような時間が、しばらく続いた。

すると気を利かせたのか、有朋が今度は新伍に話を振りはじめた。

「五島さんは西洋文化に興味をお持ちですか？」

「えぇ、まぁ」

新伍が、作ったような笑顔で頷くと、有朋は嬉しそうに言った。

「やはり！　屋敷や庭園のことを熱心に質問されていたので、そうではないかと思いました」

新伍が、庭の植栽の向こうに聳える有朋自慢の洋館に目を向けた。

「これだけ見事な洋式邸宅だと設計者はもちろん、大工を探してくるのも大変でしょうね。日本建築とは、まるで建て方が違うと言いますし」

すると、有朋の目がパッと輝いた。

「お分かりになりますか？　私が留学していた頃の伝手をたどり、向こうから人を呼んだのです」

「なるほど、どおりで。園枝さんは、どちらに留学されていたのですか？」

「巴里です」

「花の都ですね」

「ええ、まさにそうなんです！　まさしく愛と芸術に溢れた街なのですよ」

新伍の返しが余程気に入ったのか、有朋はひとしきり留学先での出来事を話し、いかに西洋文化が先進的であるかを熱心に語った。

もともと話し上手な有朋ではあるが、その浮かれたような語りぶりに、桜子は少なからず面食らった。それと同時に、まるで夢物語のように遠い世界の話を聞いている心地の桜子とは違い、相槌を打ち、時折、質問を挟む新伍の博識ぶりに驚かされた。

「お二人の話を聞いていると、巴里というのがとても素敵なところだと分かります」

桜子の気の利かない間の抜けた感想にも、有朋は「えぇ、本当に、そうなんですよ！」と、前のめりに頷いた。

「来年には巴里万博もありますし、そのときには、是非、桜子さんも私と一緒に……」

有朋が熱っぽく語っていると、後ろから園枝家の家令らしき若い男が近づいてきた。気づいた有朋が話を止める。家令が有朋に何かを耳打ちした。しばらくはそれに頷いていた有朋だったが、ひとしきり聞き終わると桜子に断りを入れた。

「すみません、桜子さん。ちょっと急な仕事の連絡が入りまして。話の途中ですが、中座をお許しください」

「もしお邪魔でしたら、私たちは、そろそろお暇いたします」

お替わりで注がれた紅茶も、もう半分ほどになっている。お菓子も少しずつだが一通りいただき、お腹も膨れていた。

しかし、腰を上げようとした桜子を、有朋が押しとどめた。

「すぐに戻ります。お時間が許すようでしたら、もう少しだけ、お付き合いください。舶来の珍しい物を是非お見せしたいのです」

熱心に引き留める有朋に、仕方なく浮かしかけた腰を下ろした。

有朋の姿が見えなくなると、隣から突然、忍び笑いの気配がした。

「園枝さんは、随分と西洋文化に傾倒しているんですね」

離れたところに控えている女中たちに憚ってか、小さな声で言う。

「でも、五島さんも詳しくて、驚きましたよ」

「園枝さんのご執心ぶりに比べれば、大したことはありません。あれは、少し滑稽なほどですね」

新伍の口から出た皮肉じみた単語に、桜子は眉を顰める。

新伍は、庭木の向こうに聳え立つ白亜の館に視線を向けた。

「西洋建築の家に、女中は全員が洋装。この庭園のティーセットにも、有朋さんの好みが反映されているのでしょう。なかなか徹底しているじゃありませんか」

「徹底……ですか？」

確かに、有朋は相当な西洋文化好みなのだろう。それは会話からもよく分かる。だが、西洋風の誂えをすることは珍しくはない。徹底とまで言い切るようなことだろうか。ましてや、何をもって新伍は、「滑稽」とまで言うのだろう。

しかし新伍は、そのことには、これ以上言及せずに話題を変えた。

「それにしても、園枝さんは桜子さんを随分とお気に召しているようですね」

「お気に召して、というのは、どういう意味でしょう？」

「桜子さんと婚約したいと、強くお考えなのでしょう」

桜子は驚きに目を見張った。

確かに、有朋の態度は、かなり友好的だった。

「だけど、園枝さんは……」

桜子の頭に、有朋と恋人との仲睦まじい逢瀬が過る。

有朋は確かに優しい。婚約すれば、丁重に扱ってはくれるだろう。でも彼が桜子に浮かべる好意的な笑みと、恋人に向ける恋情は全く別ものだと、桜子は知ってしまった。

新伍が、桜子の続く言葉を待っている。しかし、桜子は何も言いたくなかった。新伍と自分の婚約について話をするのが、何故だか酷く気が進まなかった。

桜子が何も言わないまま、二人の間に沈黙が続く。

居心地の悪い新伍の視線から逃げるように、桜子が冷めた紅茶のカップに手を伸ばした。そのとき。沈黙を破るように、突如、甲高い悲鳴が敷地中に響き渡った。

「きゃぁーーーーッ！」

新伍が反射的に立ち上がった。

「見て来ます」

その袖口を桜子は咄嗟に掴んだ。

「待ってください！　私も」

「いえ、なりません。桜子さんは、ここに」

「でも……」

桜子の不安そうな顔に、新伍があたりを見回す。ここにいるのは、突然上がった悲鳴にどうすればいいのかと戸惑う園枝家の女中たちだけだ。

「私は、何者かに有朋さんとの結婚を反対されているのです。脅迫状も貰いました。ここに一人で残るのは心細いのです」

「分かりました。僕から離れないで、必ず僕の指示に従うと約束してください」

「お約束します」

新伍が泣きぼくろの女中に尋ねる。

「叫び声がしたほうに何があるか分かりますか？」

「ば、薔薇園と温室が……」

不安げな顔の女中たちを置いて、新伍と桜子は声のした方へと急いだ。

しばらく走ると、庭木の向こうに小さな三角屋根が見えた。最初に入った門とは反対方向だから、このあたりは屋敷の端のほうだろうか。

「あれが温室でしょうか？」

「おそらく。壁の部分がガラス張りになっているでしょう？」

新伍の言う通り、屋根のすぐ下、壁があるであろうところがガラスのような素材になっているのが分かる。桜子は今まで見たことがないが、温室の壁というのは前後左右とも透明のガラス張りになっているらしい。

　この庭木の茂ったあたりを抜ければ温室だろうかというところで、向こうから帽子を目深に被った男が足早にやって来た。

「藤高少尉！」

　新伍が呼ぶと、背の高い軍服の男は足を止めた。帽子のひさしをあげる。

「桜子さんと、五島さん？」

　いつも無表情の藤高貢が、酷く驚いた顔をしている。

「藤高少尉、どうしてこちらの屋敷に？」

「先日の夜会で忘れ物をしまして。こちらで預かっていただいていたので、受け取りに……いや、私のことは良い。五島さん達こそ何故ここに？」

「桜子さんが園枝有朋氏に呼ばれたのです。私は付き添いで。先程の悲鳴は何かあったのですか？」

　立ち止まって話している間にも、数名の使用人が温室までの道を行ったり来たりしている。

「僕たち温室のほうに様子を見に行こうと思うのですが」

「……僕たち？」

　後ろの桜子も、新伍について行くつもりだと気づいた貢は、二人の間を分断するように長い手を伸ばした。

「五島さんはともかく、桜子さんは、これ以上進まれませんように」

「私？　何故ですか？」

貢はしかめ面のまま、眉間に拳《こぶし》を当てた。それから、低く唸るような声で告げた。

「園枝有朋氏が遺体で発見されました」

「えっ⁉」

「何者かに殺害された可能性があります。園枝邸の使用人に警察への連絡を頼んでいます」

貢の言葉を聞くや否や、新伍が走り出す。

桜子も後を追って駆け出そうとしたが、後ろから手を引かれて身体が止まる。振り返ると、貢に右腕を掴まれていた。

「言ったでしょう？　貴女《あなた》は駄目です」

貢の細い三白眼が、桜子を睨みつける。

「ずいぶんと派手に血が飛んでいる。貴女《あなた》が見るようなものではありません」

すでに前を走っている新伍が身体をひねって叫んだ。

「藤高少尉、少しの間、桜子さんをお願いします！」

そこからは怒涛の午後だった。

貢は、ほどなくして到着した警察官の一人に桜子を託して、また現場に戻った。園枝邸にいた者は、桜子も含めて皆、代わる代わる話を聞かれた。

園枝有朋は、温室の中でうつ伏せに倒れていたという。周囲に植木鉢の破片が落ちていて、その破片には血が付いていた。状況から、これは事故ではなく何者の手による衝動的な犯行だと判断されたらしい。

園枝の屋敷の中で大勢の警察官たちがそこかしこを検分している。

そう時間を置かずして、桜子は事件との関連性がないという結論が出たらしい。園枝家に来てから事件までの足取りは明確で、悲鳴が上がる直前まで女中が見守るテーブルから離れていないと証明された。胡条家にも連絡がいったらしく、早々に家に帰れることになった。

聴取が終わった頃、イツと時津が迎えに来た。

「お嬢様！」

イツが姿を見るなり駆け寄ってくる。桜子はすっかりヘトヘトで、抱き留めるように支えてくれたイツの体温が心地良い。

時津は桜子の髪、顔、腕から指先へと、丹念に手に取って調べていく。もう年頃だというのに、桜子に何かあると未だに幼い頃にしていたのと同じようにするのだ。

「お嬢様、お怪我はありませんか？」

手のひらを桜子の頬に当てたまま時津が尋ねた。もう片方の手は、桜子が倒れるのを案じているのか、二の腕あたりを支えるように掴んでいる。

「うん。私は大丈夫」

桜子がしっかりと頷いたからだろう。青ざめていた時津の顔がようやく安堵で緩んだ。

「それより、五島さんが戻って来ないのよ」

「あの人は大丈夫でしょう。あとは私に任せて、お嬢様はイツとお屋敷にお戻りください。イツ、乗ってきた人力車を待たせてあるから、お嬢様をお連れしなさい」

「はい。すぐに」

時津と別れ、桜子はイツの助けを借りながら門の前まで歩いた。来るときには瀟洒で素敵だと思った洋館が、今は暗く哀しみに沈んでいるように見える。

イツがぽつりと漏らした。

「先程時津さんに伺ったのですが、本日は樹さまもこちらにいらしていたのだそうです」

「え？　樹兄さまが？　全く見かけなかったわ。屋敷の中かしら？」

「ご商売のことでいらしていたそうで、事件に遭遇し、今も別のところに留め置かれ

ている と聞きました」

「そうなの。それは心配ね」

イツは固い表情で頷いた。だが、すぐに不安を押し殺すように、桜子に微笑みかけた。

「ともかく桜子さまだけでも、お帰りになれて良うございました。帰ったら、すぐにお風呂を焚きますから、今晩は温まってゆっくり休みましょう」

「ええ。とても疲れたわ」

本当に、とても身体が重い。気分も憂鬱だ。桜子はイツに支えられて人力車に乗り、悲しみに満ちた白亜の洋館を後にした。

結局、新伍が帰って来たのはその晩遅く、日付が替わる頃だった。

＊＊＊

園枝邸の事件から五日後。桜子のもとに、勝川《かちがわ》と名乗る、口髭を蓄えた中年の警察官が、話を聞きたいと訪れた。階級は警部補だという。

時津は、桜子は容疑者ではないと結論付けられたはずだとか、当日にも十分に話をしたのに今更だとか不満を述べて、「いざとなったら胡条の人脈で圧力をかけるので嫌なら断ってください」などと熱心に勧めてきたが、そういうわけにもいかないだろう。

結局、面談は時津と新伍同席の下、胡条家の応接室で行われることとなった。

時津は、椅子にかける桜子の斜め前、勝川警部補の背後で睨みを効かせる仁王像のように立っている。鼻の上の眼鏡が、いつにも増して光っているようだ。

「あのようなことがあり、お嬢様は大変心を痛めておられます。聴取は短い時間で、お願いします」

「えぇ。それはそうでしょうな」

時津の冷たい物言いも、勝川はまったく気に留めていない。いかにも儀礼的な感情の籠もらない口調で「心中、お察しします」と述べて、話を始めた。

事件から五日経っているのだから、少しは進展があったのだろうと思っていた。しかし期待に反して、勝川の質問はあの日答えた内容の確認のようなものばかりだ。目新しい情報は何一つない勝川の質問に、以前と同じ答えを繰り返す。

事件のあった日、桜子は有朋が亡くなる直前、新伍や園枝家の女中たちと共にいた。そして、有朋が席をはずして悲鳴が上がるまで、その場から誰一人欠けることはなかった。

だから桜子はもちろん、新伍もはなから容疑者の候補から外れている。それにも拘らず新伍が遅くまで園枝邸に留め置かれていたのは、警察官が到着する前に、現場をあれこれ見て回っていたせいだ。

現場を荒らす不審者だと捕らえられ、一時は容疑者の最有力候補に仕立てられたらしい。結局、藤高貢が、顔の効く警察官に事件前後の経緯を伝え、桜子の父からの連絡で事態を把握した三善中将が新伍の身元を保証する連絡をしたことで、ようやく放免されたという。

早々に三善中将の名を出せば、もっと早く帰ってこられただろう。しかし、新伍は中将にかける迷惑を慮《おもんぱか》って、自分から告げることはなかったそうだ。

「犯人の目星はついたんですか？」

勝川と桜子のやり取りが一段落したところで、新伍が尋ねた。

「いや。まだだ」

「でしょうね」

新伍がやや挑発的に言った。

「そうでなければ、事実上、犯行の不可能な桜子さんのところに、わざわざ一度聞いたことを確認しに来る必要はありません。だって桜子さんは、温室にさえ近づいていないのですよ」

捜査が行き詰まっている証拠だろうと言う新伍に、勝川は明らかに気分を害したようで、ムッと顔をしかめた。しかし新伍は構わず畳みかける。

「園枝さんはご商売が順調だったと聞きます。その分、敵も多かったんでしょうね？」

勝川がぶっきらぼうに答えた。

「そりゃあ、人並みにはいただろうね」

「人並み？　大財閥の御曹司たる園枝さんですよ。それを『人並み』とおっしゃるのですか？」

「その辺の金持ち連中並みに、いただろう」

勝川が、鬱陶しそうに言い直す。

「『その辺の金持ち連中』の水準は、『人並み』とは言いませんよ」

止まらぬ新伍の屁理屈に、勝川は憮然とした様子で鼻を鳴らしたが、桜子と目が合うと取り繕うように言った。

「まぁ、有朋氏は跡取りではあるが、現状、園枝家の商売の中心人物はお父上だという。有朋氏が特別恨みを買うような事は考えられないそうだ」

「跡目争い、ということは？」

「有朋氏がいなければ跡取りは弟ということになるが、氏とは年齢が離れている。まだ十歳になったばかりだというから、現実的に考えて、今すぐ弟を担ぎ出す状況ではない」

勝川は自身の口髭を二度しごいてから続けた。

「周りの評判を聞くと、氏は明るく、社交性に富み、人好きのする性格だそうだ。話せば皆、彼を好きになる。特別、利害関係があるわけでなければ、彼を殺害するなんて考えられないと口をそろえて言われたさ」

明るく、社交性に富み、人好きのする性格。話せば、皆、彼を好きになる。その人物評には、桜子も同意できる。熱心に語りかけ、興味を持って話を聞いてくれるのだ。他の女性との逢引きを見なければ、桜子だって有朋に心惹かれていたかもしれない。

いや、やっぱり、そんなことはないのかしら。

桜子は隣の新伍の様子を、そっと窺った。当の新伍は身を乗り出して、勝川に質問を重ねる。

「では、女性関係はどうですか？」

その質問に勝川は、一瞬、苦虫を噛み潰したような顔をした。

「それは……人並み以上だ」

言ってからすぐ、「その辺の金持ち連中以上だ」と言い直す。

「かなり派手だったんですか？」

「どれもこれも深い間柄じゃないが。まぁ、俗に言う浮名を流すってやつだ。遊びで関係を持った女がわんさといる」

その事実は衝撃的だった。有朋に恋人がいるのは知っている。仲睦まじい姿を見たのだから。だが、てっきり想い合っている大切な人なのだろうと思っていたのだ。まさか遊びの関係の女性がたくさんいるなどとは思わなかった。桜子は心の中で愕然としていた。

「婚約者の前で言うことじゃあないが、まぁ、よくある話だろう」

勝川が桜子の反応を窺うように、チラリと視線を投げて寄越した。桜子は慌てて、表情を取り繕った。興味本位に探られているようで嫌だった。

「相手は玄人ですか？」

新伍の質問に、勝川の視線が自分から外れてホッとした。だが、それは束の間のことだった。

「女優もいたな。貞岡《さだおか》しを乃《の》ってのが」

「貞岡しを乃？」

名を聞いた瞬間、桜子は思わず声を上げた。

あの晩、有朋と腕を組んでいた女性を、どこかで見たことがある気がしていた。勝川の言葉で思い出した。貞岡しを乃――芸者出身の舞台女優。少女雑誌の口絵に、ぷっくりとした唇が印象的に描かれていたのを思い出す。目の周りに施した派手な化粧と、唇の艶が印象的だった。

「おや、貞岡しを乃をご存知ですか？」

桜子の動揺に、勝川の目がギラリと光った
「もしかして、有朋氏と関係があったことも前々からご存知で？」

以前、しを乃と睦まじく歩く有朋を見たことを、正直に言うべきだろうか。迷う桜子の着物の袖を、新伍が机の下でこっそりと引いた。驚いて横を見ると、新伍は勝川に気づかれないように小さく首を振った。言うな、ということだと分かった。

「どうなんです？　しを乃さんとのことを、ご存知なんですか？」

「あ、いえ……ただ、有朋さんが、そんなにも多くの女性の方とお付き合いがあると存じ上げなかったもので、驚いてしまって」

一旦、落ち着こうと紅茶のカップに手を伸ばすと、勝川の心無い言葉が降ってきた。

「驚くのは無理もありません。まぁ、そんな男でも金と爵位があるのなら娘を嫁がせたがるものだ。財閥令嬢ってのも、大変なものですな」

失礼な言い方に、桜子はカップに付けかけた口を止めて顔を上げた。

「貴女《あなた》のような可愛らしい人なら、他に想い合う男もいたのではないですか？」

「……どういう意味でしょう？」

まさか、勝川があの手紙のことを知っているわけではないだろうに。

「いえね、貴女《あなた》の周りには、貴女《あなた》と園枝有朋氏との婚姻を疎ましく思う方もいるのではと、ふと思ったのです」

思い付きを話したような軽い口調とは裏腹に、注意深く桜子の反応を窺っている。勝川は暗に、桜子の周囲の男性が犯人ではないかと言っているのだ。勝川のじとりと湿った視線に、カップの持ち手を握る桜子の手が震えた。

落ち着いて答えなくては。深呼吸をして口を開こうとした瞬間、時津の左手が桜子の手に、カップごと包みこむように添えられていた。

「お嬢様、ティーカップをお預かりいたします」

桜子の手からカップをすっと取り上げると、勝川に警告した。

「質問がやや目に余ります。あまりに酷いようなら、胡条から正式に東京警視庁に抗議しますよ？」

「いや、まぁ……何が動機になるか、分かりませんからな」

勝川はさすがにバツが悪いと思ったのか、小声で言い訳した。その隙をつくように、すかさず新伍が尋ねた。

「もしかして、怪しい男性の出入りでも判明したのですか？」

勝川が眉間に皺を寄せて、ムッと押し黙る。形勢が変わった。新伍が「正解ですね」と嬉しそうに笑う。

「どんな男ですか？　教えてください。ひょっとしたら、僕たちも目撃しているかもしれませんよ」

勝川がますます嫌そうに顔を顰《しか》めた。しばらくの間、話すべきか思案するように黙っていたが、結局、情報を得ることを選んだらしい。

「洋装の男だ。歩き方や着こなしから、スーツをかなり着慣れているようだ。温室に水遣りに来た女中が見た」

年齢や背格好、その時の状況など、新伍が次々と尋ねたが、これ以上の詳しい情報は流石に教えるつもりはないらしい。

「そういう男を見た覚えがあるか？」

門からお茶会の庭まで、有朋が邸内をあれこれと熱心に説明するのを聞きながら歩いた。だが、そういう人物を見た覚えはない。桜子が「覚えはありません」と答えると、新伍も同じように見ていないと言った。

新伍に煽られて話したが、勝川にとっては甲斐のない結果になった。

勝川は「聞きたいことは聞けましたので、これでお暇いたします」と帰っていった。

勝川が去ると、すぐに時津が声をかけてきた。

「お疲れでしょう。イツを呼んできます」

気遣うような表情の下には、勝川への怒りが垣間見える。

時津が部屋を出て行くと、新伍が、からっと気楽な調子で言った。

「勝川警部補の言動は、あんまり気にする必要ありませんよ」

「励ましてくださっているんですか？」

時津が案じていた通り、勝川との面談はとても疲れた。わざと挑発的に言ったり、探るような視線で観察されたりするものだから、終始気が抜けない。

「警察官にはよくあることですが、勝川警部補は士族です。もともと金と力のある商家を見下して毛嫌いしているのだとか」

「五島さん、勝川警部補をご存知なんですか？」

すると、新伍がニヤリと口角を上げた。

「書生なんて、だいたい裕福な商家にいるでしょう？　僕も先日、園枝邸でコッテリやられましてね。頭に来たから何か弱点はないかと、あれこれ調べてみたんです」

「まぁっ！　では、もしかして五島さんが勝川警部補に妙に挑発的だったのは、情報を引き出そうとしていたわけではなく？」

「それもあります。が、半分は僕の私怨ですね」

満足げな新伍に、桜子もさっきまでの怒りや動揺は、どこかにいってしまった。自然と笑いが込み上げてくる。

「私に貞岡しを乃のことを言わないように仕向けたのも、勝川警部補への意趣返しなんですね？」

「あぁ、それは違いますよ」

新伍が一転、真面目な顔で首を左右に振った。

「どうせ、貞岡しを乃との関係は、アチラさんで掴んでいる。桜子さんが話をしたところで、新たな情報は何もないでしょう。にも拘らず、勝川警部補のあの様子。きっと話せば、根掘り葉掘り質問してくるでしょうから、教えてやることはないって言ったんです」

「えっ！　でも、それで良いのでしょうか？」

「桜子さんも、必要もないのに嫌なことを、わざわざ思い出して話すことはないでしょう？」

「あの……それは私のため、ということですか？」

新伍が少し照れたように笑った。その動きにつられて、黒い髪がふわりと揺れる。

桜子の胸の奥が小さく震えた。

いつもは小憎らしいことばかり言うくせに、この人は時に、とんでもなく私の心を揺さぶるようなことを言う。

何気ない一言に心が惑う。

桜子は慌てて目を瞑った。この心の揺れに身を任せてはいけない気がした。

さっきまでより少し速い鼓動を抑えるように、膝の上で両手の拳《こぶし》を固く、強く握りしめた。

第二幕　探偵は調査し、令嬢は決意する

目の前に広げられた幾枚かの紙片を、新伍は腕を組んで眺めていた。

胡条家に寝泊まりするために新伍に与えられた客室は、小さな洋間だ。部屋には書き物のできる机が設えてあって、紙片は、その机上に広げられている。

紙に書かれている言葉や内容は様々だ。書いた人間の筆跡も全て異なる。

新伍が、胡条家の一人娘、胡条桜子に届いた差出人不明の手紙の送り主について調べてほしいと頼まれたのは、二週間ほど前のことだ。

手始めに、新伍が桜子周辺の人間たちの筆跡を集めた。

これまでのところ集めた中に、新伍が見た手紙の筆跡に合致しそうなものはない。

だが、それは想定内のことだった。桜子も、桜子の父の重三郎も、手紙の筆跡には見覚えがないと言っていたのだから、普段から彼らと交流のある範囲で簡単に見つかるはずがない。

だから次に新伍は、手紙の中で名指しをされていた園枝有朋の周辺をあたっていくつもりだった。それで、重三郎の強力の下、積極的に有朋との交流の機会を得ようと

したのだ。

事態が想定外の方向に動いたのは、お茶会の時だった。

桜子とともに訪れた先で、有朋が急死した。それも、何者かの手によって殺害されたらしい。

それは果たして、桜子宛に届いた手紙と関係があるのか。それとも全く無関係の事件なのか。

警察が動き始めたことで、格段に有朋の周辺を探りにくくなったことだけは確かだ。

「さて、どうしたものかな」

新伍は自らの思考を整理するように呟くと、長く睨んでいた机の上から二枚の紙片を取り上げた。

一枚は、小筆で書かれたもので、『胡条桜子さま』と記されている。線は細いが、丁寧な字で読みやすい。書いたのは、イツという名の女中だ。

もう一枚には、万年筆で『時津一』と書いてある。こちらは、筆圧は強いが全体的に軸がぶれていて、均整がとれていない。お世辞にも上手いとはいえない代物だ。

書いたのは、胡条家の家令、時津だった。

手にした紙片をしばらく見比べていた新伍は、この二枚に次なる手がかりを求めることにした。

＊＊＊

新伍が女中部屋のイツを訪ねたのは、勝川警部補の聴取があった翌日だった。桜子が学校に行っている時間で、折よく他の使用人の姿も見えない。

この部屋を訪れるのは二度目だ。

前回は、胡条家にやって来てすぐのこと。筆跡収集のついでに、使用人の人柄や彼女たちの目から見た桜子についての話を聞いた。

イツという女中は、歳の頃は新伍とそう変わらぬが、長く胡条家に仕えていて、桜子のことも、この家のことも、よく把握していた。

特に桜子付の女中であるため、彼女と接する時間が長く、四歳下の桜子にとって、イツは姉代わりの存在のようだった。以前、桜子が夜に家を抜け出したのも、彼女の失くした御守りを探すためだったというから、その親密さが窺える。

「桜子さまは、早くにお母様を亡くされていますから」

そう語ったイツの遠い目は、その場にいない桜子を労わるような眼差しをしていた。

イツは地方の貧しい農家の生まれで、六歳のときに口入屋に売られて胡条の家にやって来たらしい。当時は、まだ存命だった桜子の母に、とても良くしてもらったそうだ。女中としては普通、考えられないことだが、尋常小学校を卒業した後に、胡条家の援助で高等小学校まで通わせてもらったという。

「亡き奥様と約束したのです。ずっと桜子さまの側でお支えする、と。そのために知識や教養を身に付けてほしいと奥様がおっしゃいました」

イツからは、桜子に対する想いと覚悟を感じた。

新伍は、この時点でイツが手紙の差出人の可能性は限りなく低いと判断した。もし彼女が何らかの思いをもって有朋との結婚を止めようとしたとしても、桜子が不安になるようなやり方はしないだろう。筆跡は確認したが、通り一遍の調査だった。彼女には疑わしいところはない。それでも勝川の聴取後に再訪したのには、別に聞きたいことがあったからだ。

「お話というのは、また桜子さまのことですか？」

屋敷の奥にある和室の女中部屋で、イツは、新伍と自分の分の温かいお茶を台の上に置くと、向かいあった位置に腰を下ろした。

「いえ、今度は時津さんのことです。時津さんと桜子さんのことを少々」

新伍の質問に、イツの顔が僅かに曇った。表情に、さりげない警戒が浮かんでいる。

「お嬢様と時津さん、ですか？　どういったことでしょう？」

「数日、こちらで暮らしてみて感じたことですが、時津さんは桜子さんに対して少々過保護ではないですか？」

　有朋からの舞踏会の誘いの場に同席するときに、部外者である新伍にわざわざ有朋に注意するように頼んできた。勝川警部補の聴取の折は、桜子を応対させないように主張していたし、その場でも目を光らせていた。

　それと分かるほどのあからさまな言動だけではない。ふとした時に様子を窺うと、時津はいつでも桜子の動きを気にしている。

　しかし、新伍の述べた理由に、イツは緩やかに首を傾げた。

「それは時津さんが筆頭家令だからでしょう。よくあることです」

「いいえ。普通、家令というのは令嬢ではなく家や旦那さまに仕えるものです。しかし時津さんは、桜子さん個人に対して並々ならぬ執着があるように見えてなりません」

　あえて少し強めの表現で投げかけてみれば、案の定、イツは驚いて目を見張った。新伍は、もう一押しできそうだと判断した。

「時津さんにとって桜子さんは、特別な思い入れがあるのでしょうね」

　恋情を匂わせると、イツが困ったように小さく数回首を振った。

「あの、そういう言い方は……」

「何か、まずいんですか？」

「おかしな誤解を招きます」

イツは、主人である桜子の名誉を守らなければならないと思ったようだ。新伍のさりげない挑発に、先程までの取り繕ったような穏やかな言動が乱れている。

「時津さんのあれは、本当にそういうものではないのです。確かに時津さんは桜子さまを常に気にかけていらっしゃいますが、それは桜子さまが時津さんを……」

「桜子さんが、時津さんを?」

イツが失言に気づいて、身を竦めた。新伍はグッと姿勢を前に乗り出し、ニヤリと笑う。

「正しく教えていただかないと、桜子さんと時津さんの関係を誤解してしまいそうです」

少しの間、迷っていたイツだったが、やがて深いため息とともに「分かりました」と頷いた。やはり彼女にとっては見過ごせない誤解らしい。

イツは、時津の過去について語り始めた。

「もう五年以上前の話ですが、時津さんは桜子さまが拾ってこられたのです」

何の用事だったか定かではないが、桜子が一人で出かけることになり、胡条家お抱えの人力車に乗った。その帰りに、道で倒れている青年を見つけたのだという。桜子が青年に駆け寄ると、なんと青年は腹部を刺されて血を流していた。

驚いた桜子は、目の前で死にかけている青年を見過ごすことができず、車夫に人力車に乗せてほしいと頼んだ。代わりに自分は降りて歩くと言う桜子に、車夫は当然難色を示したが、桜子が頑として譲らないから、結局、連れ帰ることになった。

「その青年が時津さんなんですね？」

「そうです」

胡条家で睡眠と栄養をとった時津は、若さゆえ、みるみるうちに回復した。

「幾分元気になったので、旦那さまが、試しに仕事を与えようとおっしゃったのです。そうしたら、あっという間に頭角を現して、すぐに家令見習いになりました」

イツは、当時の時津を思い出し、敬うようにしみじみと言った。

「簡単な話のように聞こえるかもしれませんけど、時津さんの努力は、大変なものでしたよ」

それは、そうだろう。これだけの規模の家の家令が、その辺に行き倒れていたどこの馬の骨か知らない男に、そう易々と務まるわけがない。相応の努力が必要だ。

「時津さんは、お嬢様に並々ならぬ恩義を感じています。だからこそ旦那さまがお忙しい分も、自分がお嬢様を守らなければならないと考えているのだと思います」

イツの表情や言葉から、この家の使用人たちが筆頭家令である時津のことをとても信頼しているのだと分かる。

「どうして、時津さんは道で倒れていたんですか？」

「私は存じ上げません。多分、他の誰も聞いたことがないと思います。お嬢様や旦那さまはご存知だと思いますが」

話ぶりから、嘘はついていないだろう。イツの話を頭の中で吟味していると、今度はイツが不安そうに尋ねた。

「あの……時津さんの過去が、手紙や園枝有朋さんのことと何か関係あるのですか？」

「それは今のところは分かりません。色々な可能性を検討している最中なので」

知りたいことを聞き終えた新伍が話を打ち切ろうとすると、イツが慌てて続けた。

「時津さんは、園枝さんの亡くなった日はずっと家にいましたよ」

「そうですか」

それは新伍も把握している。ずっと屋敷内にいて、胡条家に桜子を迎えに来てほしいと連絡がきた時には、すぐに対応をした。

「それに、時津さんは手紙とも関係ないと思います」

勝手に時津の過去を話してしまった負い目なのか、イツは時津に向かう疑いの目をしっかりと否定しておかなくてはならないと考えているようだった。

イツの断定的な言い方が新伍の興味をひいた。

「何故、そう思うのですか？」

「五島さんは、当然、時津さんの筆跡も調べたのでしょう？　でしたらお分かりになると思いますが、時津さんは字がとても下手です。何でも完璧な時津さんですが、字だけは唯一の弱点なんです」

桜子と一緒に手紙を見ているイツは、あの手紙のような美しい字を時津に書けるはずがないと断言する。

「実は、普段からわざと下手に書いているということは？」

「なんのために、そんなことをするのですか？　昔からずっと、本当にちょっとしたことでも、時津さんは日常的に筆耕を頼んでいるんですよ。そんな手間のかかることをする意味が分かりません」

筆耕とは清書をする業者だ。普段使いしようとすれば、金も時間もかかる。

「確かにイツさんのおっしゃる通りです。とすると、手紙は時津さんの書いたものではないのでしょう」

新伍が参同すると、イツは安堵の表情を浮かべた。

新伍はイツと、手紙の内容について雑談を交わしてから、女中部屋を後にした。

同じ日の夜。使用人たちが一日の仕事を終え、邸が静かになる頃を見計らい、新伍は目当ての扉をコンコンと叩いた。

少し待つと、内側から扉が開く。

「夜分に申し訳ありません」

眼鏡を押し上げながら出てきた時津に、夜間の訪問を儀礼的に詫びた。

「別に構いませんよ。どうぞ」

時津が、新伍を部屋の中へと招き入れる。

時津の部屋は、物が少ない。洋室の真ん中に小さなテーブルと簡素な椅子が二脚。部屋の片側の壁に沿うようにベッドが置かれていて、反対の壁の一番奥には執務用の机がある。執務机の隣の本棚には、びっしりと隙間なく並べられた本。索引順の歪みのない並べ方は、この人間の性格を体現しているかのようだ。

新伍は部屋に入った瞬間、前回来たとは違う匂いに思わず足を止めた。若草に、ほんのりと甘みが混じったような芳ばしい香りが、部屋全体に漂っている。

「この薫りは、煙管《キセル》……ですか？」

部屋の真ん中の小机の上には、煙草盆が置いてある。盆に乗った灰吹《はいふき》の右奥の縁に、刻み煙草の燃え尽きた灰が付着している。新伍の訪問の直前まで吸っていたのだろう。

「時津さん、煙管《キセル》を吸うんですね？」

「稀に、この部屋の中でだけです。お嬢様の前では吸いません」

そう言いながら、時津は煙草盆を奥の執務机に運び、片付け始めた。

「今日は、何か煙管《キセル》を吸いたくなるような考え事でも？」

新伍の言葉に、時津は煙管《キセル》の火皿を拭っていた手を止め、嫌そうに顔を顰《しか》めた。

「すぐに片付けますので、座ってお待ちください」

新伍は、煙草盆のなくなった机の脇に置いてある椅子に、腰かけた。

片付けが終わるのを待つ間に、新伍は懐から紙片を取り出した。そこには、万年筆で『時津　一』と書いてある。以前、この部屋を訪れた時に時津に書いてもらったものだ。

「お待たせしました」

時津が戻って来て、新伍の向かいに座った。視線は、新伍の手許の紙に向けられている。

「時津さんの名前は、ハジメと読むんですよね？」

「そうです。横に一本引けば済む簡単な名前なのが救いですね」

字が下手だから、という意味らしい。

「時津一は、本名ですか？」

新伍がすかさず尋ねると、眼鏡越しの時津の目がムッと歪んだ。

「勝川警部補のときもですが、貴方は人から情報を引き出す際、あえて煽るような聞き方をするようですね。イツにも同じことをしたでしょう？」

時津は暗に、自分はその手に乗せられるつもりはないと告げている。ならば、率直に問いかけるしかないだろう。

「時津さんが、胡条家に来る前のことを伺っても？」

「話すことは何もありませんね」

短く、即答。なかなか手強い。

「失礼ですが、生まれはどちらですか？」

時津は腕を組んで深く腰掛けた姿勢のまま、しばらく黙る。やがて腕をほどいて、口を開いた。

「私のことをそんなに知りたいのならお教えいたしましょう。その代わり、こちらの頼みも聞いていただきたい」

「時津さんの頼み、ですか？」

なんでしょうと問うより先に、時津が聞いた。

「引き受けてもらえますか？」

「それは内容によりますね」

「五島さんには、さほど難しくない依頼かと」

どうやら、その内容を先に言う気はないらしい。さて、どうしたものかなと思案する。多分、引き受けなければ話は進まない。それならば、答えは一つか。

「分かりました。とりあえず、引き受けると答えておきましょう」

新伍の返事に、少し不満を滲ませた表情を浮かべたが、それでも結局、「いいでしょう」と納得した。

右手の人差し指でぐっと眼鏡を押し上げる。そして、ゆっくりとした口調で、自身の身の上を語り始めた。

「物心ついたころには、鮫河橋《さめがばし》にいました」

「鮫河橋？　四谷鮫河橋ですか？」

「ええ、そうです」

四谷鮫河橋といえば、それがどんな場所なのかは誰でも知っている。

鮫河橋の一帯に住んでいるのは、都市の最下層の住人たちだ。狭い区域に、ひしめき合うように暮らしている。

まともな仕事にありつけないような者たちも多く、荷役やくず拾いで日銭を稼ぎ、料亭から出る残飯を僅かな金で買って命を繋いでいた。言うなれば、貧民窟《スラム》だった。

「私は小さな頃に、親に捨てられました。いや、本当のところを言うと、捨てられたのかどうかさえ定かではない。そもそも親の記憶がありませんから」

あのあたりの孤児にはよくある話だ。

桜子と出会った経緯から、あまり良い暮らし向きではなかったのだろうと推察していたけれど、想像していたよりも過酷な生い立ちのようだ。

「一番古い記憶は、随分と年の離れた婆の膝に抱えられてした物乞いです。その女が自分とどういう関係だったのかは、今も知りません。ただ毎日、日が登ると往来に出て座り込み、日が沈めば寝床に戻ってくる。一畳にも満たぬ木賃宿の片隅で、その日の稼ぎでなんとか得た腐った残飯を、その女と二人で分け合って命をつないでいました」

全てを完璧にこなす胡条家の家令。指先一つまで華麗にみせる時津の口から語られる貧民窟《スラム》の話は、酷く不釣り合いなものに聞こえた。

すると、それまで素直に話していた時津が、突如、新伍に切り返す。

「四谷鮫河橋あたりの暮らしがどういう有様かは、貴方もよくご存知でしょう？」

なるほど、これが時津という男。

新伍の口元に自然と笑みが浮かんだ。それは、楽しいときに浮かぶものというより、強敵を前にしたときに思わず込み上げてくる類の笑いだった。

「僕のことを調べましたね？」

確かに新伍は、四谷鮫河橋のような貧民窟《スラム》の暮らしがどういうものか、嫌と言うほどよく知っている。

「当然です。桜子さまの傍に得体のしれない男を置いておくわけにはいきませんから。貴方の出自から三善中将の元に辿り着くまで、全て調べさせていただきました」

「構いませんよ、別に。僕も隠していませんから」

互いに探り合うような視線が交錯する。

「時津さんは、どうして道端で血を流して倒れていたのですか？」

「よくある話ですよ」

時津は、新伍なら分かるだろうと言わんばかりに肩を竦めてみせた。

「ああいう界隈では強者と弱者がはっきりしている。貧しい者たちは、自分たちよりもっと困窮した者たちを食いものにする。その頃の私は、困窮している者に金を貸しては暴利を貪る、他者を食いものにする側の人間でした」

当然ながら、そういう生き方は敵対する者を生む。もめ事が起きたところで貧民窟《スラム》になど警察は介入しない。

「ちょっと良くない連中とやりあいましてね。油断して、腹を刺されたんです。一応、逃げたのですが、途中で力尽きて倒れてしまいました。そこにお嬢様が来て、助けられたのです」

時津の話はイツから聞いた内容と辻褄が合う。

自分の話はこれで終わりだとばかりに、時津が話題を変えた。

「私からも、五島さんに質問してもいいですか？　園枝有朋氏のことです」

新伍が、「僕に分かることであれば」と了承すると、時津が膝の上で長い指を組んで身を前に乗り出した。

「あの日、園枝邸で何があったのか、五島さんの知っていることを教えてください」

時津は桜子のことを常に気にかけている。

先日も勝川警部補がやってきたし、今後もまだ事件に関する話があるかもしれない。桜子のために、少しでも詳細な状況を把握しておきたいのだろう。

「分かりました」

新伍は、桜子とともに園枝有朋のお茶会に訪れた日のことを、できるだけ正確に語った。

ティーパーティーでの和やかな歓談。有朋の一時中座。そして、女の悲鳴が聞こえるまで。

「庭園にいた僕たちは、悲鳴がした直後に温室の方に駆けつけました」

途中で会った貢に桜子を託して、新伍は声のした方へと走った。

事件があったのは、園枝邸の奥まった場所にある小さな温室。透明なガラスの壁で囲まれた四角い小屋の真ん中に、有朋は、うつ伏せになって倒れていた。

小屋の中には、大小の鉢がいくつか置かれていたが、数はそう多くなかった。植わっていたのは、大部分が菊で、他に端の方に数株の西洋蘭があった。

有朋の頭を囲むように鉢の破片と土、そして咲きかけの若い菊の苗が散乱していた。頭から血を流して倒れていたので、有朋は鉢で後頭部を殴打されたのだろうと推察された。

「近くに踏み台や椅子は？」

「ありませんでした」

温室の内部に鉢植えを置くための空の棚はあったが、有朋が倒れていた場所からは距離が離れている。また、地面には幾重にも足跡がついていた。

「園枝さんは立った状態で凶行に遭ったのですか？」

「足が伸びた状態で倒れていましたから、立ったまま強く後ろから……という可能性が高いと思いますが、断言は出来ません」

「それならば、犯人は男性では？」

有朋の身長は、新伍よりも高い。時津の言う通り、その有朋の後頭部を鉢植えで殴打するのは、女性には難しいだろう。

「確かに、立ったままの有朋さんを殴るなら、それなりの身長と腕力が必要でしょうからね」

例えば有朋より頭一つ分低い桜子が、土の入った鉢植えを持ち上げて、後ろから彼の頭を殴るのは難しい。桜子がそれをするつもりなら、有朋よりも目線が高い位置に陣取らなければならない。

「もしも有朋さんより背の低い人間が犯人だとすると、踏み台でもないと難しいでしょうね」

　警察が到着する前に現場をあれこれ見て回った新伍は、犯行は極めて衝動的なものだと感じられた。足場を用意したり、片付けたりする余裕が果たしてあるだろうか。

「立っている状態の園枝氏に危害を加えたとすると、犯行当日、園枝邸の中で肉体的条件を満たす人物はかなり限定されるのではありませんか？」

「僕もそう思います」

　新伍は立ち上がって、両腕を頭上に軽く掲げた。両手の平は、ちょうど植木鉢くらいの大きさに開いている。

「僕が植木鉢を持ち上げれば、おそらく園枝さんの頭上に殴りかかるのは可能でしょう。ぎりぎりではありますが。僕ぐらいの身長の人間が犯行に及ぶには、かなり腕力が必要です」

　自分より高い位置にある頭に対して、狙いを定めるのは難しい。

「ただ、殺意を持たずに衝動的に殴りかかったとしても、当たり所が悪ければ、昏倒することはあり得ます。そして当然、身長が高ければ高いほど、犯行は楽になるでしょう」

　そう考えれば、成人男性の中でも、かなり背の高い部類に入る藤高貢には可能だろう。軍で鍛錬している貢は、細身だが腕力は強い。

それから、東堂樹も当てはまる。貢には及ばないが、有朋よりは背が高い。体格は、貢よりもがっしりとした印象がある。この他にも園枝家に仕える使用人たちの中には、該当する者がいるだろう。

警察は園枝家内部と、当日、出入りした人間の行動について、洗い出しをしているはずだ。不審な洋装の男というのも、その過程の中で出てきたのだろう。

「状況はよく分かりました」

時津は、聞いた内容を頭の中で整理しているのか、数度、繰り返し頷いた。

「お教えいただき、ありがとうございました」

「事件の話をすることが、僕への頼みごとですか？」

だとしたら、勿体つけた割にたいしたことがない依頼だ。しかし時津は、厳しい表情を崩さぬまま「違います」と、首を横に振った。

「私が頼みたいのは、東堂樹さまのことです。樹さまについて、有朋氏殺害の件でどのように扱われているのか調べていただきたい。もし多少でも警察に疑われているようであれば、容疑者から外れるような証拠を探してほしいのです」

「何故、樹さんを？」

「樹さまは我が家とは古い馴染みの方ですし、お嬢様の大切な婚約者候補ですから」

前半の『古い馴染みだから』という理由は理解できる。だが、後半の『大切な婚約者候補』だから、という理由は、どうだろう。

現時点で婚約者候補なのは藤高貢も同じはず。にも拘らず、わざわざ付け足された理由に、『桜子の婚約者は、樹が相応しい』という時津の考えが透けてみえるように感じた。

それも踏まえて、新伍は、時津の依頼内容を頭の中で反芻する。そして出た結論に、時津は不満げに眉を寄せた。

「樹さんへのご依頼については、お約束はできかねます」

「何故ですか？　樹さまは、かような凶行に及ぶ度胸のある方ではありませんよ」

「接した印象からは、僕も同感です。ですが、心証だけで判断することはできません。加えて、当日の樹さんの行動を僕は知りません」

「ですから、それを調べていただきたいのですが？」

「そもそも僕が頼まれたのは、桜子さんに届いた怪文書の差出人を探すことで、有朋氏殺害の犯人を探すことではありません」

「それは承知しています。だから改めて、私からお願いしているのです」

丁寧な口調のわりに、態度は不遜だ。身を乗り出した低い姿勢から、新伍を睨み上げる。

「実のところ、園枝有朋氏殺害について、五島さん自身も調べたいと思っているのではありませんか？」

「……何が言いたいのですか？」

「貴方の子供っぽい好奇心が、真相を知りたくてウズウズしているように見えますが？」

こちらを見透かすような視線。しかも鋭いところを突いてくる。

人のことをあえて煽るような聞き方をするだなんだと批判したくせに、やっていることは自分だって同じじゃないか。

「分かりました」

新伍は降参するように、ため息をついた。

時津の言う通り、もともと、この事件を調べるつもりはあったのだ。そこに樹のことが加わっただけだ。

「ただし、僕はあくまで調べるだけです。樹さんの無実の立証は出来ませんので」

新伍の妥協案に、時津は、「いいでしょう」と了承した。

＊＊＊

その翌日、新伍が藤高家を訪れると、ちょうど軍服姿で出てくる貢と出くわした。

「お出かけですか？」

「兵舎に戻るところです」

「間が悪かったですかね。少し、お話を伺おうと思ったのですが……」

「園枝有朋氏のことですか？」

新伍が話を持ちだすより先に、貢は要件を言い当てた。

「まだ少し時間があります。歩きながら話しましょう」

貢が歩き出したので、新伍も後を追う。

「意外でした。てっきり、門前払いにされるかと」

「門前払いにしたほうが、良かったですか？」

「まさか。お時間をいただき、ありがたいです」

「時間が勿体ない。聞きたいことは何ですか？」

貢は狂いのない正確無比な速度で、カツカツと足早に歩く。新伍は貢に遅れをとらぬように、同じ速度で追いかけた。

「あの日の園枝邸での、藤高少尉の動向を教えてください」

警察でもない新伍に話すのには難色を示すかと思ったが、貢は意外にも、あっさりと了承した。

「分かりました。お話ししましょう」

貢は、視線を前に向けたまま、あの日の出来事を順を追って語り始めた。

「あの日、私は大帝都ホテルの夜会で忘れた帽子を取りに、園枝邸を訪れました」

あらかじめ連絡を入れてあったから、園枝邸の老家令が出てきて、屋敷の応接間に通された。茶を出され、老家令は貢の忘れ物の帽子を取りに行くために一旦、部屋を辞したという。

「家令はすぐに軍帽をもって戻ってきました」

「すぐに、というのは、具体的に、どれくらいの時間か分かりますか？」

「二、三分ですね。この時間については、家令本人とも確認したので間違いありません。お茶を少しいただき、家令に礼を告げて部屋を去ろうとしたときに、窓の外から悲鳴が聞こえました」

応接間には庭に面した大きな掃き出し窓がある。貢はそこから、老家令と二人で外へ飛び出した。途中、何人かの使用人が声につられて追いかけてきた。

老家令の案内で温室に到着すると、悲鳴の主である女中が腰を抜かしていた。温室には水遣りに来たらしい。女中の視線の先には、園枝有朋がうつ伏せのまま血を流して倒れていた。近づいて首筋に手を触れ確かめると、すでに絶命していた。

「家令に、警察を呼ぶように伝えました」

それから貢は、温室の外に出た。ひょっとしたら不審な人間がまだその周辺に潜んでいるかもしれないと思ったからだ。そこで、ちょうど温室の近くまで来ていた新伍と桜子に出会った。

貢は一連の流れを、極めて論理的かつ無駄なく説明した。

「私が温室の外に出る時に、念の為、園枝有朋氏に触らぬように、また、誰かが証拠隠滅等の怪しい動きをしないように、使用人たちに互いに見張るように伝えました」

新伍が温室に着いたとき、その場にいた者たちは倒れた若主人を遠巻きに見ていた。死亡については既に貢と老家令が確かめたというから、下手に近づいて疑われることを嫌ったのだろう。

新伍が、うつ伏せの有朋に近づくと、使用人が二名、止めようと寄ってきたが、「藤高少尉から事情を聞いています」と言うと、それが合言葉のように離れていった。

あの場を、藤高貢は完全に支配していた。

だから貢に疑惑の目を向ける者はいない。少々怪しい動きをしたところで、誰も気がつかなかっただろう。

では、貢に犯行に及ぶ時間があっただろうか？

あの日、貢がこの屋敷で一人になったのは、老家令が席を外した二、三分の間。流石に、その短時間での犯行は難しい。

桜子同様、藤高貢が警察の容疑者候補から早々に外れたのは、彼の父である藤高中将の威光によるものではなく、現実的な判断のようだ。

「それで？　私の話を聞いて、何か気づいたことはありましたか？」

「いえ、やはり藤高少尉には犯行は難しそうだということくらいしか」

「そうですか」

貢は疑われたことに不快を示すでもなく、己の疑いが晴れたことに安堵するでもなく、いつも通りの無表情で新伍の言葉を受け入れた。

「では、あの人はどうだったんですか？」

「あの人？」

「東堂呉服店の、桜子さんの婚約者候補の方です。あの日、園枝邸にいたのでしょう？」

「東堂樹さんですね。あの場にいたということを、よくご存じで」

「警察の知り合いから聞きました。それで、その東堂さんはあそこで何をしていたんですか？」

「どうして、それを僕に尋ねるのですか？」

「貴方のことだ。私に話を聞きに来るのだから、当然、あちらにも行かれたのだろうと。それとも、これから行かれるのですか？」

貢は、それが、さも当たり前で自然な流れであるかのように言った。そんなふうに尋ねられたら、新伍とて正直に答えるしかない。

「もう行きました。こちらに来る前に」

実際、新伍は貢に会いに来る前に、東堂呉服店に立ち寄っていた。

「そうですか。それで東堂さんはなんと？」

それは、貢の家を訪れる少し前のことだった。『東堂呉服店』と白く抜かれた藍染の暖簾を潜ると、着物姿の東堂樹が気づいて出迎えた。

「五島さん？　どうされたのですか？」

「ちょっと樹さんにお話がありまして」

何かを察したらしい樹は、周りの奉公人に一言二言告げると、「奥へ行きましょう」と新伍を案内した。

上がり框のむこうに畳が敷き詰められ、奥の衣紋掛けには色とりどりの着物が掛かっている。樹はその脇を抜けて、新伍を奥へと連れて行く。

「店主は樹さんのお父さまですか？」

「そうです。今は兄と一緒に商工会の集まりに行っています」

「樹さんは、いずれ暖簾分けして独立するんですか？」

樹は言葉を選んでいるような間の後、やや言い淀みながら答えた。

「えぇ、まぁ、桜子さんと結婚しなければ、そういうことになるかと思います」

店舗の奥は住居になっている。新伍が通されたのは、その住居部分の和室の客間だった。

座布団に座ると、すぐに店の奉公人が饅頭と温かい茶を持ってきた。

「どうぞ、お上がりください」

樹は育ちの良い呉服店の息子らしく、はんなりとした仕草で新伍に勧めた。

「お得意さんに出すために、いつも茶菓子は多めに用意しているんですよ」

樹が、自分の前に出てきた饅頭を黒文字で小さく切って、口に運ぶ。

新伍も「ご相伴させていただきます」と一口切り分けて、口に放り込んだ。得意客に出す菓子だけあって、上品な甘みのする美味い饅頭だ。

「それで、僕へのお話というのは何でしょう？　桜子ちゃんのことですか？」

質問した樹は、すぐに眉を八の字に下げて、「分かっていますよ」と弱りきった様子で首の後ろを掻いた。

「僕が婚約者候補なのに全然桜子ちゃんをお誘いしないから、痺れを切らした旦那さまに言われて、発破をかけにきたのでしょう？」

新伍は思わず、饅頭を運ぶ手を止めた。

樹の中で、新伍は胡条家の仕事をし、桜子の世話をしていることになっている。そのせいで、どうやら勘違いをしているらしい。

樹は、一生懸命、言い訳するように続けた。

「先日、同じ婚約者候補の園枝さんに、ご不幸があったでしょう？　だから僕だって、桜子ちゃんのことは、とても気になっているんです。ただ僕も仕事があるし、それに婚約者候補が減ってしまいましたし……」

樹の話ぶりからすると、あの日、園枝邸に桜子もいたことを知らないのかもしれない。ただ単純に、婚約者候補の一人が不幸な事件に巻き込まれた、程度に受け止めているようにみえる。

そして何より、婚約者候補が減ったことが、彼に二の足を踏ませているのだ。その様子を見れば、誰だって気づく。

「樹さんは、桜子さんとの結婚にあまり乗り気ではないのですね？」

樹の首筋を掻く手がピタリと止まった。

「……そう、見えていますか？」

「見えていますね」

どこか泣きそうな顔で、「参ったなぁ」と呟いた。

「桜子ちゃんが嫌いなわけではないんです。小さな頃からよく知っているし、可愛いと思っている。旦那さまにもお世話になっているし。けれど……」

樹は言葉を切って、俯いた。

「桜子ちゃんと結婚したら、僕は婿入りして胡条財閥を継ぐことになるでしょう？　それが、僕には重いんです」

東堂呉服店と違い、胡条財閥の経営は貸金業や鉱山運営、海外貿易と、かなり多角的だ。

「僕は呉服の仕事が好きですし、それにはずっと拘《こだ》わっていきたい。けれど桜子ちゃんの婿ともなれば、そういうワケにもいきません。いろいろなことに手を広げるような商売の仕方は、僕には向いていないというか……」

モゴモゴと口籠もる樹の話を、新伍が「大丈夫ですよ」と遮った。

樹の考えは分かった。桜子との結婚を躊躇するのには別な理由もあると思うが、そこまで踏み込むつもりはない。

「そもそも僕がここに来たのは、婚約の話をするためではありません」

「そうなんですか？」

改めて、ここに来た理由——あの日、園枝邸での樹の行動について知りたいのだと話すと、樹はあからさまに胸を撫でおろした。

「あぁ、そのことだったんですね」

いつもの柔らかい表情と商売人らしい人当たりの良い口調に戻って話し始めた。

「もともと、東堂呉服店と園枝家とは先代の頃からの付き合いなんです。今でも、定期的に御用聞きに伺っています」

「有朋さんとは仲がよろしかったのですか？」

「いえ。有朋さんご本人は洋装ばかりの方なので、僕はほとんど面識がありません」

樹が訪ねるのは専らご隠居のところで、有朋とは会えば頭を下げる程度。深い会話など、ほとんどしたことがないという。

「園枝家の本館は洋館ですが、あの裏に和風建築の別邸があるんですよ。正面からは派手な洋館に遮られて見えませんが。僕が御用聞きしている相手は別邸にお住まいの有朋さんのお祖父さまです」

敷地内に和風邸宅の別邸があることは、警察が到着する前にいろいろ調べ回ったから新伍も知っている。敷地内の奥、瀟洒な洋風邸宅の陰にかくれるように、昔ながらの邸宅が建っている。有朋の倒れていた温室のあたりからは、その姿を半分ほど、確認することができた。

「僕は洋館の方には、ほとんど行かないんです」

「すると、門から奥の邸宅まで直行ですか？」

「いえ、正面の門は使いません。裏口があるんです」

それは初めて聞く話だ。新伍が歩いた範囲では気が付かなかった。

樹によると、もともと昔は和風の大邸宅が建っていた。その中の大部分を取り壊し、敷地を拡大して本館となる洋館を新たに建てた。そのときに壊さずに残した一部が、今の別邸だという。

「裏口というのは、当時から使われている、いわゆる勝手口です」

裏口は今も、本館の者も含めた下働きの人間や業者が出入りするのに使う。

「出入りはどのようになっているのですか？　正面の門への出入りは取次が必要だったのですが」

樹が「そうなんですか？」と首を傾げた。

「そうすると、正門に比べて、裏の勝手口は比較的容易に出入りできますね」

人の出入りが多いから、いちいち管理しているわけではないらしい。

「人が立っているときもありますが、知っている人間は、扉が開いていればそのまま中に入っていくこともあります。基本的に僕らのような顔なじみの出入り業者か、使用人くらいしか使いませんけど」

野菜や魚の行商たちも利用するもので、馴染みの業者なら誰でも知っているという。

「そういう人たちは、いちいち出入りを管理していられませんからね」

「そこを通って不審者が入り込む、ということも可能なのですか？」

樹は腕を組んだ。少し考えてから、ゆっくりと口を開く。

「普段ならば、難しいと思います。使う人間は限られているし、すぐ近くに使用人たちの部屋があるので、全く見たことがない人間がいたら気が付くと思いますよ」

「普段ならば、というのは？　どういうときなら可能なのでしょう？」

「園枝さんの事件があったころは、舞踏会の少し後でしたよね？　あの前後は準備や片付けのために人の出入りが激しかったようです。使用人や女中さんを臨時で雇ったりもしていたようですし、いつもより多くの人が出入りしていました」

もしそれが本当なら、警察は随分と苦労しているだろう。出入りしていた人間を全て把握できるかさえ疑わしい。洋装の男とやらの正体が、なかなか掴めないのもそのせいかもしれない。

「特別な時期だったにしても、その警備の甘さは問題ですね」

しかし樹は、新伍の言葉に首を傾げた。

「どうでしょう？　たとえ勝手口から入れたとしても、事件があった温室までは辿りつけないと思いますけど」

樹に教えてもらった位置関係によると、勝手口から温室に向かうには、一旦、洋館の脇を通って、敷地内を横断する必要がある。

「出入りの行商たちは、用のない場所には出向きません。長年出入りしている僕でさえ、あんなところに、あんなものがあったことを初めて知ったくらいです。勝手口から別邸あたりならまだしも、本邸付近に行商のような格好の人間がいたら、明らかに浮くでしょう？」

温室は、園枝家の敷地や建物からすればとても小さな小屋で、知らなければ見つけることすら難しい。うろうろ歩いていたら、それこそ不審者だ。

園枝邸は使用人が多い。仮に場所を知っていたとしても、誰にも見咎められずに本館の横を通って、温室まで辿り着けるかは運だろう。

「ちなみに樹さんは、いつ事件を知ったのですか？」

「ちょうど、その別邸の中にいたときです。女中さんたちがお仕着せの手入れをするのを手伝っていたら、本邸の方が俄かに騒がしくなって、事件を知りました」

「女中さんたちのお手伝いまでされているんですか？」

「傷や解《ほつ》れを見てあげるんです。その場での修繕が難しいものは、お預かりすることもありますよ。園枝さんはお得意さまですからね」

樹がはんなりとした物言いの中にも、商売人の顔を覗かせる。

「ちなみに女中さんのお仕着せというのは、着物ですか？　洋服ではなく？」

新伍と桜子に紅茶や菓子を饗したときの女中たちは、皆、濃紺色のワンピースを着ていた。夜会の日も同じだったはずだ。

「勿論、着物ですよ。洋装は夜会のような場や、特別な客人を招くときにしか用いないそうです。有朋さんの専属の方を除いて、本邸も別邸も使用人たちは普段は皆、着物を着ていますよ」

「本邸と別邸の使用人全員分を手入れするのですか？　それは、相当な数になりそうですね」

「ええ、それはもうすごい量ですよ。数なんて、いちいち把握できないほどです」

それからしばらく、樹と着物の手入れや修繕、最近仕立てた着物の話などをしてから、新伍は東堂呉服店を辞した。

そして、その足で、貢のもとに向かったのだった。

新伍の話を聞き終えた貢は、静かに言った。

「なるほど。出入りに寛容な勝手口ですか」

貢も新伍たちと同様、正面の門を利用して出入りしたはずだ。

「意外でしょう？　勝手口がそのような状態では、不審者に入られたって文句は言えない」

呆れるように言う新伍に、貢は、「そう意外な話ではない」と答えた。

「あそこのご隠居は華族にしては気さくで、物々しいのは好まない方だと聞いたことがあります。不審者に入られても文句は言えない、という点については全面的に同意しますが」

貢も、やはり容疑者を限定するのが格段に難しくなると感じたらしい。

「罪人が捕まるには、思った以上に時間がかかるかもしれませんね」

貢がそう言ったとき、ちょうど兵舎の前に着いたので、二人とも自然に足を止めた。

「どうやら今日はここまでのようです。次に五島さんにお会いするときに、続きを聞かせてください」

貢の言い草は、それまでに新伍が何かを解明しているだろうとでも言わんばかりだった。

「少尉はどうして僕の質問に答えてくれたのですか？　僕は警察でもなんでもない、ただの書生なのに」

「ただの書生？」

貢の薄い唇の端が、僅かに持ち上がる。

「私は、貴方をただの書生とは思っていませんが」

貢は初対面の日のように、新伍の頭のてっぺんからつま先までを無遠慮に眺めた。

「頭も切れるが、腕も相当に立つのでは？　おそらく、刀を握らせたら、軍人だとしても並の腕前では敵わないでしょう」

「ご冗談を。僕は、ただの書生ですよ。帝国陸軍の精鋭相手に敵うはずがありません」

新伍は大げさに肩を竦めた。

「貴方が否定するのなら、それで構いません」

貢は「では」と短く挨拶をして、離れていく。

だが、兵舎の中に入ろうとしたところで、ふと立ち止まって振り返った。

「そういえば今度、桜子さんを芝居にお誘いしようと思います」

「そうですか。それは、いいですね。桜子さんは事件以降、家からあまり出られていないようですから」

新伍が答えると、貢はいつも通りの真顔で続けた。

「私は、貴方が婚約者の候補にいなくて良かったと切に思います」

それだけ告げると踵を返して、兵舎の中へと消えていった。

＊＊＊

園枝有朋が亡くなり、十日が経った。

桜子の生活は多少の緊張感を孕みつつも、比較的穏やかに過ぎている。

当然、以前のように、皆の目をかいくぐってちょっとした外出をしたり、女学校帰りに銀座に寄ったりといったことはさすがに出来ない。女学校の送り迎えは人力車にイツが付き添うという鉄壁の守りで、胡条お抱えの人力車が使えないときでも、営業所から信頼のおける者を回してもらっている。

　以前は手紙の調査のためにと周りをウロチョロしていた新伍は、ここ最近、めっきり姿を見ない。どこで何をしているのか気になったが、それを聞く機会すらない。

　貢が胡条家にやって来たのは、そんなときだった。

「こんにちは」

　長身の貢は、脱いだ軍帽を胸の前で押さえて挨拶をした。

「ご無沙汰しております。桜子さんはお変わりありませんか？」

　貢と会うのは園枝邸での事件以来だ。あの時、新伍に請け負った通り、貢は警察が到着するまで桜子の側についていていた。そう思うと責任感は強いし、悪い人ではないのだろう。けれど、どうしても初対面の頃の苦手意識が先に立つ。

「お陰様で。少尉もご息災のようで何よりです」

　固い顔で挨拶を返す桜子に、貢が無表情のまま唐突に言った。

「本日は芝居でもご一緒にどうかと思いまして」

　突然の誘いに驚く桜子に構わず、貢が一方的に続ける。

「園枝さんのことは残念でした。ですが、桜子さんの婚約者選びはまだ続いていますよね」

「それは、そうかも知れませんが」

「父からも桜子さんの機嫌を伺うようにと言われています」

桜子の口から、思わずため息が漏れた。

貢のこういうところが、桜子は苦手なのだ。貢の父の藤高中将が胡条の家と縁を結びたい。そのために、義務的に桜子の歓心を買っているに過ぎない。そう言っているようなものだと、何故気づかないのだろう。

「桜子さん。今も、貴女《あなた》にとって私は有力な婚約者候補で変わりないと自負しています。それなら、せめて良い関係を築くのが良策ではありませんか？」

そう言って、貢はポケットから芝居の券を二枚、取り出した。だが、桜子はそれに手を伸ばす気になれなかった。

貢の言っていることは、間違っていない。父からは何の話もないが、婚約者選びは今も変わらず続いているはずだ。しかし、だからと言って、残った候補者の貢とすぐに親交を深めようという気分には、とてもなれない。

「芝居の券も、藤高中将にご用意いただいたのですか？」

もしそうなら、少し断りにくいなと思い尋ねたのだが、貢は、「いえ、私が買ったものですが」と即答した。

表情には、何故そんなことを聞いたのかという疑問の色が浮かんでいる。

まさか断るつもりで聞いたとは言い出しにくい。気まずくて黙っていた桜子に、貢は得心したように「あぁ」と呟いた。

「先日の出来事は、軍人の私とは違い、桜子さんにとっては気の滅入るものでしょう。多少は気分転換になればと思いましたが、外に出る気になれないのなら、断ってくださっても構いません」

貢が口にした気遣いは、桜子にとっては思いがけないものだった。貢は桜子の心情など興味がないのだと思っていたから、発言や態度から察して答えを返してくれるとも考えていなかった。

父が婚約者選びなどと言い出したから、桜子は自分の気持ちを理解してもらいたいという過度な期待を抱いた。本来、結婚は家と家の結びつきで、互いの家にとっての利益があって成立するものだ。桜子にも貢のことを理解する努力が欠けていたのかもしれない。

桜子は頑なだった自分の態度を反省し、差し出されたままの芝居の券に手を伸ばした。

「ありがとうございます。少し、気が塞いでいましたので」

貢を応接室で待たせ、支度をするために一旦、自室に戻る。外出用の着物に着替え、イツに髪を整えてもらった。部屋の外に出ようとしたところで、イツが心配そうに尋ねた。

「私も、ご一緒してもよろしいですか？」

ここのところ、外出するときには必ずイツが付き添っている。桜子だけで外出をさせるのを案じているのだろう。

「必要ないわ。藤高少尉がご一緒ならば、危険な目に遭うことはないでしょう」

婚約者候補として向き合ってみようという率直な気持ちを伝えたが、イツはそれでも控えめに言葉を重ねた。

「でしたら時津さんがお戻りになるか、それとも、せめて五島さんにお伝えしておいたほうが良いのではないですか？」

時津は、確か今日は父について外出しているはずだ。まだ当分、戻らないだろう。新伍に至っては、どこで何をしているのかすら分からない。

「お待ちしていたら、少尉にご用意いただいた芝居の券が無駄になるわ。後で二人が戻ったら伝えてくれるかしら？」

桜子は今を逃したら、もう一度貢と出かけようという気になれるかどうか、自信がなかった。できたら、決心が鈍らないうちに行動したい。

尚も何か言いたそうなイツを残して、部屋を後にした。

貢とともに観覧した評判の芝居。奇しくもその主演女優は貞岡しを乃だった。しを乃はおそらく、有朋と腕を組んで歩いていた女性だ。

あのときは驚かされた派手な化粧も、女性にしては逞しい身体つきも、舞台に上ればグッと人目を惹きつける武器になるらしい。舞台上の彼女は、華やかに輝いて見えた。

あっという間に芝居に引き込まれ、気づけば幕が下りていた。

貢が出かけ先を芝居にしてくれたのは幸いだった。内容は面白く、気分転換にはなった。何より、見ているだけなので会話がなくても間がもつ。

いや、親交を深めようとしているのに、そんな考え方では駄目だわ。そう思い直した桜子は、劇場の幕が下りると同時に貢に話しかけた。

「面白かったですね」

「そうですね」

たった一言。なんの感情もない五文字が返ってきた。それでもめげずに、もう一度話しかける。

「藤高少尉は、普段からよくお芝居をご覧になるのですか？」

「いえ、全く」

そう言うと、貢はさっと座席から立ち上がった。桜子も慌てて立ち上がり、歩き出した貢の後を追う。

足の速い貢に後れを取らぬよう歩くのに必死で、会話のないまま芝居小屋の外に出た。

往来は賑やかなのに、二人の間の空気は静かで重い。

このあと、どうするつもりなのだろう。お茶でもしていくのかしら。この調子が続くのだと思うと、それも気が重い。出かける前の決心はすでに挫けそうだった。

「あの、藤高少尉？」

それでも会話を探して桜子が呼ぶと、鋭い三白眼が向けられる。話しかけたはいいが、話題が何も思い浮かばない。何か話題を振らなければと頭を巡らせる。

「えーっと……あの、藤高少尉のお名前は貢、でしたわね？」

あまりにも思い浮かばなくて、今更、知っていることを聞いてしまった。どうせまた、短い肯定だけがかえってくるのだろうと思ったが、貢は身体ごと桜子の方に向きなおった。

「貢献の貢、と書いて貢です」

桜子は、頭の中で『貢献の貢』を思い浮かべる。

「国に対して我が身を献上する、という意味です。父がつけました」

長身の貢は、桜子より、優に頭一つ半は高い。

答える貢の目はいつもと同じ、細くて鋭い。けれど、とても真っすぐで、決して冷たくはない。

貢が続けて何か言おうと口を開きかけると、それを遮る声がした。

「藤高少尉！　よかった。お探ししました」

雑踏の向こうから、軍服姿の青年が駆け寄って来た。

「真島か。今日は非番のはずだが？」

問う口調から、真島と呼ばれた青年が貢の部下であるらしいと分かる。

「昨日、提出された報告書に不備があるから呼び出せと、塚原少佐がおっしゃったのです」

貢がここにいることは、藤高の家で聞いたらしい。見つかってよかったと安堵する部下らしき青年の報告に、貢は「ご苦労だった」と労うと桜子に詫びた。

「申し訳ありませんが、急ぎ戻らなくてはなりません」

真島が、「すぐに行くんですか？」と驚いた。

「大事なお時間だったのでしょう？　せめて、お連れの女性をご自宅まで送られては？」

真島が、気遣うように桜子を見た。しかし、貢は何でもないことのように答えた。

「急ぐから、君があちこち探す羽目になったのだろう。上官の呼び出しであれば、行かねばなるまい」

「どうせ、そんなに急ぎではありませんよ。ただの少尉への理不尽な嫌がらせです」

真島は少し砕けた口調で言った。普段から、貢を呼び出した少佐とやらに対して、あまり良い感情を持っていないのだろう。

しかし真島の言葉に、藤高の目つきが険しくなった。

「真島」

低く響く声で彼の名を呼ぶ。青年兵がビクリと身体を震わせた。

「私は軍人であり、いつ、いかなる時でも、この国を守るという強い信念と緊張感を持っている。故に平時であっても、軍規は守らなければならない」

迷いのない、真っすぐに突き進む矢のような言い方だった。

分かったかと問う貢に、真島が背筋を正して「ハッ」と、短い返事する。

貢が桜子に、「私は兵舎に戻ります。屋敷までは真島に送らせてください」と申し出たが、桜子は「いえ、大丈夫です」と、辞退した。

「私は一人で帰れますから、どうぞお気になさらず」

「そういうわけにはいきません。手紙の件に加え、園枝さんのこともあります」

その辺で人力車を拾うから大丈夫だと言うと、貢は真島に用意するように指示を出した。命を受けた真島が桜子たちの元を離れようとしたとき、桜子の瞳に、雑踏の中を劇場に向かって歩く、見慣れた黒い頭が映った。

「あら、五島さんだわ」

桜子が声に出すのと、新伍が気づいて振り返るのは同時だった。新伍が、あっという間に桜子たちのところにやって来る。

「やぁ、桜子さんに藤高少尉。そちらの軍人さんは初めましてて」

新伍が真島に向かって頭を下げた。真島もよく分からぬまま、つられて下げ返す。

「少尉と桜子さんは、お二人でお出かけですか？」

「ええ、まぁ」

貢と『お二人でお出かけ』と、新伍に改めて言葉にされると、なんとなく居心地が悪い。つい口を濁して、話題を変える。

「五島さんは、どうしてこちらに？」

「ちょっとした調べものです」

何の、とは言わないが、桜子の手紙の事だろう。今度は貢が尋ねた。

「五島さん。桜子さんをお屋敷まで送っていただけませんか？　急遽、上官に呼ばれまして、兵舎に戻らなくてはなりません」

真島の存在で、大体の経緯を察したらしい。

「御用のところ申し訳ないのですが、人力車で帰すより、貴方に託せるのであれば、その方が安心です」

新伍はすぐに「構いませんよ」と了承した。

「あのような事件の後ですからね。僕がお送りしますので、ご心配なく」

貢は新伍に礼を述べ、桜子には改めて非礼を詫びて、真島とともに歩き出した。と思ったら、すぐに貢だけが戻ってきた。

「どうされましたか?」

「先程の話が途中でした」

何の話だったろうかと記憶を辿ろうとすると、すぐに貢が「私の名のことです」と、教えてくれた。『貢献の貢』の話だ。

「私は、『貢』という名に恥じぬよう、生きる覚悟があります。この国と、そこに暮らす人々を守ることこそが、私の本分《ほんぶん》です」

「それを言いに、わざわざ戻って?」

「ええ、そうです」

低く落ち着いた声には、以前感じたような威圧的な怖さはない。

「貴女《あなた》には、お伝えしておきたいと思いました」

言い終えると、貢は再び桜子たちに背を向け、去っていった。

雑踏に混じって狂いなく、同じ速度で響く軍靴の音。その音はどんな雑音にも決して阻まれはしない。自分の行先に、僅かな不安も迷いも感じていないから。

ついさっきまで、何を考えているか分からなくて不気味だと思っていた貢が、ふいに、怖く感じなくなった。

藤高貢という人は、案外、得体の知れない人ではないのかもしれない。

「私、藤高少尉のことが、少し分かった気がします。お父さまが、どうして藤高少尉を私の婚約者の候補に入れたのかも」

桜子が呟くと、新伍が応えた。

「だから言ったでしょう？　藤高少尉は悪い人ではない、と」

人波の向こうに見え隠れしていた貢の高い頭が、完全に見えなくなった。

「さて、屋敷に戻りましょうか」

「はい」

返事をしたものの、先程、芝居小屋に向かっていた新伍のことを思い出す。

「そういえば五島さんは、何か調べものがあったのでは？」

手紙の事ならば、桜子に関係することだ。

「よろしければ、私もご一緒します」

「えっ？　桜子さんが一緒に……ですか？」

「駄目ですか？」

「駄目とは言いませんが、不快になるかもしれません」

新伍の口ぶりからすると、何か核心めいたものに近づいたのかもしれない。ひょっとしたら、差出人に会うのだろうか。それなら、なおさら同行したい。

「大丈夫です。相手に何と言われようと、私は気にしませんから」

「なんだ。僕の用事に気づいていたのですね」

それならかえって好都合かな、と新伍が呟く。

「桜子さんが気にしないというのなら、一緒に来ますか？　貞岡しを乃さんのところに」

「はい……え？」

返事をしてから、その名に気づく。貞岡しを乃は、つい先程見ていた芝居の主演女優。そして、亡くなった有朋の恋人だ。

「じゃあ、行きましょうか」

さっき出てきたばかりの芝居小屋のほうへと足を向ける新伍を、桜子は慌てて引き留めた。

「ちょっと待ってください。どうして貞岡さんに？　私の手紙の件と関係があるのですか？」

「そうですね。関係があるかもしれないし、ないかもしれません」

てっきり新伍が調べているのは手紙のことだと思っていた。だが、新伍の答えからすると、そういうわけでもないらしい。手紙が第一の目的でないなら、新伍は何を調べているのだろう。

「……園枝有朋さんの件ですか？」

有朋が亡くなった時、新伍もあの場にいた。現場に入り込み、勝手にいろいろと調べまわっていたという話は聞いている。だけど、未だに調べているとは思わなかった。

「何故、五島さんが園枝さんの事件を調べているのですか？」

桜子は勿論、新伍だって容疑者から外れている。今更、首を突っ込むことではない。

「まぁ、いろいろ諸事情がありまして。それにひょっとしたら、園枝さんの事件は桜子さんの手紙と無関係ではないかもしれないとも考えています」

新伍はそれ以上詳しく説明するつもりはないらしい。「行きましょう」と、芝居小屋の方へと歩き出した。

新伍が向ったのは観客用の入り口ではなく、裏手の方だった。

劇場の表側は外出用の訪問着や洒落た洋装で着飾った人ばかりだが、このあたりは気楽な軽装の者が忙しなく行き交う。劇場の下働きや劇団の者たちなのだろう。迷いのない足取りに、不思議に思って、桜子は尋ねた。

「五島さん、この芝居小屋には前にも来たことがあるのですか？」

「いいえ。初めてですよ」

「では、貞岡さんとは、事前にお約束を？」

「特には」

平然と言い切る新伍に、桜子は戸惑った。

「こういうときは、オドオドしているほうがかえって怪しくみえるものですよ」

発言通り、新伍は堂々としている。だがそれで、貞岡しを乃のところまで入り込むことができるのだろうか？　貞岡しを乃はこの舞台の主演女優だ。きっと周りには人が大勢いて、おいそれと近づけないのではないか。

疑問を感じつつもついて行くと、裏手の出入り口が見えたあたりで、新伍が立ち止まった。

「桜子さん、さっきの芝居の半券は持っていますか？」

「さっきの芝居の半券ですか？」

桜子は巾着を開いて、貢と見た芝居の、千切られた残りの券を渡す。

「頂戴しても、構いませんか？」

「それは構いませんが。これをどうするんですか？」

まさか芝居の観覧券、それも使い終わった半券を見せて、しを乃のところまで押しかけるつもりではないだろう。

「これは後ほど使うんですよ」

新伍は不敵に笑って、「まぁ、見ていてください」と半券を着物の懐に入れた。

それから、出入り口の手前まで先程と同じように堂々と歩いて行くと、そこに立っている屈強な男のところへと近寄っていった。

「すみません。貞岡しを乃さんにお会いしたいのですが」

新伍の申し出に、男は案の定、不審そうな顔をした。

「しを乃さんに？　失礼だが、あんたは？」

「しを乃さんに、園枝の関係者が来たと伝えていただければ、分かるかと」

思わず、「えっ！」と上げそうになった声を、なんとか、すんでのところで呑み込んだ。

男は新伍と桜子を検分するように、じろじろと眺めてから、奥へと引っ込んだ。

男の姿が完全に見えなくなるのを待って、小声で新伍に尋ねる。

「何で、あんな嘘を？」

「別に嘘じゃありません。ただの方便です。……あっ、ホラ、戻ってきましたよ」

新伍が、「シッ」と人差し指を立てた。

あっという間に戻って来た男は、桜子たちに「ついてこい」と指図して、中へと招いた。

芝居小屋の奥は想像していたよりもずっと雑然としていて、全体的に暗い。その暗がりを、たくさんの人たちが忙しなく行ったり来たりしている。

前を歩く新伍が途中で足を止め、部屋の一つを覗いた。

「どうしたんですか？」

「いえ。随分いろんな衣装が置いてあるなと思いまして」

桜子も新伍の背中越しに覗き込む。衣裳部屋だろうか。着物だけでなく、ドレスやスーツなんかもたくさん置いてある。

「おい！　何している」

先導していた男に咎められ、二人は「すみません」と小さく謝って歩き出した。そこから少し先の扉の前で、男が足を止めた。

「ここだ」

話は通してあるから入ってもいいとだけ告げて、男は来た道を戻っていった。

新伍が扉を二度叩く。すると中から「どうぞぉ？」と、気だるそうな返事が聞こえた。

「失礼します」

新伍について、桜子も部屋に入った。

中では派手な化粧の女が一人、鏡の前に座っていた。二人の来訪に、女は細長い指で構えた煙管《キセル》を口から離し、ぷぅっと派手に煙を吹いた。

「……誰だい、あんたたち？」

「初めまして。貞岡しを乃さんですね！　いつも拝見しています」

白々しいほど愛想よく近づいて行った新伍は、懐から先程の半券を取り出した。

「お会いできた記念に、ぜひ、こちらに貞岡さんの署名をいただきたいと思いまして」

「署名？」

相手は、新伍の妙な調子に呑まれていた。

「そうです。貞岡さんのお名前を、チャチャッと、ここに」

「名前？　あぁ、サインだね？」

新伍が、無害そうな笑顔を返す。

「欧米のスタア役者たちは、皆、書くんだろ？　サインってのは、ただ名前を書くのとは全然違うって、有朋もいつも言ってたよ」

しを乃は机上から派手な羽飾りのついたペンをとって、新伍から受け取った半券の裏に、さらさらと何かを書きつけた。

横から、覗き込んでいた新伍の表情が僅かに曇った。

「僕の名前は五島新伍というのですが、横に『五島新伍さんゑ』と入れてもらえますか？　数字の五に、日本列島の島です。新伍は、平仮名で構いません」

しを乃は言われるがまま書いて、新伍に渡した。

「死んだ有朋の関係者だって言うから、あたしはてっきり口止め料でも持ってきたのかと思ったんだけどねぇ？」

書き終わると再び煙管《キセル》を咥え、改めて、新伍と桜子を探るようにジロジロと眺めた。

新伍が「そうでしたね。うっかりしていました」と芝居がかった声を上げた。

「紹介します。こちら、園枝有朋さんの婚約者です」

「有朋の婚約者？」

突然の紹介に、桜子はぎょっとした。しを乃は有朋の恋人だ。まさか、桜子のことを「婚約者」と告げるとは考えもしなかった。桜子は「婚約者候補、です」と、精いっぱいの訂正をしたが、二人ともそんな些細な違いなど、どうでもいいようだった。

「ええ、そうです。婚約者なのだから、確かに園枝有朋さんの関係者で間違いないでしょう？」

いけしゃあしゃあと言う新伍は、むしろあえて、しを乃の反応を試しているようにも見える。

「ふぅん？」

しを乃は細長い煙管《キセル》の先っぽを口から離して、無遠慮な視線を桜子にぶつけた。桜子は居心地の悪さに少し後ずさる。

「そういやぁ、有朋から聞いたことがあるわ。どこかの財閥のお嬢さんだって？」

「ご存知でしたか？　有朋氏の婚約のこと」

しを乃は、羽織っていた肩掛けを気だるそうに直して頷いた。

「有朋さんとしを乃さんは、お付き合いしていたんですよね？　有朋さんが結婚したら、お二人は、どうするつもりだったのですか？」

　桜子の目の前でずけずけと踏み込む新伍に当惑したが、しを乃は無礼な質問を一笑に付した。

「別れ話ィ？」

　しを乃の赤い唇から煙が漏れる。

「そんなわけないでしょう？　何で有朋が結婚するからって、私たちが別れなきゃいけないのよ？」

　笑うしを乃にあわせて、煙管《キセル》の火皿から登る紫煙がユラユラ揺れる。立ち上る香りは胸焼けするように甘い。桜子は慣れない匂いに、少し頭がくらくらした。

「では、婚約の話があっても、貴女《あなた》と園枝有朋さんの間には、何の問題もなかった、と？」

「当たり前だろ？　他の女たちならいざ知らず、有朋が私と別れるはずないさ」

　強い口調で言ってから、すぐに「まぁ、もう死んじまってるから、言っても仕方ないことだけどさ」と苦い顔をした。

「他の女？　有朋さんには、他にも関係をもっている女性がいたってことですか？」

　新伍は既に勝川警部補から聞いていた有朋の女性関係について、まるで初耳かのように驚いてみせた。

　すると、しを乃が、わざとらしく桜子に視線を向けた。

「有朋はね、気に入った女なら、それこそ自分とこの女中だろうと何だろうと、誰かれ構わず手を出すような男だよ。一夜限りの女も含めたら、とんでもない数になるだろうね」

たとえ有朋としを乃が、どれだけ深い愛情で結びついていたとしても、しを乃にとって、桜子は気分のいい存在ではないだろう。しを乃の言葉からは、自分の立場がいかに特別であるかということを知らしめようとする強い自負心が感じられた。

新伍は、そのあたりには全く無頓着なようで、尚も無遠慮に質問を重ねる。

「つまり貞岡さんは、その数多の女たちとは違うということですね？」

しを乃は、「当たり前だろう？」と言って、フンッと鼻を鳴らした。

「あたしは、この小屋の看板女優、貞岡しを乃だよ？　そこいらの女たちと一緒なわけがないだろう？　近頃じゃ、海の向こうの亜米利加《アメリカ》で公演打って持て囃されてる女優もいるって有朋はひどく関心持ってたみたいだけど、あんなんは、ただ物珍しがられているだけ。あたしに比べりゃ、大したことないのよ」

自分は、有朋と関係した他の多くの女たちとは違う、特別だと言葉の端々に匂わせて言う。

「有朋さんが亡くなったのは、いつ知りましたか？」

新伍がさりげなく話題を変える。

しを乃が沈痛な表情を浮かべた。

「死んだ次の日の夕方、だね。昼の公演を終えた後、夜の公演までの間に、警察が話を聞きに来たから。それで知ったわ」

しを乃は、しばらくの間、螺鈿《らでん》細工を施した煙管《キセル》の筒を右手で弄んでいたが、やがて、ポツリと言った。

「全く酷い話だよ。あの人に何の恨みがあって……」

しを乃のやりきれないような表情に、桜子の胸も締め付けられる。

「警察にいろいろと話を聞かれたのであれば、嫌な思いをしたのでしょうね。あの連中は、僕らにもとても失礼でしたから」

新伍は、自身はやりかえしていたことなど、おくびにも出さず、殊更、同情的に言った。しを乃が、それにつられるように「ああ、本当に嫌な奴らだった」と顔を顰《しか》めた。

「警察には、どんなことを聞かれたのですか？」

「有朋との関係やら、殺された時分に何していたのかやら……」

「それは、まるで容疑者にするような質問ではないですか」

新伍は大げさに驚いたけど、桜子の家に来た勝川警部補の態度からすると、しを乃にされた質問が特別強く疑われたもののようには思えない。

「まぁ、その日は公演が休みだったから、家で一人で寝ていただけだし、そう思われても仕方がないのかもしれないがね」

いっそ他の男と寝てれば疑いもさっさと晴れただろうに、残念だわと自嘲気味に言った。

「それなら貞岡さんは疑われたままなのですか？　警察は、何と？」

しを乃は考え込むように一服吸い込んだ。

「今も疑ってるんだろうね。でも、特別強く疑っているわけではないと思うわ」

「と、言うと？」

「さっきも言ったろう？　あたしみたいな女は、他にもわんさといるって。あたしはたまたま名が知れてるってだけで、中には、有朋から金を恵んでもらっているような女もいる。婚約の話が出てるんなら、どう考えたって、そっちの方が怪しいだろう？」

しを乃は、「言っとくけど、あたしは有朋からは、びた一文貰ってないよ」と付け足した。それから、ふいに思い出したように言った。

「あぁ、そういえば、警察に変わったことを聞かれたね」

「変わったこと？」

しを乃が、妖艶に首を傾げてみせる。

「あたしのために、人を殺せる男はいるか、って」

桜子に聞かれたのと似た質問だが、聞き方がずっと生々しい。

「それで？　貞岡さんは、なんと答えたのですか？」

新伍が先を促すと、しを乃はフフと笑った。

「あたしのために命を投げ出す男なんて、五万といるだろうよって答えてやったわ。でも、あたしは、そんなこと頼んだりしない、ともね」

本当に警察相手にそんな言い方をしたのだろうか。だとしたら、新伍以上に挑発的だ。

「警察が探しているのは、随分と洒落た男みたいよ」

「ちなみに、どんな男か聞きましたか？　背格好は？」

新伍が尋ねると、しを乃は、「さあねぇ」と返した。

「あたしが聞かれたのは、洋服を自然に着こなす、帽子を目深に被った男だったけど。有朋の交友関係の中で、そういう男がいないかって」

「顔は分からないんですか？」

しを乃は「私は知ったこっちゃないわよ」と、軽く肩を竦めた。

「洋服を着慣れている人間なんて、有朋の周りにはいくらでもいるもの」

そもそも警察の動向を煙にでも巻いているつもりなのか、得意げに笑っている。

「ひょっとしたら、有朋の周辺だけじゃなく、あたしの周りの男でも探っているのかもね。まぁ、好きにしたらいいわ。そんな男、絶対に出てきやしないから」

新伍は思案するように黙っていたが、やがて礼を告げた。

「なるほど。ありがとうございました。とても参考になりました」

それから、「行きましょうか？」と桜子に声をかける。

桜子が頷いたとき、カンと甲高い音が部屋に響いた。しを乃が、灰皿に煙管《キセル》の雁首を打ちつけて灰を落とした音だった。

「ちょっとだけ待ちな」

煙管《キセル》を置いたしを乃がゆらりと立ち上がる。大柄な体をしならせながら、桜子に近づくと、桜子の顎をツイっと人差し指で掬った。逃げようにも、すぐ後ろの扉は閉まっている。

新伍が二人の間に腕を差し込もうとした。だが、それをしを乃が片手で制する。

「あ……あの？」

桜子を見下ろすしを乃の顔が、息がかかりそうなほど、近くにあった。白いドーランと、瞳の周りに黒と茶色の濃い隈取。強い化粧の香りが漂う。よく見ると、小鼻の間にも影となる色を差している。

桜子の顔をじろじろと観察していたしを乃が、突然、「フンッ」と鼻で笑った。

「やっぱり、あんた全然、有朋の好みじゃないね」

顎の下に添えられた指がグイっとあげられる。上に引き伸ばされた首が少し苦しい。

だが、しを乃は構わず続けた。

「有朋は派手で、肉感的な女が好きなんだ。あんたみたいな貧相なちんちくりん、たとえ一夜限りだって、有朋が相手にしているの、見たことないもの。けれど、あんたは有朋の好みじゃなくても、園枝のお坊ちゃんの好みだわ」

「……どういう……意味ですか？」

「あんたの財閥って、そこそこデカいんだって？　どおりで、その髪も、肌も、指先まで、殆ど化粧もしていないのに、綺麗に磨かれている。立ち姿だって、舞台女優みたいに派手じゃないけど、洗練されている。あんたは、園枝財閥の跡取り息子にとって、父親の持つ財力や人脈も、令嬢としての上品な顔立ちや立ち居振る舞いも、全部が望むとおりなのさ。でも、それは有朋の心が求めている人じゃない」

「それは……有朋さんが、私ではなく、胡条家の令嬢に興味があった……ということですか？」

「何を今更？　当たり前だろう？」

しを乃が、「おぼこいねぇ」と嘲笑った。

「園枝有朋と言う男が欲するのは、私みたいな女。でも有朋は園枝の跡継ぎだから、そのために結婚したいのは、あんただった。そんなの、あんたたちみたいな金持ち連中には、ゴロゴロあることだろう？」

しを乃が今度は、指先で桜子の胸をトンとつく。

「心が欲する相手《ひと》と、立場で選ぶ相手《ひと》ってのは、違うだろう？　単にそれだけのことだ」

しを乃は「もっとも、あんたには分からないでしょうけれど」と言い捨て、椅子に戻ると、煙管《キセル》の先に新しい煙草を詰めた。

マッチを擦って、火を入れると、呆気にとられている桜子に対して、もう出ていけとばかりに手で追い払う仕草をした。

新伍が、「行きましょう」と目で合図した。新伍の後ろについて、部屋を出ようとした瞬間、背中に向かって放り投げられた言葉。

「それとも、案外あんた、分かっていて気づかないフリしているのかしら？」

桜子が思わず振り返ると、じっとりと視線を送るしを乃と目が合った。

桜子は、その無言の問いかけから逃げるように、慌てて芝居小屋を出た。

帰り道、しを乃の放った言葉がずっと、桜子の頭の中をぐるぐると回っていた。

しを乃はどうして、あんなことを言ったのだろう。

桜子のことを気に入らないのは分かる。しを乃は、自分が有朋の周りにいた他の女性たちとは違う存在であるという自負心を強く抱いていた。桜子にも、たかが名ばかりの婚約者だと突き付けたかったのだろう。だけど――

『心が欲する相手《ひと》と、立場で選ぶ相手《ひと》ってのは、違うだろう？』

桜子は何気なく、隣を歩く新伍を仰ぎ見た。

視線に気づいた新伍が「ん？」と、僅かに口角を上げて、首を傾げた。何気ない表情に、思わず顔を逸らしてしまう。

「疲れたでしょう？　せっかくなので、あれ、食べていきますか？」

新伍の指差す先には、団子屋があった。

「僕がご馳走します」

新伍がさっさと店に向かったので、桜子も後を追った。

店に入ると、蒸した米の甘い香りがした。ちょうど午後のおやつ時だからか、店内は混雑している。団子が焼けるまで、しばらく待つというので、注文を済ませて外の長椅子に腰かけた。

「しを乃さんに書いていただいた字は、いかがでしたか？」

桜子が尋ねると、新伍が懐から半券を取り出した。そこには、グチャグチャと書かれた印のような、記号のような線の組み合わせの横に『五島しんごさんゑ』という文字が書かれていた。

「最初は貞岡さんの名前を書いてもらおうと思ったんですが、これじゃあ駄目だと思いまして」

新伍は、サインの方を指さした。あの時、新伍が微妙な表情を浮かべたことを思い出す。

「筆跡が分からないからですね？　それで、五島さんの名前も書いてもらったんですね」

「この筆跡、どう思いますか？」

尋ねられるまでもなく、桜子は考えていた。

貞岡しを乃の字は、滑らかで綺麗だ。上手い部類の字だろう。今まで見た中ではもっとも手紙の手蹟に近い気がする。

「似てはいます……が、やっぱり、あの手紙の字とは、違うと思います」

桜子は小さく首を振った。しを乃も上手いが、あの手紙の字は、それ以上だった。もっと水の流れのように涼やかで、洗練されている。

それに、桜子が最初にもらった手紙は恋文だった。有朋の恋人のしを乃が書くとは思えない。しを乃は手紙の差出人ではないと思う。

「そうでしょうね」

新伍は半券を懐にしまった。彼も同じ意見なのだろう。さほど落胆しているようには見えない。

桜子は思い切って、聞いてみた。

「あの……園枝さんのことですが、犯人は男性なんですか？」

犯人という物騒な言葉を口に出すのが憚られて、声を潜める。

「そうだろうとは、考えていました。それなりの身長と腕力が必要だと思われるので」

「皆さんがおっしゃる、洒落た洋装の男性というのは、どんな方でしょう？」

新伍は「さぁ、どんな方でしょうね」と首を傾げた。

「でも、貞岡さんのおかげで、わざわざ勝川警部補が、もう一度、桜子さんに話を聞きに来た理由もはっきりとしましたね」

同じようなことを何度も質問したりしていたが、多分、正体不明の男の存在が浮かび上がり、桜子か新伍の口から、その男の話——例えば目撃談等が出るかどうかを確かめたかったのだろうと、新伍は推理していた。けれど、あまり目ぼしい話が得られなかったから、最後は煽るような質問になり、結局新伍に問い返されて、情報引きだされる羽目になった。

「知らず知らずとはいえ、一杯食わせたと思うと満足です」

冗談めかして言う新伍に、桜子は話を戻して尋ねた。

「その男、一体誰なんでしょう……？」

その人が、園枝有朋を殺したのか。桜子宛の手紙と関係があるのか。だとしたら、桜子の知っている人なのだろうか。

「五島さんは、何者だと思いますか？」

分かるわけのない質問を、それでも新伍なら何か答えが返ってくるのではないかと聞いてみた。

するると、新伍は腕を組んで、いつもの思案するような顔をした。

「……心当たりがないわけでは、ありません」

意外な返答に、思わず目を瞬いた。

「誰だか分かったのですか？」

「まだ分かりませんが」

もう少しハッキリするまで答えるのは差し控えたいと言われ、少しガッカリしていると、ちょうど頼んでいた団子が運ばれてきた。四角い皿の上に、串に刺した出来立ての団子が二本並んでいる。

新伍は皿から串を一本とって、桜子の方に皿をツイと滑らせた。

「そういえば桜子さんは、煙管《キセル》の煙が苦手でしたか？」

「苦手というか、煙や匂いに慣れていません。うちには、使用人も含めて吸う人間がいないので」

勿論、来客用の煙草盆はある。煙草を好む人と食事などで同席することもあるのだが、日常的に触れる環境ではなかった。

すると、新伍は団子を咀嚼するのを止めて、桜子を見た。

「あの、何か？」

「いえ。そういえば、旦那さまも吸われないようですね。ああいう立場の方は、吸っているのが普通だと思うのに」

「母の病気のせいなんです」

桜子の父、重三郎も昔は喫煙していた。しかし母の病気が悪化して、よく咳き込むようになった。特に煙草の煙や匂いを嫌がったので、父はその時に、きっぱりとやめた。

「他の使用人の方もですか？」

「父は、やめろとは強制していません。ただ、煙管《キセル》を吸う人間には、母の見舞いを認めないと言ったそうです。そうしたら、皆、ピタリとやめたそうです」

「それは、すごい。喫煙は、そう簡単には、やめられない習慣だと言います。それをピタリとやめたということは桜子さんの御母堂は、さぞかし皆に好かれていたのですね」

優しく微笑む新伍に、何だか自分が褒められたような気がして、嬉しくなった。

良い気分で、団子の串にパクリと食いつく。芳ばしいもち米に、甘じょっぱいタレがよく絡んで、幸せな気分になる。

「美味しい！」

団子を頬張る桜子に、新伍が目を細めた。

「良かった。桜子さんはあまり、こういう店には来ないかと思ったのですが……」

「そんなことありません。イツと外出のついでに寄ったり、学校の友人たちと帰りに買い食いしたり……あッ！」

桜子は、慌てて口に手の平を当てた。

「あの、今のは時津には内緒に……」

新伍が、くすりと笑う。

「分かりました」

他愛のない会話。でも、どうしてだろう。どうしょうもなく心が浮き立つ。ずっと、この人とこんなふうに話していられたらいいのに。

話題を探して頭を巡らせた桜子は、劇場の前で貢と別れた時のやり取りを思い出した。

「そういえば、五島さんって、相当腕が立つんですね?」

新伍が突然振られた質問に、「どうしてですか?」と不思議そうな顔をした。

「藤高少尉が、随分と五島さんを信用しているようでしたので」

新伍は、食べ終わった串を皿に投げ入れると、「うーん、どうでしょうね?」と首を捻った。

「桜子さんには、負けないと思いますが」

「あら、私、これでも結構、薙刀が強いんですよ」

桜子は食べ終えた空の串を、目の前でピンと立てると、冗談めかして小さく振った。

「じゃあ、今度、手合わせしてみますか？」

新伍が、笑いをこらえるような顔で言う。動きに合わせて、黒い髪がふわりと揺れた。

その瞬間、ずっと気づかないようにしていたことが、一気に溢れた。

目を背けて、何でもないふりをして、心の奥の方に押しとどめていたこと。そうならないように、気を付けていたこと。

あぁ、本当にしを乃はどうして、あんなことを言ったのだろう。

おかげで、新伍に向ける自分の心に嘘をつき続けることができないと、分かってしまった。

そして同時に、その想いを叶えることはできないのだということも。

頭の中で、しを乃の言葉がこだまする。

『心が欲する相手《ひと》と、立場で選ぶ相手《ひと》ってのは、違うだろう？』

彼女はなんて残酷なことを教えてくれたんだろう。気づいてしまった以上、桜子の答えは一つしかない。

桜子は、食べ終えた団子の串を皿に置くと、道行く人たちの姿をぼんやりと眺めた。

「いつか……」

往来には人が溢れている。忙しなく歩く人、愉快そうに睦み合う人たち。とても賑やかだ。

「五島さん、いつか本当に、私と手合わせしてくださいますか？」

こんなことを頼むなんて、お転婆な令嬢だと呆れられるかもしれない。それなら、いっそ諦めもつくだろうか。

「いいですよ？」

新伍は屈託なく請け負った。子どもみたいな顔で、くしゃっと笑う。嬉しいはずなのに、切なくて仕方がない。

「でも僕、手加減はしませんからね」

先の見えない『いつか』の約束。

来ないであろう『いつか』を想って、桜子は精一杯の笑顔で返事をした。

「はい。お願いします」

胸に、一つの決意を宿しながら。

「本当にそれでいいのか」

父がやや心配そうに問う声に、桜子は、深呼吸を一つしてから、ハッキリと頷いた。

「はい。私は、藤高貢さんの元に嫁ぎたいと思います」

父は、書斎の執務机に座っている。机の上に肘をつき、組んだ両手を顎に押し当てた。何かを考え込むような沈黙の後、ゆっくりと口を開いた。

「お前は、貢くんが苦手だと思っていたのだが」

以前までは、確かにそうだった。

「だから、てっきり樹くんを選ぶのかと」

「それはありません。樹兄さんとの結婚は、やはり考えられませんから」

それだけは、どれだけ考えても変わらなかった。

「藤高少尉のことは……正直、初めは苦手でした」

不愛想で、何を考えているのか分からない。桜子との婚姻は、あくまで父である藤高中将の意向でしかない。だが、何度か言葉を交わすうちに、貢を見る目が少しずつ変わってきた。貢には、彼なりの高い志があることも分かった。

浮き立つような思慕の念を持つことはないだろう。それでも、一人の人間として尊敬することは出来るかもしれないと思った。

「少尉と向き合い、そのお役目を支えられるような存在になるよう努力したいと思います」

父は力なく呟いた。どこか呆れを帯びて聞こえたけれど、桜子はそれに気づかないふりをした。

「では、藤高家に、そのように返事をしていいんだな？」

「はい。お願いします」

決めたのだ。迷いはしない。

「ただ、使用人の皆さんには、まだ黙っていていただけますか？　イツや時津には、自分の口で告げたいので」

桜子のお願いに、父が了解の旨を告げる。

「それと、五島さんにも黙っていてください」

「五島くんも？」

意外そうな顔をしたが、同じく黙っておいてくれると約束した。

「手紙の件は、引き続き調べていただけるんですよね？」

「勿論だ。あれを解決しないと、私も安心して嫁に出せん」

良かった。それなら、まだ新伍と過ごす時間はある。桜子は父に礼を告げ、書斎を辞した。

父の書斎を出たところで、ふっと肩の力を抜いた。告げた以上、もう後戻りはできない。もちろん、戻るつもりはないけれど。

扉の前で立ち止まっていたら、ちょうど新伍がやって来た。

「おや、桜子さん。胡条さんに何か用事ですか?」

「ちょっと、父に大事な話を。五島さんは何をしていたのですか?」

「考えながら、歩いていました」

「考えながら、歩いて?」

屋敷の中をうろうろと歩きまわっているのかと聞いたつもりだが、新伍にはその疑問はうまく伝わらなかったらしい。

「歩くと、頭がよく働くんです」

新伍は人差し指で、自分の頭をこんこんと小突いて見せた。いつもと同じように飄々としている。その、からっとした明るさに、今なら話を切り出せる気がした。

「五島さん。私も一緒に歩いてもいいですか?」

「構いませんよ」

二人で歩きながら、庭に出た。

桜子に合わせるような、ゆっくりとした歩調。

「桜子さん、何かあったんですか?」

何かを察したらしい新伍が尋ねた。ゆっくりと新伍を見上げる。

ツンツンと四方に広がる髪。桜子の言葉を待つ、深い黒色の瞳。

桜子は宿した決意を逃がさないように、言葉を一気に吐き出した。

「私、藤高貢少尉のところにお嫁に行こうと思います」

新伍が足を止めた。腕を組んだまま、桜子を見つめている。つい最近まで、桜子が貢に苦手意識を持っていたのを知っている。桜子だって、貢に対する恋慕の情で決めたんじゃない。桜子の決意を、新伍はどう受け止めるのだろう。

桜子は、じっと新伍の反応を待った。とても長い時間に感じた。

「そうですか」

ようやく返された言葉は、祝福しているのか、案じているのか分からない。

だが、やや間を置いて、新伍が言った。

「おめでとうございます」

祝う言葉に、桜子の胸が苦しいほどに、ぎゅっと締まった。

覚悟はしていたつもりだった。それでも、新伍からの祝福を受けたこの瞬間、桜子は父と話した時以上に、自分が藤高家に嫁ぐという現実を実感した。

「桜子さんは初め、藤高少尉のことを怖いとおっしゃっていましたが、僕は良い方だと思っていました。だから、少尉の良さに気づいて考えが変わったのなら、良かったと思います」

まるで桜子を褒めるような新伍の言葉を聞きながら、心の中で祈っていた。お願いだから、それ以上、話を続けないで、と。

「桜子さんのそういう素直で柔軟なところは、とても素敵なところですね」

そんなんじゃない。しを乃が言ったこと、心が求める相手《ひと》と、立場で選ぶ相手《ひと》。

桜子の心が求めているのは、好いているのは、紛れもなく目の前のこの人だ。だけど、胡条家の娘の立場がそれを許さない。

有朋はたとえ他の人と婚姻を結んでも、恋人とは別れないと言ったそうだ。心と立場を使い分ける。でも有朋のような器用なことは、桜子にはできない。たとえ世間や貢を欺けたとしても、桜子自身が駄目なのだ。誰かを想いながら、他人に嫁ぐ。そんな中途半端なことをしたくない。

藤高少尉には、藤高少尉の志がある。

新伍に抱くような思慕の情でなくとも、尊敬の念を抱き支えていけるような、そんな関係を築きたいと思っている。

だから新伍への気持ちを、桜子は断ち切ると心に決めた。

「でも、あの手紙のことはまだ解決していませんね。それはどうしますか？」

新伍が気遣うように尋ねた。

「もちろん引き続きお願いします」

父にも、そのように話がついていることを告げる。

「ちゃんと解決しないと、安心して嫁げませんもの」

「それは、そうですね」

この手紙のことが解決するまで。それが、桜子に与えられた制限時間だ。新伍と接することができる、とても短い時間。

「あの、できたら私にも、お手伝いさせてもらえませんか？」

「桜子さんに？」

「ええ。多少お役に立てるかもしれません」

せめて、少しでも近くにいたい。ただ待つだけじゃなくて、力になりたい。

「分かりました。何かあれば、声をかけましょう」

「ありがとうございます」

桜子は、引き受けてもらえたことに心から安堵した。これで解決するまでは、新伍の側にいられる。

そして、全てが解決したら……全てが終わったら――私は、この時間《とき》を想い出にして、藤高少尉の元に嫁ぐのだ。

＊　＊　＊

翌日、女学校から帰ってきた桜子は、屋敷の玄関で、外から戻ってきたらしい新伍と出くわした。

「五島さん……どこかにお出かけでしたの？」

部屋に戻ろうとする新伍を桜子が引き留めた。

「ちょっと勝川警部補に、お会いできたんですか？」

「勝川警部補のところと、園枝さんのお宅に行っていました」

勝川は相当に新伍を嫌っていたはず。あれだけ煽ったのだから当然ともいえるが。

「一応、会えました。早々に追い返されましたが」

新伍は涼しい顔で、笑って言った。

「園枝さんのお宅へは、どなたにお会いになりに？」

「執事の方と女中さんです。時津さん経由で、お約束を頂戴しました」

「あの洋装の男性のことを確かめるためですか？」

周りで誰か聞いているわけではないが、つい声を潜めて尋ねる。

「ええ、そうです。あちらでも、まだ誰だか分からないようでしたが」

新伍が聞いたところによると、洋服の男は温室のすぐ側で目撃されたらしい。

第一発見者でもある、水遣りを担当している女中が事件直前に温室に向かっていたとき、中から足早に出てくる男を遠目に見た。灰色のスーツを、かなり洒落た様子で着こなした男だったという。

「女中の方は、有朋さん自慢の温室を見に来た客だろうと思ったそうです。洋装が板についていたので、そういう知り合いなのだろうと」

有朋がほうぼうで吹聴しているせいか、金をかけた温室と珍しい舶来植物を見に来る客は多いのだという。だから、その手の仲間だろうと、深く考えもしなかった。そのまま女中は温室に入り、倒れている有朋を発見した。

当然、洋装の男は一番有力な容疑者になる。にも拘らず、あまりのことに気が動転していたので、初めの聴取の時、女中はそのことを完全に忘れていた。

しばらくして思い出した彼女は、老家令に相談して、すぐに警察に話した。

警察は初動こそ出遅れたが、それでも有朋の交遊関係を当たれば、すぐに男の身元が判明すると高をくくっていたらしい。洋装を見事に着こなす洒落た男。しかも、有朋の温室のことを知っている。そうとう西洋文化に対する造詣が深い人物だろう。そういう人間は、そう多くない。

ところが、当初の予想に反して、男の正体は未だに誰だか判明しない。

「女中さんの話によると、背の高さは僕と同じくらいではないか、と。あまり自信は、ないようでしたが……」

　女中は、警察に言われて何人かの男に面会したが、該当しそうな人はいなかったという。

「五島さんくらいなら、そんなに高い方ではありませんよね？」

「やや小柄寄りの平均だと思います。でも日常的に洋装を着慣れているような方だそうですよ」

　背筋の真っすぐに伸びた綺麗な姿勢で、軽やかに歩く。その洗練された身のこなしは、目の前で歩いてもらえば判別できると、女中は断言したらしい。

「不思議ですね。そんなに特徴的な方なのに、見つからないだなんて」

　桜子は、園枝家の舞踏会を思い出す。洋装の人間に接する機会が多いであろう女中が、そこまで言い切るのなら、さぞかし板についているのだろう。

「まぁ、それでも聞きに行った甲斐はありました」

「分かったんですか？　その男の正体」

「まだ、ダメです」

　推察の域を出ないからと新伍は言っているが、その口調からは何か確信めいたものを得たのだろうと感じられた。

　確実に『解決』という制限時間に近づいていることと、それが桜子の知らないところで進行していくことへの焦燥が、つい口に出た。

「それにしても、お手伝いさせてくださいってお願いしたのに。黙ってお出かけになられるなんて……」

園枝家に行くだけなら、危険もなかっただろう。自分も連れて行ってくれても良かったのではないかと、小さな不満に口をとがらせる。

「すみません。園枝邸の方に指定された時間が、ちょうど桜子さんの女学校の時間だったので」

新伍の言う通り、桜子とて学校をサボるわけにはいかない。それくらいは分かっている。それでも、残された時間があまりないのだと思うと、どうしても、じっとしていられない。

「今日はまだ、どこかに出かけるんですか？」

「いいえ、特に予定はありません。部屋で頭の整理をしてみようと思います」

「……本当ですか？」

「本当ですよ」

桜子が信じると、新伍は「それでは」と部屋に戻っていった。

桜子もまた自室に戻る。窓際に置いた椅子に座り、机の上に女学校で出た和裁の課題を広げてみたものの、なかなか手が進まない。

気の重いことばかりが頭に浮かぶ。

藤高貢に嫁ぐことは、イツにだけ打ち明けた。イツは酷く驚いた顔をしたが、すぐに「おめでとうございます」と頭を下げた。

でも時津には、まだ告げていない。以前、時津は、嫁ぐなら樹が最善だと言っていた。なんとなく、藤高貢に対して、あまりいい印象は持っていないように見えたから言い出しにくい。

桜子は、窓の外を見た。

観桜会の頃には満開だった窓際の桜の木は、花がとうに落ちて、緑の若芽や育ち始めた葉に覆《おお》われている。毎年の見慣れた景色だ。

藤高に嫁いだら、こんなふうに、この部屋から屋敷の庭を眺めることもなくなるのだろう。そう思うと、自然と寂しさがこみあげてくる。

すると庭の向こうに、門の外に出ていく新伍の姿が見えた。

「あら。また、どこかに出かけるのかしら？」

今日は、もうどこにも出かけないって言っていたはずだ。

桜子は手つかずの課題を放り出し、慌てて部屋を出た。階段を駆け下り、家の外へ。

追いかけたのは、騙されたという不満が半分。そして、もう半分は淡い期待。

もし追いついたら、今度こそ少しは役に立ちたい。それで帰りには、この前のように一緒にお団子でも食べられるかしら。

そんな暢気な空想は、長く続かなかった。新伍の足が思った以上に速い。普通に歩いているだけに見えるのに、小走りの桜子が全然追いつけない。

困った。これで人力車にでも乗ってしまったら、完全に置いてけぼりになりそうだ。幸い、人力車に乗る気配はなかったが、新伍の歩みは止まらない。いつの間にか、胡条の屋敷から随分離れて、周囲には見慣れない街並みが広がっている。

このあたりは初めて来た。同じような形の家がひしめき合うように軒を連ねている。もしはぐれてしまったら、一人で帰れないかもしれない。

こうなると、なんとしても新伍を見失わないようにしないと——そう思っていたのに、ついさっきまで目の前にいたはずの新伍が、気づいたときにはいなかった。

慌ててあたりを探したけれど、見当たらない。どこかの家に入ったのだろうか。でも、どれもこれも似たような家ばかりだ。

行きつ戻りつ探している間に、桜子は自分がどっちの方向から来たのかすらも分からなくなってしまった。

この中から新伍の入った家を探すなんて、到底、無理だと思えてくる。

「どうしよう……」

まさか迷子になってしまうなんて。

近くの家で帰り道を教えてもらおうかと途方に暮れていると、背後から声をかけられた。

振り返った瞬間、桜子の口に何かが押し当てられた。抵抗しようとする間もなく、鼻孔に、焼けるようなアルコール臭が広がった。

桜子の意識はあっという間に遠のいていく。

第三幕　闇夜に二人

意識を取り戻したとき、桜子の視界は完全に奪われていた。

身体の右半分は固いものに接している。頬には冷たくて、ざらざらとした感触。どうやら、どこかに横たえられているらしい。気づいて起き上がろうとしたが、腕が何かに引っかかった。後ろ手に縛られ、目隠しをされているみたいだ。

どうして、こんなことになったのか。桜子は最後の記憶を必死で辿った。

記憶が途切れる直前、口を何かで覆《おお》われた。

離れて行く意識と、ぼんやりとかすむような視界の向こうに見えた人間。その輪郭を掴もうと、さらに深く意識を集中したところで、目の奥がずきんと痛む。

どうして、こうなったのかは分からないが、少なくとも自分が攫われたのだという事だけは分かる。

耳から与えられる僅かな情報を、縋るように貪る。

静寂の中に、時折、カタカタと人か風か分からないような音がした。

桜子はその音に向かって、小さな声で問いかけた。

「あの……ここは、どこですか？」

吸い込む度に、冷たい空気が肺を満たす。寒いわけではない。恐怖で、この場所の空気が冷え冷えと感じるのだ。

「だれか、いますか？」

桜子は思い切ってもう一度尋ねたが、返事はない。この部屋には桜子一人で、他には誰もいないのかもしれない。

そういえば、口は塞がれていない。大声を出せば、誰かに聞こえるかもしれない。そう思ったのに、桜子の口から出る、「だれか……たすけて……」という声は、ひどく頼りない。おまけに、何か言おうと口を開く度に、恐ろしさに歯がカチカチと鳴った。

震える身体を叱咤して、何とか起きあがる。

その時、ガタンという大きな音とともに、冷たい外気が流れ込んできた。

誰かが入ってくる気配。そして、ダンッと何かを乱暴に投げ捨てるような音が小屋の中に響いた。

同時に、「ウグッ」という潰れたような声がして、放り投げ入れられたのが人間だったのだと分かる。という事は、投げ入れた人も、付近にいるはずだ。

「あの、待ってください！」

桜子はその人を呼び止めようと叫んだが、バタンと扉を閉める乱暴な音にその声は遮られた。

束の間、部屋が静かになった。その虚を突くように、低く呻く声。桜子は得体のしれないものへの恐怖に、座ったまま声から離れるように、ずりずりと後ずさった。

すると、苦しげだった唸り声が、突然「痛ッた」と言葉に変わる。

「あっ、しめた。猿ぐつわが緩んだ」

その声で、自分の隣にいる人物に気づいた。

「も、もしかして……五島さん？」

さっきまでの緊張して強張っていた身体が、安堵に緩む。

「あぁ、桜子さん。スミマセン、捕まってしまいまして」

あまりにも朗らかな調子に、拍子抜けした。ずりずりと床を擦るような音は、新伍が体勢を立て直しているのかもしれない。

「木刀の一本もあれば防げたのですが、油断しましたね。ははは」

「何故、五島さんがこんなところに？」

桜子が尋ねたが、新伍はその疑問には答えてくれなかった。代わりに新伍に問い返される。

「桜子さんは、今日、僕の後を追いかけましたね？」

言い当てられたことに対する驚きと、勝手に後を追いかけたという罪悪感に、桜子は歯切れ悪く謝った。

「ご、ごめんなさい。五島さんが、今日はもう出かけないと言ったのに嘘をつくから、つい……」

「その是非については、今度改めて。ともかく僕は、桜子さんが攫われるのを見て、追ってきたのですが……」

新伍の声は、時折、話しづらそうにくぐもっている。

「もしかして、口の中を怪我しているのですか？」

「ちょっと切っているようです。桜子さんは、見たところ怪我はなさそうですね。それどころか、こんなに小汚いところにいるのに不思議なほどに着衣が汚れていない」

新伍が桜子の状態を語ったことに驚いた。

「五島さん、目が見えるのですか？」

「見えますよ。目は幸い殴られていない。無事です」

「そうじゃなくて、目隠しはされていないの？」

「されていませんね。猿ぐつわを噛まされただけです。まぁ、それも、ここに放り投げられた衝撃で取れたけど」

新伍は、今はただ後ろ手に縛られているだけらしい。元は猿ぐつわを噛まされていたが、目は隠されていない。反対に桜子は、口元こそ何も覆《おお》われていないが目を隠されている。

この差はなんなのだろう。

すると、二人の会話に水を差すように、扉を叩く音がした。桜子は音のしたほうに首を向けた。

「はい？」

返事をすると、引き戸が滑る音に続き、誰かが近づいてくる足音がした。その音が、桜子の前で止まる。

桜子の心臓が、恐れと緊張で高鳴った。一体、何が起きるのだろう。

目の前に誰かが座る気配がして、桜子は目隠しの下の瞼をギュッと瞑った。

「……え？」

柔らかい何かが桜子の頬を擦った。肌触りの良い布のような物。それが優しく、二度、三度と、桜子の頬や額に触れる。まるで汗を拭うときのような仕草だった。

桜子は驚いて、新伍がいるであろう方向に顔を向けた。

「心配いりません。顔の汚れを取ってくれているのだと思います」

新伍が教えてくれた。だとしたら、随分優しい手つきだ。ごしごしと擦られているのではなく、気遣うように撫でられている。

「桜子さんのことは、随分、丁重に扱うんですね。僕とは違って」

状況が分かる新伍が、犯人に向けて話し始めた。

「こんなに泥や埃だらけの小屋なのに、桜子さんの周りだけは綺麗に掃除がされている。桜子さんに目隠しをしても、僕に目隠ししないのは、僕を無事に帰すつもりがないからですか？」

その瞬間、目の前の誰かが桜子から離れた。俊敏に動く気配がしたが、またすぐに静寂に戻る。

視界が奪われている桜子には、何が起こっているのか分からない。すると、足りない情報を補完するように、新伍が言った。

「手が震えていますよ。そんなんじゃあ、僕の首は切れない」

「首⁉」

桜子は喉が恐怖で締まった。

「あぁ、大丈夫です。ちょっと、首に小刀を当てられているだけで」

新伍はなんでもない出来事のように解説すると、正体不明の誰かに向けて、まるで煽るように続けた。

「確実に仕留めるなら、喉元ですよ。喉元なら、あなたの震える手でも体重をかければ僕を突けるでしょう」

すると、挑発に乗るように、誰かが動く気配がした。

「やめて！」

新伍が刺されてしまう。桜子は咄嗟に立ち上がった。よろけるように身体を動かす。もつれる脚がもどかしい。新伍たちのいるあたりに向けて、全身を投げ出した。

誰かにぶつかる衝撃の後、桜子の身体が前のめりに落ちていく。床に横転するのを覚悟したが、倒れた先は固くない。

「桜子さん、怪我はありませんか？」

頭の上から新伍の声がした。どうやら、新伍のお腹のあたりに抱えられているらしい。

「五島さん、無事ですか？　首は？　切られていませんか？」

「大丈夫ですよ。というか、相手が体重をかけて喉を突いてきたら、その隙を狙って反対に抑え込むつもりでした」

手が縛られていても、それくらいは出来るという勝算があったのだろう。だから新伍はわざと煽っていたのだ。

「もっとも、どうやら、あちらさんも本気で僕を害そうとしたわけではなさそうです」

新伍が言うには、桜子が叫び声をあげて飛びかかろうとしたとき、相手の人間は新伍に「また猿轡をされたいですか？」と早口で、困ったように言ったらしい。どうやら新伍に黙ってほしかったようだ。必死だった桜子の耳には、全く届かなかったが。

「僕を殺すつもりなら、猿轡の心配なんてしないでしょう？」

新伍の声音から、本当に心配はないのだと伝わってくる。

少し離れたところで、誰かが立ち上がる気配がした。ゆっくりと桜子たちの方に近づいてくる。

大丈夫だと言ったけれど、それでも桜子の上半身を受け止める新伍の身体に、少しだけ力が籠められたのが伝わってきた。

そのとき、小屋の外から「おい！」と、誰かの野太い声がした。

「いつまで中にいるんだ！　早く出てこい」

どうやら、仲間の男らしい。こちらに向かっていた人の気配が、慌てるように早まった。その人は、新伍にもたれかかったままの桜子の腰あたりにくると、後ろ手に縛られている手に、何かを握らせた。

「申し訳ありません」

耳を寄せて囁くように言うと、離れていった。手の中には、柔らかな布のような感触。

扉の開閉音とともに、新伍と桜子以外の気配が消える。新伍が体勢を調節して、ゆっくりと桜子の身体を起こしてくれた。

「念のため、もう少しの間、静かにしていましょう」

新伍の言葉に、桜子は黙ったまま、大きく首を縦に振った。

どれくらいが経っただろう。視界を奪われていると、時間の流れが鈍く感じる。時折、外で風が吹くような音だけが聞こえてくる。

とんでもなく長い時間が経ったようにも感じるし、ひょっとしたら、ほんの僅かな刻《とき》だったのかもしれない。

「そろそろかな」

ようやく新伍が口を開いた。と、同時に、急に桜子の視界が開けた。

眩しくはない。ただ、薄ぼんやりとした景色が滲んでいる。その視界の中に、ふいに濃い輪郭を伴って、新伍の顔が飛び込んできた。

「大丈夫ですか？」

思ったよりも近い距離に驚いて、思わず後ろに仰け反った。

「大丈夫……大丈夫です」

胸に手を当て深呼吸して落ち着きを取り戻す。

改めて新伍を見ると、左頬のあたりがちょっとだけ腫れているが、大きな傷を負っているわけではなさそうだ。

「桜子さん、怪我は？ 痛いところはありませんか？」

「はい。平気です」

「良かった。先程は無茶をするから……」

目に続いて、両手の拘束が解放された。新伍が解いてくれたのだ。手には、懐に忍ばすような小さな刀が握られている。

「さっきの人が落としていった刀ですよ」

桜子が体当たりした時に吹っ飛んだのだという。

「残していったのですか？　そんなことすれば……」

「僕たちに逃げられる。分かっているでしょうね」

新伍は小刀を鞘に収めて、自分の懐にしまった。

「あの人は、逃がしてくれるつもりなんですよ」

そう言うと新伍は、小屋の中をガサゴソと物色し始めた。この小屋は、猟師が使うための納屋のようなものだろう。戸板を組み合わせて作られた簡易な造りだ。

「どうして、逃がしてくれるんでしょうか？」

桜子が話しかけると、新伍は手を止めないまま答えた。

「さぁ？　僕は分からないけど、桜子さんなら分かるんじゃないですか？」

桜子は、右手に握らされた布を見た。布の正体はハンカチーフだ。白い布地に、見覚えのあるナデシコの刺繍。気を失う直前、何かを嗅がされたときに、一瞬見た姿は見間違いではなかった。

さっきまで小屋の中にいたのは、園枝家の舞踏会の日にホテルの庭で会った女中だ。臨時雇いの女中らしく、他の女中たちから虐げられていた。

「でも、私が攫われた理由は分かりません」

「初めは胡条財閥に恨みがあるのかと思いました。桜子さん個人への恨みだと厄介だな、とも。そこで理由を探るために、あえて僕も捕まってみることにしたわけです」

「あえて？」

桜子の疑問は新伍の説明によって流された。

「桜子さんを攫ったのは、どうやら金銭を要求するためのようですよ」

新伍が捕まる時に、胡条家への連絡や金の受け渡しについて話しているのが聞こえたらしい。

「はっきり言って、人間を拐《かどわ》かして、金銭を要求するなんて、阿呆のやることです」

呆れたように言い切ると、「どうしてか、分かりますか？」と、桜子に尋ねた。

「分かりません。人攫いの行動のことなんて、私に分かるわけがありません」

「金銭を要求すれば、金や人質の受け渡しに手間と時間がかかるうえに、危険が伴う。だから、普通は子女を攫ったら、さっさと廓にでも売っぱらうが勝ちなんですよ」

桜子の背筋がぞくりと震えた。自分は一歩間違えたら、売られていたのだ。

でも、どうして――桜子は、手の中のハンカチーフを見た。

助けてくれたのだとしたら、理由は分かる。だけど、それならば何故、人攫いなどしたのか。強く力を入れて握っていたせいで、ハンカチーフはクシャリと歪んでいる。

「知ってる人、ですね？」

桜子が頷く。

「僕の記憶が正しければ、園枝さんの夜会にいた方かと」

「はい、そうです」

足を怪我した桜子に肩を貸し、手当てをしてくれた。確か名前は――

「トワさん、だったと思います」

汚れた彼女の顔を拭くために、桜子はナデシコ柄のハンカチーフをあげた。そのハンカチーフが再び、桜子の手の中に戻って来た。

「正体を明かすつもりなら、何故、トワさんは私に目隠しをしたのでしょう？」

「できるだけ桜子さんに、余計なものを見せたくなかったからじゃないですか？　貴女《あなた》を無用に怯えさせないために気を遣っていたように見えましたよ」

おそるおそる近づいていたし、汚れた顔を清めながらかける言葉を探していた。少なくとも桜子のことは無事に帰そうとしていたのが分かった。

新伍はそんなことを話しながら、「ああ、ありましたよ」と戻って来た。納屋の隅に打ち捨てられた縄やら、よく分からない道具の中から、目当てのものを見つけたらしい。

「これくらいの長さなら、ちょうど良い」

手にしていたのは、桜子の片腕ほどの長さの木の棒だ。新伍は、自分の羽織の袖口から裏地をビリビリ破ると、棒の先端に巻いた。急ごしらえの持ち手になった。

「犯人は複数います。ですが、僕たちを助けてくれるつもりがあるのは彼女だけのようですからね」

それを右手に携え、不敵な笑みを浮かべて左の手の平でポンポンと弾く。

「さあ、逃げますよ」

新伍がすたすたと扉の方に近寄って行く。

「逃げるって、そんな簡単に……」

何の気負いもない新伍に、桜子が戸惑って立ち尽くす。

新伍が側に来るように手招きをした。

「これ以上、ここにいても仕方ないでしょ？　それに、もたもたしているうちに別の仲間が様子でも見に来たら面倒です」

桜子が側まで行くと、新伍が小屋の戸をゆっくりと押し開ける。ギギギと軋んだ音が響いた。開いた扉の隙間から、新伍が外へと顔を覗かせる。

「居る居る。敵は四、五人。ならず者の集まりでしょう。あぁ、あんなところで祝杯をあげている。ったく、本当に阿呆だな」

新伍が身体をずらして、戸の前を譲ってくれた。

桜子が外を覗くと、新伍の言う通り、少し離れたところで、火を囲んだ男たちが酒のようなものを飲んでいる。焚火と満月のおかげで、男たちの様子が良く分かる。トワは、ここから見える範囲には見当たらない。

「どうやって逃げるのですか？」

新伍のことだから奇策でも用いるのかと思ったが、意外にも男たちの横をそのまま真っすぐ走り抜けるつもりだという。

「先に桜子さんが出てください。小屋を出たら、僕が良いと言うまで、ひたすら走って。追いかけてくる奴らは何とかしますから」

新伍によると、ここは山の中だが、小屋からは人が自然に踏みならした道が続いている。そこを辿れば、ふもとの集落までは、桜子の足でも半刻とかからない。

「あの人たちは、僕が全員何とかすれば済む話です。下手に慣れない夜の山に迷いこんでしまうと危険ですからね」

新伍の言うことは理にかなっている。でも単純な力押しだ。成功するかどうかは、男たちを抑えられるかどうかにかかっている。

「男たちの数が多いわ。逃げられるかしら？」

不安に揺れる桜子に、新伍が「逃げられますよ」と確信に満ちた声で応じた。

「だって最初《はな》っから、僕は貴女《あなた》を連れ戻す気でここに来たんですから」

開いた戸の向こうから仄かな月明かりが差している。桜子の胸の奥が切なさに、ぎゅっと縮んだ。

人攫いたちから逃げ出すなんて不安でしかない状況なのに、問題ないと軽く言い切る新伍に、とんでもなく安心してしまう。

「さぁ、行きましょう。僕が必ず貴女《あなた》を連れて帰ります」

新伍が、木の棒を握っていないほうの手を桜子に向けて、真っすぐに差し出した。戸惑いながら、ゆっくりと自分の右手を重ねる。温かい体温を感じると同時に、つないだ手が、安心させるようにぎゅっと強く握られた。

新伍がゆっくりと戸を開く。一人分が通れる広さになると、新伍が桜子の手を引き寄せた。

「走って。真っすぐ！」

桜子はそのまま新伍の前へと押し出され、そして手が離れた。代わりに、トンっと優しく背が押される。桜子は小屋の外に出た。

焚火を囲んでいた男たちが気づいて、立ち上がる。三人が同時に駆け寄ってきた。小屋の中で手を縛り付けたのだから逃げられることはないと高を括っていたのか、相当慌てているようだ。

「止まらないで！　山を下ってください。僕は後から追いつきます」

桜子は言われた通り駆け抜けた。走りながら後ろを振り返ると、新伍が追手たちに飛びかかるのがみえた。

月と焚火の灯りが照る。まるで獣の身体の一部のように、刀代わりの木がしなった。柔らかく、美しく。刹那、男たちが倒れた。夜会の不器用な踊り方からは想像もできないほどのしなやかな剣技だった。

桜子は、また前を向いて走り続けた。真っすぐ、山を下る方に向かって。残る追手と戦っていたはずの新伍が、すぐに追いついて来た。

「桜子さん！」

新伍は桜子のすぐ後ろを走っている。しかも全く息が上がっていない。

「もう少しだけ距離を取りたい。走れますか？」

振り返って頷こうとした瞬間、足元がぐらりと揺れた。

「あッ!!」

叫ぶが早いか、蔓のようなものに足を取られて、あっという間に身体が宙に投げ出された。足を踏み外した、と気づいた時にはもう遅い。桜子は斜面を転がり落ちている。

「桜子さん！」

新伍の呼ぶ声とともに、腕を掴まれた。身体が引き寄せられ、衝撃から守るように包み込まれる。木の葉の上を滑り落ちるような摩擦音が続いた後、二人の身体が停止した。

「大丈夫……ですか？」

先程までの恐怖の名残で心臓の鼓動が速い。でも、新伍が抱きしめてくれていたおかげで怪我はない。

「五島さんは？」

「僕も無事です」

新伍が桜子の身体を離した。新伍の手を借り立ち上がろうとした瞬間、足首に鈍い痛みが走る。思わず顔を顰《しか》めると、新伍がすかさず聞いた。

「足を怪我しましたか？」

「平気です。歩けます」

「ちょっと待っていてください」

新伍は桜子から離れて、落ちてきた崖の方へと近寄った。崖下に立って、真上を見上げる。やがて戻ってきた新伍が言った。

「どこか身を休めるところを探しましょう」

「でも……」

「その足で元の道まで登るのは無理です。かと言って、このまま道なき道を下るのも危ない。せめて、日が昇るのを待つべきでしょう」

さっきまで走っていた道と違って、二人が落ちた崖下は完全に草木に覆《おお》われている。

「でも、先程の者たちが追って来ませんか？」

新伍が昏倒させた男たちは、どれくらいで起きるだろうか。新伍は、いつもどおり飄々と肩を竦めた。

「まぁ、賭けですね」

それから、滑り落ちてきた崖を指す。

「あの斜面には、おそらく滑落の跡があるでしょう。ひょっとしたら、上の道には、もっとハッキリとした痕跡が残っている可能性が高い。丁寧に探せば、ここで落ちたと気づかれると思います」

それなら、やはりじっと留まっている場合ではないのではと焦る桜子を、新伍が宥めた。

「相手は追跡の玄人ではありません。腕っぷしは強かったが、僕には敵わなかった。ただのならず者の集まりです」

先程、新伍と男たちが戦っていた様を思い出す。数で優っていた男たちは、新伍相手に全く歯が立たなかった。単に新伍が強いからではないかとも思うが、桜子には判断がつかない。

「安全に隠れられる場所を探してきます。桜子さんは、ここで、しばらく待っていてください」

そう言い残すと、新伍は森の奥へと歩いていった。桜子は仕方なく木の根瘤に寄りかかるように腰かけて、新伍を待った。

満月に近い丸い月が明るく照る夜で、人の気配がない山の中でも、さほど不安は感じなかった。

新伍は、すぐに戻ってきた。

「近くに、自然にできた洞穴があります。行きましょう」

新伍が桜子の腕を取って、肩にかけようとした。身体を支えるように回された手に驚いた桜子が反射的に自分の腕を引く。

「あ、あの、ごめんなさ……」

「すみません。歩くのは大変でしたか?」

言うが早いか、今度は桜子の膝の下に手をあてがう。何をされるのかと考える間もなく、気づいたときには身体がふわりと宙に浮いていた。

「ちょ、ちょっと、あの……?」

新伍は、桜子を軽々横抱きに抱えている。

「辛いかもしれませんが、すぐ近くなので我慢してください」

「いえ、そういうことでは……なくて」

当たり前のように抱き上げられているという状況に、恥じらいと戸惑いが頭の中をぐるぐる回る。これは仕方がないことで、触れているんじゃなくて救護しているだけだという言い訳ばかりが浮かんでくる。

でも、どれだけ言い訳を重ねてみても、全身を駆け巡る激しい鼓動は一向におさまりそうにない。

どうしよう。どうしたらいいのかしら。

「危ないので、ちゃんと捕まってください」

新伍に注意され、桜子は恐る恐る書生服の着物の襟を掴んだ。

顔を寄せると、新伍の爽やかな汗の匂いが桜子の鼻先をツンと刺激して、何故だか少し泣きたくなった。


自然にできた洞穴というは、本当にすぐ近くらしい。数メートルもいかないうちに、新伍が桜子を下ろした。

新伍が切り立った斜面に茂る植物を手で掻き上げると、洞穴の入り口が現れた。桜子が腰を屈めて通れる程度の大きさだ。すぐ目の前に大きな木が立っているから一見分かりにくい。けれど葉の間から落ちる月明かりも届いて、思いの外、明るい。

新伍は、桜子が洞穴の奥に入れるように手助けすると、自身は手前に腰を下ろした。

洞穴は二人が並んで座ると、それで窮屈になる。日当たりが悪いのか、土がひんやりと湿っていた。それでも前面に生い茂った草木のおかげで、外からは見えにくい、良い隠れ場所だ。

「ここで、日が昇るか助けが来るまで待ちましょう」

新伍は、男たちにあえて捕まる前に、警察に通報したらしい。うまくいけば見つけてもらえるかもしれないが、ここは人の歩く道からは外れている。場所が場所だけに過度な期待はできないそうだ。

狭い洞穴に肩寄せあって座る。触れた肩に、どことなく居心地が悪くて、奥に逃れようと身体をもぞもぞと動かすと、新伍が案じるように腕を取った。

「辛いですか？　僕に、もたれかかってもいいですよ」

「えっと……大丈夫です」

結局、大人しく元の位置に留まる。二人の間に沈黙が降りた。

桜子は気を紛らわせようと、握っていたハンカチーフに視線を落とした。

「トワさんとは、園枝さんの夜会で会ったと言いましたね？」

桜子は、その時のトワとのやり取りを簡単に新伍に話して聞かせた。

「でも、トワさんがこんなことをした理由が、やっぱり分かりません」

新伍によると、トワは桜子を逃がそうとしていた。そうすると、あの男たちに関わっていたのは本意ではないのか。何か深い事情があるのかもしれない。

ハンカチーフに刺繍されたナデシコの花。ひっくり返すと裏側は一部が黒く汚れている。

すると、横で見ていた新伍が、その汚れを指して言った。

「あれ？　それ、何か書いてありませんか？」

新伍が「ちょっと失礼」とハンカチーフを受け取って、大きく広げる。確かに文章のようなものに見える。

「あら、本当ですね」

新伍が横の草をかき分け、ハンカチーフを月明かりに照らした。墨で書いてある文字は、暗くて読み取れないが最後の数字らしきものは番地のように思えた。

「どこかの住所、かしら？」

新伍のことだから、肯定なり考察なりが返ってくるのだろうと思ったが、予想に反して何も言わない。ハンカチーフを翳したまま固まっている。

「五島さん、どうかしましたか？」

すると、新伍がくるりと振り向いた。

「桜子さん！　この字、どこかで見覚えありませんか？」

「えっ？　この字、ですか？」

言われて、ハンカチーフに滲む文字を、よく観察する。月明かりを取り込むように、新伍が場所をあける。桜子はハンカチーフにさらに目を凝らした。初めは読み取れなかった文字も、だんだん見ているうちに、ぼんやりと浮かび上がってくる。

小筆で書かれたと思しき字は、丁寧だが熟《こな》れていない。例えば、手習いを始めたばかりの子どもが、お手本を見ながら書くような字にみえた。

「……いいえ。見覚えありません」

「見覚えがない？」

新伍が目を見張った。その顔がとても驚いているものに見えたから、桜子は狼狽えた。自分が忘れているだけで、どこかで見たのだろうか。

それで、もう一度記憶を攫ってみたけれど、やっぱり思い当たるものはない。

新伍は、それっきり黙ってしまった。時々、こんなふうに考え込むことがあるけれど、こういう時は質問しても大抵、答えを教えてくれない。

この人の頭を、ほんの少しでも覗くことが出来たらいいのに……

そんなことを考えているうちに、少し眠ってしまったらしい。目を開けると、外を見上げる新伍の横顔。もう考え事は終わったようだ。

穴の前を隠す草を除けてあるのか、仄かな月明かりが差し込んでいる。その光に、ぼんやりと新伍の輪郭が縁取られていた。

切りっぱなしでボサボサだと思っていた新伍の黒髪が、月から降り注ぐ光の粒で、キラキラと輝いてみえる。あぁ、綺麗だな。

この人は一体、何者なんだろう。

「五島さんって、不思議な人ですね」

桜子の呟きに、新伍が振り返った。

「桜子さん、目を覚ましたんですね」

「何か話してくれませんか？」

桜子のお願いに、新伍が軽く首を傾げた。

「五島さんの話を聞かせてください」

新伍が困ったように眉を寄せたが、桜子がもう一度、縋るように頼む。

そのほうが桜子の気が紛れると思ったのだろう。新伍は、「分かりました」と、ゆっくりと昔話を語り始めた。

「僕の父は……」

一度、言葉を切って少し間をとってから、続ける。

「僕の父は……地方の藩士の家に産まれました」

剣術に秀でた家系で、幼いころから鍛錬に励み、その腕前は相当だったそうだ。

「世が世なら、それなりの禄を得ていたのでしょうが」

新伍は一旦、言葉を切った。いつも流暢に話す新伍にしては珍しく、次に続ける言葉を探していた。やがて新伍は、ゆっくりと口を開いた。

「だけど、世の中は変わってしまった」

新伍の父は藩士ではなくなり、剣術の強さも生きていく糧には繋がらない。

「何もかもに嫌気がさしたのでしょう。逃げ出すように帝都に出てきた父は、そこで細々と暮らしている貧しい女性と出会いました。それが、僕の母です」

「お母様は、どんな方なのですか？」

「芸や身体を売って食い扶持を稼ぐ、自称芸妓の端くれです。父と母は、共に暮らしていましたが、互いを好いていたのではありません。母は、生きていくためにはどうしようもなくて、父に依存していたのだろうと思います」

女が一人で生きるのは大変だから、縋ることができる男は救いだったのでしょう、と新伍は他人事のように言った。

「僕たちは、穴が開いて朽ちかけた壁に囲まれた家の中で、毎日、その日の食事もまともに食えるかどうか分からない生活を送っていました。それはもう貧しくて、貧しくて」

新伍が、ゆっくりと瞳を閉じた。

「母は、僕が五歳の頃に亡くなりました。多分、栄養失調です」

医者にみせる金などなかったから、本当の理由は分からないという。

五歳というと、桜子が母を亡くしたのと同じ年頃だ。桜子は、母がもう二度と目を開けないのだと知った時、悲しくて、悲しくてたまらなかった。

もう笑いかけてはくれない、抱きしめてはくれない。毎日、思い出しては涙を流していた。今でも、優しい母の面影を思い出すと、桜子は会いたくて苦しくなる。

それなのに新伍は――

桜子は、膝の上に無造作に置かれた新伍の手の甲に、自身の手をそっと重ねた。新伍の身体が一瞬、ぴくりと強張ったが、手が離れることはなかった。

「母が亡くなった後、父は僕に剣の使い方を教えるようになりました。どこでどう工面したのか、木刀まで調達してきて」

食うにも困るような生活の中で、突如、習慣のように調練が始まった。

「母が亡くなるまで、父は僕に対して常に無関心でした。僕は、父と会話らしい会話を交わした記憶がない。いつも虚ろな目をしている人が、僕に剣の振るい方を教えるときだけ目に生気が戻るのです。あれは、ある種の……狂気でした」

生きる気概も誇りもない人間に染みついた最後の執念を、幼い身体に刻み込まれているようだったという。

「どうして、お父様はそのようなことを？」

「多分、父にとって強さは、手にしていたはずの栄光だったのでしょう」

誰よりも強く、輝かしく生きるはずだった。その未来は奪い去られた。悔しく、恨めしい。それにも拘らず、消えることなく残り続けたのも、また剣技だったのだろうと新伍は言った。

「新伍さんが強いのは、お父さまのお陰だったんですね。てっきり三善のおじさまの御指南を受けたのかと思っていました」

新伍が小さく首を振る。

「三善中将からは、武芸のことは全く教わっていません。代わりに、学ぶこと……知識を得ることを教えてもらいました」

「おじさまとは、いつ出会ったのですか？」

「十二、三年前でしょうか。冬のことでした」

新伍は、三善中将と会ったときのことを教えてくれた。

思えば、胡条家と三善中将は古い付き合いだが、桜子は新伍の存在を全く知らなかった。

「その頃、僕と父は帝都から少し離れた地方都市の、やはり似たような貧しい者たちが集まる街で暮らしていて、働かない父に代わり僕が荷役の日銭を稼いで糊口をしのいでいました」

だが、日雇い仕事というのは、いつでも働き口に恵まれるわけではない。

「たまたま運悪く、しばらく仕事のない日が続いて、食うものに困った僕は路上で倒れたんです」

このまま死んでも、父は自分を探しには来ないだろう。ひょっとしたら、自分がいなくなっても父の生活は何一つ変わらず、淡々と過ぎていくのだろうと、新伍は思ったという。

「僕は、そのまま衰弱死すると思ったんです。でも、そうはならなかった。そこに、三善中将が通りかかったから」

勿論、当時はまだ中将ではなかった。倒れている子どもを見て、憐れに思った三善中将は、「冷えていて、すまないが」と、弁当の握り飯を差し出した。

「腐っていない飯、というのを久しぶりに口にしました。米が甘くて、美味くて、夢中で齧り付きました」

おかげで小さな新伍は、一命を取り留めた。

「それって、私と時津の話と少し似ています」

桜子もかつて、路上に倒れている時津を連れて帰って介抱した。だから時津は、桜子に恩義を感じている。そのせいで、人一倍過保護なのは困りものだが。

時津のことを思い出すと、少し寂しくなった。きっと今頃、とんでもなく心配しているだろう。

「桜子さんなら、きっと同じように僕にお握りをくれたんでしょうね」

新伍の視線が、未だ重ねられたままの手に向けられる。桜子は慌てて手を離した。

「それで……その後、新伍さんと三善中将は、どうなったんですか？」

「三善中将が軍人、それも士官級の人間だというのは一目で分かりました。父は、日頃から軍や警察を嫌っていた。士官ともなれば、父が自ら成しえなかった力での成功者ですからね。だから僕は中将と別れてから、しばらくこっそりと後をつけました」

「何故、そんなことを？」

「何故でしょうね。多分、単純に興味を持ったのだと思います。今まで、父が疎んできた成功者たる人間というやつに」

後をつけていたら、三善中将が数人の悪漢に絡まれ、襲われるところに出くわした。

「あら、でも三善のおじさまなら、あっという間に倒すでしょう？」

「今なら僕も、それが分かります。でも、そのときには分からなかった。だから僕は、中将の前に飛び出ました」

新伍は囲んでいた男の一人に体当たりして持っていた木刀を奪うと、残り二人を打ちのめした。

「おじさまの力を借りずに倒したのですか？」

「一飯の恩義を返すつもりでした」
十二、三年前の出来事というと、新伍はまだ七歳くらいだろう。ほんの子どもだ。
「三善中将は腕組みしたまま静観していて、男たちが全員気絶するとともに一言、『見事』と言って、拍手しました」

それをきっかけに、新伍と三善中将はいろいろな話をした。

軍の仕事で来ていた三善中将は、新伍を荷物持ち代わりに連れて歩いた。その間、中将は新伍の寝食を世話した。

「三善中将が僕の父に会いたいと言ったのは、中将が帝都に帰られる前日のことです」

新伍は躊躇したが、中将は熱心だった。

「仕方なく僕は、中将をぼろぼろの家に連れて行きました。父は四畳半の暗い部屋に寝転がっていて、久しぶりに帰った僕に一瞥すらくれませんでした」

三善中将は家に上がると、背筋をピンと伸ばして正座した。そして、新伍の父の背中に向かって言った。新伍を預からせてほしい、と。

「あのときの中将の言葉は、今でも一言一句、覚えています」

新伍は、目の前にその場面を見ているかのように、中将の台詞を諳んじた。

「五島新伍くんには、不思議な才覚があります。武には秀でているが、知においても磨けば光るものがある。ぜひ、彼を私に預からせてもらえませんか?」

士官である三善中将が、自分の父に対して頭を下げて願い出たのだ。それは新伍にとって衝撃だった。これほど丁重に自分を求める人など、いなかったから。

「父は背を向けて寝そべったまま、何も答えませんでした。誰もが何も言わないまま半刻近くが過ぎた頃、片手を上げて、追い払うような仕草をしました」

その仕草は「好きにしろ」と言ったようにもみえるし、「さっさと、どっかいけ」と言っているようにも感じられたという。

「それで僕は、そのまま家を出ました」

新伍は中将の援助を得て、勉学に励んだ。高校までは寄宿舎のある地方の学校に通っていたが、帝大に進学したのを機に、三善中将の家に住み始めた。

「その後、お父様とは？」

「大学進学前に、一度だけ会いました。会話は何もありませんでしたが。その時に、三善中将が時折父のもとを訪ねて、無事を確認してくれていたのだと知りました」

「そうだったんですね」

人情味あふれる三善中将らしい話だと思った。熊のような風貌だが、幼い頃から桜子にも優しい人だったと言うと、新伍が微笑んだ。

「桜子さんも優しい人ですよ。情が深く、誰にでも分け隔てなく温かい。使用人の皆さんは口を揃えて、桜子さんが大好きなのだと言っていました」

思わぬ言葉に、心がふわりと浮き立った。だが、それは一瞬のことで、新伍が暗い地面を見つめるように俯いた。

「僕は愛情を知りません。生きるために仕方がなかったとはいえ、母は僕のことなど放置して路上でぼろぼろの三味線ばかり弾いて過ごしていましたし、父は……まぁ、お話ししたとおりです」

苦笑いの後、いつもの淡々とした口調で続けた。

「そういう生い立ちですから、僕には物事を俯瞰で見てしまう癖があるんです」

「俯瞰で、ですか？」

「どんなに寒くて、腹が減って、苦しい時でも、一歩引いて全部、自分とは関係ない物事のように冷めた目で眺めると、不思議とそう辛く感じなくなるのです」

そう言った新伍の目からは感情が消えていた。すぐ隣にいるのに、心だけがどこか遠いところに行ってしまったように。

「……よく分かりません」

「分からなくて、良いんです」

「そうではなくて！」

桜子は、慌てて打ち消した。誤解をしてほしくなかった。

「私が言っているのは、新伍さんが愛情を知らないというのも、冷めた目で物を見ているというのも、よく分からないと言いたいのです。だって私には、そうは見えないので」

桜子は自分の感じていることが上手く伝えられず、もどかしかった。

「藤高少尉の家に行ったとき、新伍さんは怖がる私を背に庇ってくれました。園枝さんとしを乃さんが並んで歩いているのを見たときには、嫌なことは嫌でいいと励ましてくれました。まるで私の心を汲み取ってくれたかのように。勝川警部補のときも、それに今も……真っ先に助けに来てくれたじゃないですか」

桜子は、先程離してしまった新伍の手を、もう一度掴んだ。今度は両手で覆《おお》うように。

「新伍さんは、冷めてなんかいません。とても温かい方です」

新伍は驚いたように目を見張った。だが、すぐに穏やかな顔で「ありがとう」と、はにかんだ。

「胡条の旦那様も、僕なんか雇いたがる面白い方だから、きっと桜子さんはお父さんに似たんですね」

「それって、褒め言葉ですか？」

新伍が可笑しそうに、頬を緩める。黒髪がフワフワ揺れた。

新伍の言う通り、父は確かに変わった人だ。

それなりの家柄なのに娘に婚約者を選ばせるなんて、相当変わっている。それが限られた候補者だったとしても、普通はあり得ないこと。

でも、いくら、父でも……

桜子は、頭に浮かんだ、叶う事のない希望に、ため息をついた。

一見すると、何を考えているのか分からない、『飄々とした』という表現がよく似合う顔。でも、その表情の下には過酷な幼年期を生き抜いた人の、哀しい光を湛えた瞳。

いくら父でも、新伍を選ぶことは許してくれないだろう。

父が桜子のために選んだ三人の候補者は、皆、きちんとした家柄の人だった。父は、新伍を買っているけれど、桜子との結婚となれば、話は別だ。

この先、この人は、どんな人生を歩んでいくんだろう。自分ではない誰かの側にいる新伍を想像して、桜子は、なんだか泣きたくなった。

ふいに、新伍の顔が引き締まった。

「桜子さん、顔が赤いですよ。熱があるかもしれません」

当たり前のように桜子の額に手を伸ばす。触れられた新伍の手の平が、ひんやりと気持ち良い。新伍が「やはり少し熱いですね」と呟いた。

「大丈夫ですよ。必ず僕が、貴女《あなた》を無事に家に帰します」

その顔を見ていると、不思議なほどに安心できた。本当に大丈夫だと思える。想えば、いつもそうだった。この人の側にいると、不思議なほどに怖くなくなるのだ。

だが、温かくなった桜子の心は、続く一言で一気に暗い谷底に突き落とされた。

「だって、貴女《あなた》は無事に戻って、藤高少尉と祝言を挙げなければなりませんからね」

新伍に悪気がないのは分かっている。桜子の心の内など、知る由もないのだから。

励ますつもりで言ったのだ。

でも新伍の口から、その言葉を聞きたくはなかった。

「僕が必ず、貴女《あなた》を少尉のところに連れて帰ります」

帰りたくない、という言葉が喉元まで出かかった。

今は山中で、たった二人きり。無事に戻ったら藤高家に嫁ぐ。自分で決めたその事実を頭では理解していても、ここにいると、それは果てしなく遠い世界の話のように感じた。

このままずっと、ここにいられたらいいのに。

そんなことは、現実的にはありえない。助けが来なければ、早晩、死んでしまうってことくらい、分かっている。時津やイツも心配しているだろう。

それでも、このときが少しでも長く続けばいいのに――そう願うことくらいは許してほしい。

ゆっくりと瞳を閉じた瞬間、ガサッという音で桜子の思考が現実に引き戻された。

目を開けると、大きな影が洞窟の入り口を塞いでいる。

先程の悪漢たちが探しに来たのか。それとも山に潜む熊か何かが、獲物の匂いに気づいたかもしれない。恐怖に新伍の袖を握った。

幸いなことに、二人の前に姿を見せた大きな影は、そのどちらでもなかった。

「桜子さん？」

「藤高少尉？」

目の前には、軍帽を被った藤高貢。洞穴の外から長身を折りたたむようにして、中を覗き込んでいる。

「良かった。五島さんも無事ですね？」

桜子は、ふらつく身体を新伍に支えられながら立ち上がる。貢の長い腕が桜子に向けて伸びてきた。貢の手を借り、洞穴を出る。

「何故、少尉がここに？」

「途中まで、五島さんと一緒に貴女《あなた》を追って来ていたんです」

桜子が何者かに連れ去られたことに気が付いて後を追っていた新伍に、貢は偶然出会った。

事情を聞いた貢は新伍とともに追跡したのだが、桜子が捕らえられた場所が判明するなり、新伍は貢に、警察を呼んでほしいと頼んだ。

「まさか、単身乗り込んでいくとは驚きましたよ。まぁ、五島さんが、あの連中に負けるとも思いませんでしたが。やはり全員、見事に伸びていましたね」

貢の称賛に、洞穴を出た新伍が「運がよかったのでしょう」と肩を竦めた。

「それより、よくここが分かりましたね」

「お二人の姿は見当たらなかったので、警察とともに山を捜索していたところ、道の途中で滑落の跡を見つけました。それで、もしやと思い降りてきたのです」

「さすが少尉ですね」

新伍は着物の土埃を払いながら、見つけてくれた礼を告げる。

「上には、胡条家の家令も来ていますよ」

「時津が？」

「ずいぶん興奮しているようで、今すぐ山の木を全部伐採しろと息巻いています。早めに無事な姿を見せた方がよいかと」

貢は真顔で言ったが、多分冗談ではないだろう。時津ならあり得る。

桜子は、貢の背に襷で固定してもらい、崖を登った。そこには貢の言葉通り、青ざめた顔の時津が待っていた。

「お嬢様、怪我は……お身体は大丈夫ですか？」

貢が襷の紐を緩めると、時津は奪いとるように桜子の肩を抱いた。幼い頃には何度か抱き上げてもらったこともあるけれど、ここ最近はめっきりされなかったから、なんだか変な気分だ。

「足を挫いたけど、大きな怪我はないわ」

「お身体が熱い気がします」

「そういえば新伍さんから、熱があるかもって」

「医者を同行しております。麓の家を間借りして、待たせておりますので」

「分かった。そこまで頑張って歩くわね」

桜子が時津の腕の中から立ち上がろうとすると、横で見ていた貢が止めた。

「それは無理だろう。私が背負おう」

「結構です。私がお連れしますから」

時津は左手を桜子の脇の下に差し込むと、右手を膝の下に通して、横抱きに抱えて立ち上がった。新伍より背が高い。だが、腕は細い。

「私が連れて行った方が速そうだが？」

貢の言葉に、桜子を抱える時津の手に力が籠もる。ぎゅっと引き寄せられ、抱え込まれる。

「これ以上、他の方のお手を煩わせるわけにはいきません。あとは胡条で」

「待って、時津」

桜子が、時津の肩をポンポンと叩いた。

「降ろして。少尉に連れて行ってもらうわ」

時津が、あからさまに傷ついた顔をした。

「違うの。時津には別に頼みたいことがあるのよ」

桜子は、懐にしまっていたナデシコ柄のハンカチーフを取り出して、時津に差し出した。時津が訝し気に見ている。

「そこに書いてある住所に行ってほしいの。何があるのかは分からないんだけど、きっと、とても大切なことなの」

困惑する時津に、桜子は重ねて頼む。

「お願い。時津にしか頼めないの。貴方をとても信頼しているから」

「……分かりました」

時津は迷うような表情をしていたが、桜子のお願いに意を決したように頷いた。

「私が必ず早急に対応しますので、お嬢様は治療に専念してください」

時津は桜子を下ろすと、貢に「お嬢様をお願いします」と頭を下げて離れて行った。

時津を見送る桜子の前に、貢が屈んだ。

「貴女《あなた》も早く医者に診てもらった方がいい」

桜子が背に乗ると、貢は軽々立ち上がる。

貢が歩きだすと、一定の速度で揺れ始めた。それが心地よくて、桜子はだんだん眠くなってきた。

夢の中で、ずっと昔、時津に出会った時のことを思い出した。

あれは、母を亡くして一年近くが過ぎた頃。

何の用事だったのか思い出せないが、当時六歳だった桜子は、胡条家お抱えの人力車に乗って、一人で出かけていた。

流れる景色の中で、ふと桜子の目に留まったのは道の端で行き倒れている青年だ。身に着けているのは、薄い襤褸《ぼろ》だけ。見るからに困窮した者の装いに、道行く人々は、関わり合いになりたくないのか遠目に見て、避けていく。

青年に気づいた瞬間、桜子は人力車を止めた。

困惑する車夫に頼んで人力車から下ろしてもらうと、桜子は青年のもとに駆け寄った。目の前にしゃがみ込むと、闇のように暗い男の目がこちらを見た。

「おやおや、良家のお嬢ちゃんが、こんなところで市井を見物ですか？　死にゆく哀れな貧民を見て、学ぶところでも？　随分と悪趣味なお勉強ですね」

唇を歪ませ、皮肉な笑みを浮かべる。小さな子ども相手に話すような口調ではない。桜子を追い払おうとして、わざとそうしているようだった。

「どうして、そんなところに倒れているのですか？」

「ちょっと、たちの悪い輩の縄張りに手を出したら、こっぴどくやられましてね。その結果、ここで死にかけているわけですよ」

身体を丸めるような姿勢だったから気が付かなかったが、よく見たら男の腹部から血が流れている。

桜子は慌てて車夫を呼んだ。車夫が膝掛けを持ってきて、傷を押さえた。

「あんた、結構ひどい流血だぜ⁉」

車夫の言葉に、青年は「ほっとけ」と顔を逸らした。桜子が車夫に尋ねる。

「大丈夫なの？」

「とりあえず傷口を強く圧迫していますが、結構深そうなので、止まるかどうかは……」

悲観的な見立てだ。桜子は、刻一刻と蒼白さを増していく男に言った。

「ねぇ、あなた。このまま、ここにいたら死んでしまうわよ」

「別にね、いいんですよ。死んでも」

「ダメッ！」

桜子の強い否定に、男は鬱陶しそうに眉を顰めた。

「どうして死んでもいいなんて言うの？」

「特に困ることがないからです。悲しむ人もいませんしね。ただ、俺の人生が終わるだけで」

すべてを投げ捨てるような言い方に心が痛んだ。何も映らない、光もない、死を待つ人の目。

桜子の母は長く闘病をしていたが、それでも目には生気があった。生きてやるのだ、という気持ちがあった。その母が、最期の最期に、「ありがとう」と、全てを悟ったように告げた。男の目は、その時の母のものと似ていた。それが桜子には酷く恐ろしかった。

「私は大事な人を亡くしたことがあるの。でも、貴方には大事な人がいないのね」

「いませんね。失うものもありません」

「失うのは悲しいわ」

「でしょうね。俺には、よく分かりませんけど」

男の顔が、さっさとどこかに行けと訴えてくる。でも桜子は、それを無視した。

「あなたに提案があるわ」

男が怪訝な顔をした。一瞬だけ、目に光が戻った気がした。

「私があなたを大切にする。だから代わりに、あなたも私を大事にしてくださる？」

桜子が何を言っているのか、分からなかったのだろう。

たっぷり間をとってから、短く「……は？」と聞き返された。

「私が、あなたを連れて帰るのよ。そして、あなたをとても大事な友だち……いいえ、家族みたいになるっていうのは、どうかしら？」

桜子の母は生きたいと願っていたけど、生きられなかった。だから桜子は、目の前の青年が簡単に命を放り出そうとしていることが、幼いながらに許せなかった。

「いや、お嬢ちゃん、何言って……」

ごちゃごちゃと言い募る男を、桜子は車夫に頼んで問答無用で人力車に押し込んだ。人力車の横を歩いて、死にかけの男の手を握り、何度も「大丈夫だから。私が必ず助けるからね」と、繰り返した。そうしないと、男の魂があっという間にどこかに抜けて行ってしまいそうな気がして、必死だった。

男は治療の結果、ほどなくして回復した。だが、何も喋らなかった。ぶすっと黙って、一日中ぼんやりと過ごしている。

一応、「トキツ」と名乗ったが、それが姓なのか名なのかも、判然としない。実際のところ本人にも、いまいち分かっていないようだった。自分の名が分からないだなんて、そんなことがあるのかと不思議に思ったが、車夫によると、ああいう境遇の場合はそういうこともあるらしい。

仕方がないので、トキツは姓だということにして、「時津」と字を当てた。そうすると名前が必要だということで、桜子が「一」とつけた。読み方はハジメ。

「一番のイチ。簡単でしょう？」

何もないというなら、ここで一から始めればいいと願った。

けれど皆が「時津さん」と呼ぶせいか、結局、名づけ主の桜子にとっても、ハジメより時津の方がしっくりくる。

初めの頃は頑なに心を閉ざしていた時津も、しつこく話しかけているうちに、ポツリポツリと自分の話をするようになった。

時津は、物心ついたときから孤児で、生きるためには何でもやったという。盗むことも、人を傷つけることも、躊躇しない。そういう人生だった。穏やかに語る時津の話は、幼い桜子には、まるで遠い世界の物語のように聞こえた。

桜子は折に触れて時津に話しかけたが、今にして思えば、単純な善意で構っていたわけではなかった。桜子は時津のことを自分が連れて来た以上、一生懸命に面倒をみなくてはならない相手だと思っていた。その義務感は、母を亡くした寂しさを埋めきれていない桜子にとって、とても大きなやりがいだった。

療養のために胡条家にとどまっている時津に、最初のうちは桜子が「勉強を教えてあげるわ」と、学校の宿題や家庭教師からの課題をもっていっては、一緒にやっていた。すると「生まれてこの方、勉強などしたことがない」と言っていた時津は、あっという間に知識を吸収していった。そして、いつの間にか、父から難しい本を借りて読んでいた。

父の書斎に出入りする許可を得たころから、次第に、父も目をかけるようになったようだ。

ある日のこと、桜子と時津は庭の木の根元に二人並んで腰掛けていた。このころには、二人の仲はとても気安いものになっていた。

「時津、また新しい本を読んでいるの？」

時津の手の中には、臙脂色のぶ厚い本があった。

「お父様の書斎から借りたの？　面白い？」

「まぁまぁかな」

「時津は本が好きなのね」

時津が、読みかけの本を伏せて膝に置いた。臙脂色の背表紙に、木漏れ日がゆらゆらと差している。

「本を読んでいると、自分がいかに狭い世界で生きていたのかって実感するからね。どうして俺は、あそこから出ようとしなかったのかって……」

時津が遠い空の向こうを見た。

「時津、ここを出て行くの？」

身体はもう完全に回復している。そういう日が遠くないのだろうと、子どもなりに予感はしていた。それでも寂しい。

するとく時津は、ゆっくりと隣の桜子に視線を移した。

「昨日、旦那さまから、このままここで働かないかって言われた」

「本当に⁉」

桜子にとっては喜ばしい報告だ。あのとき死にそうだった時津が、生きるために一歩を踏み出しているのだ。それも、この家で。

「俺、この先もずっと、ここに……桜子の側に、いていいのかな？」

長い指を持て余し気味に交差させながら、遠慮がちに尋ねる。瞳に映る光が、どこか怯えたように揺れている。

「私は時津がいてくれたら、嬉しい」

桜子は、時津に飛びついた。

「これからもずっと、一緒に遊んでくれるのよね。困ったら助けてくれて、勉強も教えてくれるし、本も読んでね。それから、それから……」

「桜子、落ち着いて」

「それに時津なら、お父様の力になるはずよ！　誰よりも頼もしいお父様の味方になれるわ」

時津は、しがみつく桜子の頭をぽんぽんと優しく撫でた。

「違う、違う。俺は誰よりも頼もしい桜子の味方になるんだよ」

その翌日から、時津は家令見習いとなった。

それを境に、一人称が「俺」から「私」になり、桜子のことを「お嬢様」と、呼ぶようになった。最初は少し寂しかったけれど、時津が徹底していたから、いつの間にか慣れていった。

そして、あっという間に、使用人を束ねる家令に上り詰めた。

時津は今や、父の仕事を含め、胡条家の全てを取り仕切っている。もちろん、桜子に関することも。ちょっと過保護すぎるのが玉に瑕だが。

だけど、やっぱり今でも、時津は桜子の一番の味方なのだ。

貢の背中で夢を見ている桜子の心は、とても穏やかだった。

第四幕　全ての事件の真相は

高熱を出した桜子が目を覚ましたのは、事件の二日後だった。

重い眠りを引きずりながら瞼を開ける。視界に広がる見慣れた天井で、自分の部屋にいるのだと、すぐに気が付いた。

「桜子さま、目覚められたのですね」

ちょうど部屋にいたらしいイツの、ホッと安堵した顔が目の前に現れる。桜子は寝台から、ゆっくりと起きあがった。

「あれから、どうなったのかしら？」

桜子の記憶は貢の背に負ぶわれたのを最後に、途切れている。桜子を攫った犯人は全員捕まったのか。あの場にいたトワは、どうなったのか。

イツが桶に浸した手拭いで、桜子の身体を拭きながら言った。

「本当に、とても大変だったんですよ」

屋敷で待っていたイツは、気を失ったままの桜子が時津に付き添われて帰ってくるのを出迎えたそうだ。

「服も身体も泥だらけで、足首は腫れているし、熱は高いし……熱が引いても、なかなか目を覚まされないから、とても心配でした」

イツの目は涙ぐんでいた。

イツによると、桜子が攫われたことを胡条家が把握したのは、その日の夜の七時頃だったという。すでに屋敷内に桜子がいないことで、ちょっとした騒ぎになっていた。黙って出かけたにしても、そろそろ戻っていないとおかしい。ちなみに、時津だけは、ちょっとしたでは済まないくらいに騒いでいたそうだ。

「それでも、五島さんもいなかったことで、おそらく一緒だろうとなって、警察への届けは様子を見ていました」

夜に抜け出した前科もありますしね、とイツに窘めるように言われると反論の余地もない。

そんな折に、若い警察官が胡条邸に駆け込んできた。新伍とともに行動していた藤高貢から警察に連絡があり、桜子が攫われたと分かったのだ。

現地には桜子の父と時津が向かった。桜子はすでに気を失っていたので知らなかったが、父も山の麓で待っていたらしい。

「人攫いの話を聞いたとき、時津さんは、それはもう大変な取り乱しようだったんですよ」

過保護なのは昔からだから、心配したり、怒ったりして顔色の悪くなる時津は何度も見た。けれど取り乱すというのは、あまりピンとこない。

でも、ともかく、とても心配をかけてしまったようだ。

「時津はどこにいるの？　少し話せるかしら？」

謝罪とお礼を伝えて、それから、頼んであったトワのハンカチーフのことも聞きたい。

しかし、残念ながら、時津と話すのは難しいようだった。

「桜子さまが攫われた件の後処理があるとかで、一昨夜から、ほとんど姿を見ていません」

後処理というなら、ハンカチーフに書かれた住所のことも何か関係があるかもしれない。そう思うと、余計に話を聞きたかった。

「では、五島さんは？　どちらにいらっしゃるの？」

「五島さんも、本日はお見かけしていません。ただ、昨日の夜は屋敷にいらして、『事件はすべて解明した』とおっしゃっていました」

「すべて、解明？」

『すべて』とは、どの範囲を指すのだろう。桜子への脅迫状のこと、園枝有朋氏殺害のこと、そして今回の事件のこと。解明という表現からは、人攫いの件だけを指しているようには思えなかった。

「明日、五島さんからお話があるそうです」

関係者を集めて、事件について説明するそうだ。もし桜子の目が覚めて、体調が許せば同席して良いと言われているらしい。ただ、本人が希望しない場合は無理に出なくてもいいとも言われた。

「絶対に出たいわ。私に関係することだもの」

『すべて』がなにを指すにしても、知らない間に解決しているのは嫌だった。

「桜子さまなら、そうおっしゃると思いました」

清拭《せいしき》を終えたイツが呆れたような、でも慣れっこだというような顔で言う。

「ともかく、桜子さまはまだ目が覚めたばかりですから、出たいのであれば、今日はよく休んでくださいね」

桜子がきちんと頷いたのを確認して、イツは部屋から出て行った。

桜子は寝台の上で身体を起こしたまま、窓の向こうを見た。窓の外には、穏やかな空が広がっている。つい二日前の出来事が嘘みたいに。

新伍の言う通り、もし本当にすべての事件が解明したのなら、新伍とはもう、お別れしなくてはならない。

悪漢から逃げ出した夜の山で二人、洞穴に隠れていたときは、日常が遥か遠くに感じられた。けれど、こうして元の場所に帰ると、やはり、あの瞬間のほうが夢だったのだと思えてくる。

翌日、昼下がりの胡条邸の広間に、予告通り、関係者たちが集められた。

桜子、父、イツ、時津などの胡条家の者はもちろん、藤高貢、東堂樹、そして園枝家からも見覚えのある老家令が一人来ていた。どうやって声をかけたのか、勝川警部補に貞岡しを乃までいる。

部屋の中は、全部で九人。

まだ体調の戻りきっていない桜子は、用意された椅子に腰掛けた。左右にイツと時津が付き添っている。貢は、時津から少し離れた壁際に寄りかかるように、樹はイツの隣に立っていた。

勝川警部補は部屋の隅のほうで一人、陰気な顔で参集者たちを睨んでいる。誰とも関わりたくないのか、話しかけられないように距離を取っているように見えた。

扉の近くに立っていた新伍が、広間の真ん中に歩み出た。

「さて。今日、皆さんに集まっていただいたのは、他でもありません」

新伍はゆっくりと間を取って、一同の顔を順に眺めた。

「今から僕は、ここ最近起こった三つの事件について、その真相を解き明かそうと思います」

新伍は、人差し指を一本立てた。

「まず一つ目は、桜子さんに届いた、奇妙な脅迫状についてです」

イツの向こう側から樹の素っ頓狂な声が上がる。

「桜子ちゃんに、脅迫状？」

何の話かと戸惑う樹に、新伍が掻い摘まんで事情を説明した。

「――というわけで、僕はそもそも、手紙の差出人を解明するために、胡条さんに、この家に呼ばれたのです」

「じゃあ、胡条家のお手伝いや、桜子ちゃんのお世話と言うのは……」

「すみません。嘘です」

樹は眉を八の字に下げて、「そうなの？」と、オロオロしながらイツに尋ねた。イツが肯定するように、小さく顎を引く。

新伍は樹に構わず、「話を続けますね」と、二本目の指を立てた。

「二つ目は、園枝有朋氏殺害事件について。と言っても、これは、本来、僕が解き明かすことでもないのですが、行きがかり上、関わることになりまして」

それから三本目の指を立てる。

「そして、三つ目。桜子さんが攫われた事件です。これを防げなかったのは、僕の落ち度でした」

悔しそうな新伍に、桜子が驚いて疑問を呈した。

「落ち度？　五島さんは、むしろ、私を助けてくれたのですよね」

「それについては、追々話します。この三つの事件は、全て繋がっていますので」

新伍は「少しお待ちください」と、部屋を出ると、すぐに女を一人連れて戻ってきた。大きな身体にも、体格の割に自信なさげな顔にも見覚えがある。

「トワさん⁉」

「そうです。トワさんです」

「どうして、トワさんがここに？」

トワは、桜子が攫われたあの日、小屋の中にいた。人攫い事件の重要人物だ。てっきり、とうに警察に拘束されているものだと思っていた。

「トワさんは桜子さんが攫われた事件に関わっているだけではなく、園枝さんの事件を解き明かすにあたり、大変重要な方です。それで勝川警部補にお願いし、本日こちらにお越しいただきました」

新伍の説明に、勝川は黙ったまま座っている。どういう経緯か分からないが、新伍に説得されて協力してくれているらしい。

「トワさん、話していただけますよね？」

新伍は、一語一語を皆に聞かせるように言った。

「桜子さんに出した不審な手紙の理由と、桜子さんの拐《かどわ》かし。それから、園枝有朋氏の殺害の真実について」

その場にいた者が皆、一斉に息を呑むのが分かった。トワは桜子の拐《かどわ》かしに関わっている。それは明白だ。だが新伍によると、残り二つもトワが起こした事件ということになる。

「どういうことですか？　私への手紙に、有朋さんの殺害というのは？」

すると、トワが新伍に尋ねた。

「五島さん、あの子は無事ですか？」

トワの表情は切実だ。新伍が何かを確認するように、時津に目配せする。時津が大きく、ゆっくり頷いた。それを受けて新伍が答える。

「大丈夫。貴女《あなた》のお子さんは無事ですよ」

「お子さん？　……トワさんの？」

目や雰囲気からトワは桜子より十歳は上だろうと思っていたから、別に子がいたとしても意外ではない。そう思っていたのだが、それでもトワの告白は桜子の予想もしていないことだった。

「はい。私と、有朋さんの子です」

トワの向こうにいる園枝家の老家令が、驚きに目を見張った。だが、一瞬で元の冷静な顔に戻り、トワの話の仔細まで聞き漏らさぬよう耳を傾け始めた。

子の無事を確認できたトワは改めて何かを決意したようで、両手を帯の前で握りしめた。深呼吸をして、それから、ゆっくりと顔を上げて皆を見据えた。

「五島さんがおっしゃったとおり、園枝有朋さんを殺害したのは……私です」

部屋の中がしんと静まり返る。皆がトワの次の言葉を待っている。

「トワさん、貴女《あなた》の話を聞かせてください。貴女《あなた》が有朋さんと出会った時のこと、そして貴女《あなた》たちの間に起こったことを」

新伍に促されて、トワがゆっくりと口を開く。

「有朋さんとの出会いについて語るには、まず、私の生い立ちからお話しさせてください」

そう前置きをしてから話を続ける。

「私が産まれたのは、海沿いの小さな村です。田舎の村で、こういう風貌ですから……皆に揶揄われたり、そういうことは日常茶飯事でした」

トワは並の男性よりも背が高い。身長だけなら時津と変わらないくらいだが、身体つきはトワの方が、がっしりしている。目や口は派手ではないが、頬高で鷲鼻だ。

トワの母親は、至って地味な田舎の村の女だったが、父はトワと同じように大柄だったという。

「男は良いんです。あれこれ言われることもありません。力も強くて、村にとって頼りになると持て囃されて。それが女だとまるで違うのです」

両親が生きていた頃はよかったが、父に次いで母が亡くなると、もともとトワに好意的でなかった村人たちとの仲は、みるみるうちに疎遠になった。

あからさまな嘲りや陰口に居づらくなったトワは村を出て、帝都にやって来た。

帝都で、トワは運良く住み込みで働ける料亭の仕事を得た。完全な雑用だが、力仕事が得意なトワにとっては、適職だったという。

「帝都にはいろんな人がいますから、私の風貌も田舎のようにあれこれ言われません。周囲との人間関係が希薄な分、とても気が楽でした。料亭も良い職場で、時々、継男《つぐお》という名の同僚の男がちょっかいをかけてきて、それが少々疎ましかったのですが、それでも他の大部分の人は仕事さえしていれば何も言いません」

「有朋さんと出会ったのも、その料亭ですか？」

「そうです。私は裏方なので普段、めったにお客様の前には出ません。ですが、その日はたまたま皆が忙しく、致し方なく表に出た時に有朋さんに声をかけられたのです」

「有朋さんなら、貴女《あなた》を一目見るなり気に入ったでしょうね？」

新伍は、まるで有朋の行動を予想しているかのような口ぶりで言った。トワは当時を思い出したのか、困惑するように眉尻を下げた。

「初めは揶揄われているのだと思いました。図体がでかく見目も良くない女に、本気で興味を持つはずがない、珍しがっているだけなのだろうと。それで、何度もお断りしたのですが……」

有朋は熱心だった。

曰く、「君ほど綺麗な人は見たことがない」、「君を想うと胸の高鳴りを抑えられない」、「この世界で君に会えたことは奇跡だ。頼むから私の側を離れないでくれ」と、あるときは手紙で、あるときは逃げられぬよう腕の中に閉じ込めるようにして伝えてくる。

「私も女ですから言い寄られているうちに、だんだんと絆されてしまって。いつの間にか、男女の仲になったのです」

桜子も、幾度となく有朋から甘い台詞をかけられた。だが、有朋がトワに放った言葉に比べると。桜子への賛辞など、ずっと装飾過多で表面的なものだったのだと知る。

「やはり有朋さんは、相当トワさんにご執心だったのですね」

「私にもよく分からなくて……有朋さんに聞いたことがあるんです。どうして私なのかと。でも有朋さんは『華奢な人にも、可愛らしい人にも興味はない。私にとっては、君が一番美しい』と、おっしゃったのです。変わった方だと驚きましたが、嘘ではないと思います」

「何故、嘘ではないと思ったのですか？」

「……夜の街で、女性と肩を組んで歩く有朋さんを見たことがあるのです」

腕を組み、睦まじく寄り添う男女。トワの語る光景は、桜子が見たものとよく似ていた。

「お相手の女性は、私ほどではありませんが、やはり大柄で目鼻立ちをはっきりとさせるような濃い化粧を施していました。その方を見て、あぁ、この人は本当に私みたいな女が好みなんだって、かえってホッといたしました」

想い合っていた人が他の女性と仲良く歩いていたのだ。桜子なら酷い裏切りだと傷つくだろう。だが、トワは「ホッとした」と言う。その表情には嘘や強がりはみられない、すると、腕を組んで何やら考えるような素振りをしていた新伍が、ふいに話題を変えた。

「トワさん。先程、貴女《あなた》の田舎は海沿いだと言いましたね？」

「はい。漁を生業とする者の多い港町です。あの、それがなにか？」

「僕の高等学校時代の友人に、変わったやつがいましてね。髪と目の色が、少し薄い茶色なんです。しかも巻き毛。彼は皆から、ジョーと呼ばれていました」

何の話が始まったのだろう。桜子だけでなくトワも困惑しているが、新伍は構わず話を続けた。

「ジョーは離島の出身で、そいつがしたり顔で言うには、自分のお爺ちゃんが海難事故で島に漂着した西洋人なのだそうです。トワさん、貴女《あなた》も先祖に異国人がいるのでは？」

トワは呆気にとられたように瞬きを繰り返した。

「私の先祖に、異国人？　何をおっしゃっているのか、さっぱり……」

「ジョー曰く、彼の島は潮目の関係か、昔から海難事故で異国人が流れ着くことがあるそうです。殆どは長崎を経由して母国に帰るのですが、稀にそのまま、その地に居着いて、土地の人間と結婚してしまうということも」

「そんな話、聞いたことありませんが」

「貴女《あなた》の大きな骨格や彫りの深い顔つきは、おそらく西洋系の血かと。そして、その西洋系の顔立ちこそが園枝有朋さんの好みだったのですよ」

トワがハッとした。しを乃も同じくらい驚いていた。

しを乃は有朋と腕を組んで歩いていた、彼の恋人だ。そして彼女もまた、女性にしては背が高い。舞台に立っているだけあって、常に顔の陰影が際立つ化粧を施している。

以前、新伍が言ったことを思い出す。

桜子とともに園枝有朋の家を訪れたときに、有朋の西洋文化への執着ぶりを、新伍は「少し滑稽なほどですね」と皮肉った。あの時すでに、有朋の女性の好みに気づいていたのだろう。

トワが俯いた。そうすると、ますます顔の陰影が深くなる。新伍に指摘されてから改めてみると、確かにトワの顔立ちは西洋風の雰囲気が感じられた。

「おっしゃる通りかもしれません。私に子ができたと知ると、有朋さんはずっと、私に似た女の子が産まれたら、異国の女の子のようなドレスを着せるのだと張り切っていました。きっと似合うからと、それは楽しみにしていて……」

トワの瞳が悲し気に揺れる。

「お子さんができたのはいつごろですか？」

「有朋さんとお付き合いして、一年ほど経った頃です」

「有朋さんは女の子を望んでいたと言いましたが、お子さんは男の子でしたよね？」

トワは、まるで酷く罪深いことを告白するかのように、重い口調で「そうです」と続けた。

「有朋さんの希望とは異なり産まれてきたのは男の子でした。それも十月十日経たずに産まれたせいで、身体がとても小さい。それで、強く大きく育つように剛《つよし》と名付けました」

有朋は痩せぎすの剛を見て、あからさまにがっかりしたという。トワの沈んだ様子から、それがいかほどであったのか、容易に想像がついた。

「剛は手のかかる子でした。小さく産まれたせいか身体が弱く、少し寒くなるだけで、すぐに咳き込む。しかも一度咳が出始めるとなかなか治らず、ときには寝込むこともあります。有朋さんの望んだような子ではなかったにも拘らず、それでも有朋さんは私たちに、様々な援助をしてくださったのです」

病院の手配や薬代。そういった助けがなければ、とても剛は生き長らえなかっただろうと感謝するトワを見ていると、助けもなにも有朋の子なのにと、桜子は気の毒になった。

「有朋さんに縁談が持ち上がっていたのは、ご存知でしたか？」

新伍が尋ねると、トワがすぐに頷いた。

「有朋さんは大財閥の跡取りですから、いずれあることだと覚悟はしていました」

有朋はトワに、「正妻を迎えても、君たちを見捨てるようなことはしないから安心してほしい」と言ったそうだ。

きっと有朋に悪気はなかったのだろう。「見捨てる」という、その言葉がトワと剛の立場の弱さを浮き彫していることに、彼は気づいていなかったのだ。

「陰ながらでいい。たとえ結婚しても私はずっと有朋さんの側にいるつもりでした。有朋さんもきっと、私のそういう聞き分けの良いところを好いていたのだと思います」

「ではトワさんは、有朋さんが本妻を得ることに納得していたんですね？　何のわだかまりもなかったと？」

新伍に問われ、それまでまっすぐ前を向いていたトワは初めて惑うような視線を床に向けた。

「一度は納得しました。けれど、その考えは、途中で変わりました」

「何故ですか？」

トワは少し答えづらそうな顔をしたが、やがて口を開いた。

「お相手の方が、複数名の男性を『婚約者候補』として天秤にかけていると聞いたからです」

桜子はハッとした。トワの顔が苦悩に歪む。

「話を聞いた私は、とても平静ではいられませんでした。三人もいるなら、有朋さんじゃなくてもいいじゃないかと、どうして選べる立場のひとが私から有朋さんを取り上げるのかと、たとえ逆恨みだと分かっていても、有朋さん一人の愛情に縋って生きる私は、不満を抱かずにはいられなかったのです」

トワの立場から見たら、婚約者を選ぶという桜子の立場はとても傲慢なものに映ったかもしれない。桜子を許せないと思うのも理解できる。

「それで桜子さんに、有朋さんとの婚約をやめるよう脅す手紙を書いたんですね？」

新伍が核心に触れた。トワも、それを認める。

「そうです。帝都に出てきた頃の私は、字もまともに書けなくて、有朋さんに教えてもらったんです。その字を、こんなことに使ってはいけないというのは分かっていました」

分かっていて、それでも、止められなかった。

有り金をはたいて上等な紙を手に入れ、一文字一文字、丁寧に書いた。わざわざ良い紙に書いたのは、惨めになりたくなかったから。縋る女からの恨み言だと思われたくなかったから。

「翌朝、手紙をもって、胡条家の前まで行きました」

来たはいいが、どう渡そうか。

「屋敷の門の前で迷っているうちに、そこの、背の高い家令さんが出てきました」

トワは、桜子の隣に立つ時津に視線を移した。

急いで、そこらを歩いていた子どもを捕まえ、時津に手紙を渡すように頼んだ。子どもは、何が書かれたものかも知らず、無邪気に引き受け、駆け寄っていった。

「手紙が渡るのを見届けると、すぐに、その場を立ち去りました。きっと、家令さんは、子どもに渡し主を聞くでしょう。私の風貌は、お世辞にも地味とは言い難いですから」

勢いに任せて渡したものの、トワは後になって怖くなった。あんな手紙を書いた人間のことを、胡条家は許さないだろう。有朋の耳に入るかもしれない。今に有朋か胡条家の人間が踏み込んできて捕らえられるのではないかと怖かった。やはり、自分はとんでもなく馬鹿なことをしてしまったのだ。

だが、予想に反して、トワの日々は静かだった。胡条家の関係者は来ないし、有朋もいつも通りに会いに来る。それがかえって気味が悪い。

「ちょうどその頃、園枝家が大規模な夜会のために、臨時の女中を募集しているという話を聞いたんです」

トワの働いている料亭に回ってきた話だという。

「臨時雇いでしたし、料亭の推薦もあり、ほとんど審査もないまま働かせてもらえることになりました。料亭の女将さんが良い方で、剛を見てくれると言ったので、夜会の数日前から園枝家に通ったのです」

トワは、初めて見る園枝の屋敷の大きさと美しさに圧倒された。そして目が覚めた。自分は有朋と住む世界が違うのだと。

そう認識したのは、単に、暮らしぶりの差のせいだけではない。風貌特異なトワは、古参の女中たちに真っ先に目をつけられた。先輩の女中たちのトワを蔑《さげす》む態度は容赦がなかった。

「それまでずっと、たとえ何があっても有朋さんの側にいるつもりでした。結婚は出来なくとも、妾でも離れることはないと思っていました。でも、園枝家に通っているうちに、もうやめようと考えを改めました。こんなに気の休まらない家はありません。

私と剛は、ここに関わってはいけないと心底感じたのです」

いつの間にか、それまで抱いていた婚約者への嫉妬心も失せていった。

「本物の桜子さんと会ったのは、その頃です」

夜会の当日だった。忙しさのせいで、皆の気が立っていた。トワは大帝都ホテルの庭の暗がりで、いつものように、その苛立ちの捌け口になっていた。

「もうすぐ辞める女だからか、いつも以上に当たりが強かった。けれど、これを耐え凌げば、もうおしまいだと思うと、我慢も出来ました。幸い給金はいいから、これで剛に栄養のある食べ物を買ってあげられるなら構わないと、そう思っていたのですが……」

その時、桜子が現れた。桜子はトワを庇い、励ました。桜子の振る舞いはトワの心にとても温かく残った。

「私と剛の存在が、いずれ桜子さまを苦しめることになるかもしれないと思うと、有朋さんから離れる以外の選択肢はありませんでした。ない……はずだったのです」

だけど出来なかったと言うトワの表情は、苦渋に満ちている。

「ある晩、剛が突然、酷く咳き込みました」

もともとの持病が悪化したようだ。身体の中身が飛び出してしまうのではないかと思うような咳が一晩中続き、とても苦しそうだった。幸い医者の薬が効いて明け方には咳もひいたが、これからもずっとこんなことが続くのかと思うと、トワは怖くなった。

「剛の診療代は、すべて有朋さんにいただいていました。もし有朋さんと離れたら、私一人で剛を育てなくてはなりません」

息苦しそうに喘ぐ息子を目の前にしたトワにとって、それはとても恐ろしいことだった。

それならばと、トワは意を決して有朋に願い出た。身を引く代わりに、まとまった金子《きんす》をもらいたいと。

トワの話に引き込まれるように耳を傾けていた桜子は、思わず尋ねた。

「有朋さんは、何とおっしゃったのですか？」

トワと子どものことを想うと、有朋がトワたちにとって良い返事くれたのだったらといいと期待した。しかし、それは甲斐のない期待だった。

「有朋さんは、初めは驚いて、それから戸惑い、最後には意味が分からないと怒りました」

その時のことを思い出したのか、トワは苦しそうに胸元に手を当てた。

「私は気づいていなかったんです。私にとって守りたいものと、有朋さんの考える大事なものが、違うということに」

トワは大きな後悔を吐き出した。

「本当は、そのときに終わりにするべきだったんです」

有朋とともに生きてはいけないということは十分なほどに理解していた。

それでも、少しでも金銭的な援助が欲しかったトワは僅かな望みをかけて、有朋に会いに行った。

「園枝家に、ですか？」

問う新伍の声が、鋭さを増した。トワが、やや緊張した面持ちで頷いた。あの事件へと繋がっていく。

「トワさんは、園枝家の裏門から入ったんですね？」

新伍によると、園枝邸の表門は常に門番がいて、許可のない人間が邸内に入るのは難しい。けれど、裏に使用人のための勝手口があり比較的出入りに寛容なのだそうだ。

夜会の手伝いで臨時の女中をしていたトワは、それを知っていた。

「中に入っても、温室の方まで行けば人目につく可能性があります。女中の着物を拝借でもすれば、比較的ましでしょうがね」

トワは女中の着物のありかも知っている。女中の格好ならば遠目には誤魔化せる。

新伍の推測通りに女中服を着たトワは人目を憚りながら、別邸を離れたという。

桜子は、お茶会のために園枝家を訪れた時のことを思い出す。

あの時、桜子は見知った人物――トワによく似た背格好の女中が、背を丸めて通り過ぎるのを見た。トワは臨時雇いの女中だと言っていたし、距離が離れていた上に一瞬だったから見間違いかと思っていた。

女中服を着たトワは、できるだけ目立たないように、どこかに隠れながら有朋が通るのを待つつもりでいたという。そこへ、ちょうど洋館の本邸から出てくる彼を見つけた。

「有朋さんは、最初、自家の女中が話しかけて来たと思ったようでしたが、すぐに、私に気づいて、とても驚いたようでした」

誰かに見られないようにトワを温室に連れていった有朋は、ひどく不機嫌だった。何故、女中の格好をしているのかと強く咎められたが、トワにとって有朋の叱責など、どうでもよかった。

トワは、桜子との婚約に際して身を引くから手切れ金をいただけないかと再度お願いをした。だが有朋は、それを終わった話だと、すげなく切り捨てた。身体が弱い剛が生きていくのがいかに大変なことかと訴えたが、聞き入れられない。

それどころか、有朋は冷たく言い放った。

「治らないなら、それが剛の寿命なのだ」と。

あまりの冷酷さに、桜子の心が重く沈んだ。命が尽きる前の、痩せた母の姿を思い出す。その言葉は、そんなに簡単に口にしていいものではないはずだ。子の病に苦しむトワにとって、どれほど重く、冷たく響いただろう。

「有朋さんは、私のことは大事だ、手放したくないと何度も言いましたが、剛のことは一度も触れませんでした」

有朋は剛を疎ましく思っていた。それが、態度や口調の端々から伝わってくる。だから、トワは問うた。剛の何がいけないのか、と。望んでいた女の子ではなかったからか、それとも身体が弱いせいか。

だが、有朋の答えは、もっと辛辣だった。

「有朋さんは言いました。『正妻との間に子をもうける。まずは、それが先で、それができなければ、そのときは、丈夫な跡継ぎを産んでもらいたい』と」

丈夫な跡継ぎ。それは、つまり剛ではない。有朋にとって、剛は要らない子供だった。

トワの目の前が真っ暗になった。足元が崩れ落ちるように不安定に揺れた。

気づいたときには、目の前に有朋が倒れていた。頭から血を流して、うつ伏せに。

自分の手には鉢植えの硬い鉢が握られていて、血がポタリ、ポタリと滴り落ちている。

自分は何をしてしまったのか。手に握られていた硬い凶器を地面に置いて、トワは駆け出した。

「すぐに警察に出頭しなかったのは、子どもを人質に取られたからですか？」

新伍の言葉に、トワは震えながら頷いた。

桜子には分からなかった人質の意味を、時津が教えてくれた。

「お嬢様のハンカチーフに書かれていた場所にいた子どものことです」

トワの子の剛だという。彼はろくな食事が与えられていなかったのか、時津が見つけた時には、身体はやせ細り、酷い咳をしていたらしい。

トワが口元を押さえて涙を流した。

「私が浅はかだったんです」

トワは自分が成した出来事に動転して、優しく声をかけてくれた同僚の男に全てを告白した。警察に出頭するつもりだというと、以前から、トワに度々色目を使ってきた、その男、継男は、トワの決断に異を唱えた。

もしトワがいなくなったら、身体の弱い剛は誰が面倒を見るのかと親身になって案じてくれる。本音を言うと、トワも、それだけが気がかりだったから、継男に親切にしてくれる。

「俺が面倒みてやろうか?」と言われ、つい頼ってしまった。

だが、この時の継男は、トワのことを好いて親切にしてくれたわけではなかった。園枝から金を引き出す好機を狙っていただけだ。そう気づいたときには遅かった。

「継男は、剛を手に入れた瞬間、園枝家に行くと言い出しました。忘れ形見の子どもを園枝家に売りつけると興奮していました」

父親似のきれいな顔立ちだから、すぐに信じるだろうと言った。

トワは泣いて止めた。園枝の家が、剛を好意的に受け入れてくれるとは思えない。身体の弱い隠し子で、しかも母親である自分が、有朋を殺したのだ。

継男は剛をどこかに隠した。トワは剛に会えなくなった。なんて愚かなことをしたのかと後悔しても、もう遅い。トワは必死で考えた。どうすれば剛を取り戻せるのか。

「そうして貴女《あなた》が捻りだした策は、考えるうる中でも相当に愚かな手段でしたよ」

新伍の語り口はいつもと同じように淡々としているのに、珍しく責めるような響きがあった。

「桜子さんを攫うのを提案したのは、トワさんですね？」

トワが「そうです」と項垂れる。

トワは、継男が欲しいのは金だという事に気が付いた。

「引き取ってもらえる可能性の低い剛よりも良い手があると、継男を唆しました」

自分は胡条財閥の一人娘と顔見知りだ。胡条財閥は一人娘の為ならいくらでも金を出すだろうから、呼び出して攫えばよいと教えた。

隣の時津の喉が、ひゅんと鳴った。横を見上げると、今にも噛みつきそうなのを必死に堪えるような顔で、トワを睨んでいる。桜子が、固く握った時津の拳《こぶし》に、そっと手を触れた。

トワも自分がした罪の重さは、ちゃんと分かっている。トワは桜子を逃がそうとしたのだ。本気で桜子を傷つけたかったわけではないはずだ。

「私も継男には提案しましたが、そんな事はしたくなかった。剛さえ、この手に取り戻せれば、事を起こす必要はないと思っていました」

継男の知り合いの家に剛が監禁されているのだけは突き止めた。けれど見張りの男がいて、トワ一人では連れ出せそうにない。もし桜子の拐《かどわ》かしが実行されれば、男たちの関心が桜子に向くと思った。そうなれば混乱に乗じて連れ出せるかもしれない。

機会は、ふいにやってきた。継男の命で桜子を見張っていたら、桜子が一人で屋敷を出たのだ。誰かを追いかけているのか、小走りをしていた。トワは桜子の後を追った。

桜子の行先は、トワの住んでいる家の近くだった。途中で追いかけていた誰かを見失ったのか、あたりをきょろきょろと探し始めた。

「それで、桜子さんに背後から声をかけ、振り向いた瞬間に……」

継男から渡された薬品を染み込ませた手拭いで口元を覆《おお》った。薬品は異国のものらしい。何の薬品かは教えてもらえなかったが、死にはしないと説明された。

「申し訳ございませんでした」

トワが桜子に向かって、深々と頭を下げた。

「どれだけ謝っても、どんな事情があっても、貴女《あなた》がお嬢様に犯した罪は許されない」

桜子が何か言うより先に、時津の冷たい目がトワを睨みつける。

自分の都合で桜子を攫うのに協力し、死なないと聞いただけの、よく分からない薬品を嗅がせた。それは許しがたいことだと断じる。

トワがもう一度、消え入るような声で「申し訳ございません」と謝った。

身を縮めて震えるトワの姿に、居た堪れなくなった桜子は、話題を剛の話に戻した。

「トワさんは、私を連れ去る時の混乱に乗じて、剛くんを助けるつもりだったのですよね？　でもあの時、トワさんは山にいましたよね。それはどうしてですか？」

「無理やり連れていかれたのですよ」

トワの代わりに答えたのは、新伍だった。

「あのとき僕は、何かが戸板にあたるような派手な音を聞いて、すぐに付近を探しました。そうしたら、気絶した桜子さん乗せた台車の横で、トワさんが男に腕を掴まれているのを見ました。あの時、大きな音を立てたのは、わざとですね？」

「誰かが気づいてくれればいいと思い、倒れる桜子さんを支える時に近くの家の戸板にぶつかりました。継男と離れたら、すぐに剛を助け出して、胡条のお屋敷に行くつもりでした。桜子さんが監禁されている場所を教えるつもりだったのです。でも……

料亭の下働きで鍛えた継男の力は強く、逃げられませんでした」

「音を立てたのは正解でした。おかげで貴女《あなた》を探していた僕は、すぐに気が付くことができました」

「私を、探していたのですか？」

トワが驚いて聞き返す。

「実は貴女《あなた》を、園枝さんの夜会で見かけました。多分、貴女《あなた》が桜子さんと別れた直後。庭で僕とすれ違った貴女《あなた》は、木の陰からジッと会場の中の園枝さんを見ていました」

「あぁ、あのとき……」

トワには思い当たることがあったしい。

「園枝さんを見つめていた貴女《あなた》の瞳からは涙が溢れていた。それをハンカチーフで拭うと、園枝さんに向かって頭を下げたでしょう？　まるで別れの挨拶をするように見えたので、僕は思ったんです。あぁ、たぶん園枝有朋さんとそれなりの関係にあった女性《ヒト》なんだろうな、と」

だから新伍は、トワの行方を捜していた。有朋と同じくらいに背が高く、身体つきもしっかりとしていたトワは推定される犯人像の体格的な条件にも当てはまっていた。しを乃からいろいろと話を聞いた後、園枝の家を訪れたときに、新伍は老家令に尋ねたらしい。

トワの風貌は特徴的だったから、料亭の紹介で入ってきた人だと、すぐに判明した。

「桜子さんが攫われた日、僕は貴女《あなた》に会いに行くつもりだった。園枝さんの事件はある程度、事情が推測できていましたし、まさかトワさんが桜子さんを攫うとは思いもしませんでしたから」

それは新伍にとって、痛恨の誤りだった。

新伍は慌てて追いかけた。途中で偶然、藤高貢に出会い、二人で後を追って桜子の監禁場所を突き止めた。新伍は桜子を助けるために、一人でわざと捕まった。

「トワさんの何か伝えたそうな目の動きで、桜子さんを逃したがっていると、すぐに気がつきました」

「五島さんが捕われたのは好都合でした。どうやって桜子さまを逃がせばいいのか途方に暮れていましたから。五島さんを見て、すべてをこの人に託そうと決めました。お二人が無事に逃げられれば……桜子さまなら、息子を助けてくれるに違いないと思いました。虫のいい期待だとは分かっていましたが、それでも他に縋るものがなかったのです」

ハンカチーフに剛の捕まっている場所を記して、桜子に渡した。そして、トワの切望した通り、剛は時津によって助けられた。

「貴女《あなた》の子供は、今こちらで保護しています」

時津の口調がとても事務的に聞こえて、桜子はひやりとした。いつも桜子を案じている時津だから、桜子を攫ったトワに対して許しがたく思っているのは分かる。けれど、トワの子は別だ。身体の弱い幼子が、酷い環境に置かれていたのだ。

「あの、時津……」

桜子が時津の袖を引いた。懇願の意を込めて見上げると、時津はすでに桜子の意図を理解していると、袖を握った手に優しく触れた。

「分かっています」

時津が、泣いているトワに向けて宣言した。

「剛は、胡条で預かります」

この場で言い切るところを見ると、当然、父も了承しているのだろう。

「当家で療養させ、回復したら徐々に簡単な下働きをしてもらいながら、学校に通わせます。それで……いいですね？」

時津の確認に、園枝家の老家令がゆっくりと頷いた。

「有朋さまがこうなった以上、旦那様も奥様も、その子を引き取りたいとは言わないでしょう」

それで園枝家の判断も決まった。剛の身が保証されたことに桜子も安堵した。

「ありがとうございます」

トワが、泣きながら頭を下げた。

「本当に……本当に申し訳ありませんでした。何もかも、私のせいで……」

結局、あの手紙も、園枝有朋殺害も、桜子が攫われた事件も、全ては繋がっていた。

これで、一件落着ということなのだろう。

勝川警部補が立ち上がって、トワの方へ歩み寄ろうとした瞬間。

「冗ッ談じゃないッ！」

貞岡しを乃だった。

「あんたが！　あんたのせいで有朋が死んだんだよッ！」

鬼のような形相で、トワ目掛けて突進してくる。トワに掴みかかろうと、しを乃は手を前に突き出した。素早く反応したのは藤高貢。だが、それよりさらに早く、新伍がトワの前に出た。

トワの首をめがけて伸ばしたしを乃の腕をパンッと払い除けた。勢いで、しを乃が後ろによろけて、尻もちをつく。

「何するんだ！」

「貞岡さんこそ、何をするつもりですか？」

「決まってるだろう？　その女のせいで、有朋は死んだんだ！」

吊り上がった目で睨んで、許せないと歯ぎしりをした。

「警察に捕まって、ハイ終わり？　冗談じゃない。あの女はね、あれだけ有朋の愛情を受けて、子までもうけて、それで、こんなことになるなんて……あたしは、絶ッ対に許さない」

「なるほど」

新伍は冷静だった。まるで観察するような瞳で、しを乃を見下ろしている。

「貴女《あなた》が許せないのは、トワさんですか？　それとも、有朋さんですか？」

「……はァッ？」

「トワさんと同じくらい、彼女を愛した有朋さんを許せなかったんですか？　だから貴女《あなた》が、有朋さんを殺したんですね？」

驚いたのは、桜子だけではない。その場にいた者は皆、戸惑いの表情を浮かべた。

特に困惑していたのはトワだった。

「あの、先程申し上げたように、有朋さんは私が……」

新伍がトワの言葉を遮った。

「トワさんと貞岡さん。ここで話を聞くまで、正直、僕はどちらが最終的に手を下したのか迷っていました。ですがトワさんの話を聞いて、はっきりしました」

「私の話を聞いて？」

「トワさん。貴女《あなた》は先程、有朋さんを鉢で殴り倒したあと、その鉢をどうしたと言いましたか？」

新伍の確認に、トワは慎重に思い出すように答える。

「えっと、床に置いて……」

「そこが違う」

口を挟んだのは、貢だった。

思わず呟いてしまったという様子でハッとして、「申し訳ない」と謝ったが、新伍は「その通りです」と肯定した。

「藤高少尉も現場をご覧になったから分かるのでしょう、この食い違いに。ですよね、勝川警部補？」

トワを勾束しようと立ち上がったままの勝川が、不機嫌そうに同調した。

「あぁ、そうだ。そこの探偵気取りと少尉の仰るように、園枝有朋氏は頭部を殴打され、その周りには割れた鉢と土、そして菊の花が散らばっていた」

「そう、鉢は割れていたんです。トワさんが置いたにも拘らず。何故か。それは、トワさんよりも後に温室に入った人間がいたからとしか考えられません」

「それが私だって言うつもりかい？　そこの女が嘘をついてる可能性もあるんじゃないか？」

しを乃は、多少落ち着きを取り戻したようで、斜に構えてフンッと鼻を鳴らした。

「可能性はありますが、その嘘には意味がないでしょう？　トワさんは犯行を認めているのだから」

新伍が軽く肩を竦めた。

「そもそも僕が最初に引っかかったのは、貞岡さんの楽屋を訪れたときに言った、園枝さんに対する『気に入れば、女中にさえ手を出す』という言葉です」

「それが、なんだって言うんだ？　そのとおりだったろう？」

しを乃がトワに向かって顎を突き出し、睨みつける。

「貞岡さんのおっしゃる『女中』というのは、トワさんのことですか？」

「あぁ、そうさ。現に有朋と関係をもっているだろう？」

「貞岡さん、トワさんの話を聞いていましたか？　彼女は、夜会のために臨時で雇われただけで、園枝家の女中ではありません」

「小さな違いだね」

「いえ、全然違います」

新伍が、その些細な違いがとても大きいのだと断じた。

「確かに園枝さんは女性関係には、やや浮わついたところのある方ですが、一方で、お茶会で見た印象では、主従関係の線引きはしっかりなされていました」

桜子は園枝家の女中たちを思い出す。彼女たちは婚約者になるであろう桜子に対して、とても慇懃だった。新伍の言う通り、主従を弁えていたといえる。

「だから女中には手を出さない、とでもいうのかい？」

しを乃は、「男女のイロハも知らない坊っちゃんだこと」と、鼻で笑った。

「ええ。おっしゃる通り、僕はまだ恋愛の機微を心得ない若輩者です。それに実際、夜会の場でのトワさんの涙を見ている。トワさんには特別な事情があるのか。あるいは僕の感じた主従の線引きというのが取り繕ったものだったのか。それを確かめるために、僕は園枝家に聞きに行きました」

新伍は園枝の老家令と有朋付の女中たちに話を聞いた。

「園枝家の皆さんは口を揃えて、有朋さんが使用人に手を出したなどという話は聞いたことがない、とおっしゃいました。ですよね？」

新伍が園枝家の老家令に視線を向けた。老家令が、新伍の証言を裏付けるように、「五島さんのおっしゃる通りです」と答える。

「お坊っちゃまは、基本的に雇い主と使用人の立場を、きっちり区別なさっておいででした。使用人はあくまで使用人。一部の者を偏愛することで、全体の均衡が崩れることを嫌う方です。先々、婚姻したときのことを考えても、女中などと関係を持つことは、家の中に面倒事が起こりうる要素となり、好ましくないと考えていた様子です」

「僕の見立ては当たっていた、そして、トワさんは園枝家の女中ではない。では何故、貞岡さんは、園枝さんが女中に手を出すと思ったのか。僕は逆から考えてみることにしました。つまり『園枝さんが女中に手を出した』のではなく、貞岡さんが『園枝さんが手を出した女のことを、園枝家の女中だ』と思ったのだ、と」

「だから、そこに何の違いがあるのさ？」

しを乃は、新伍の持って回ったような言い方に、あからさまに苛ついていた。

「さて、それでは、どうしてトワさんを女中だと思ったんでしょう？」

新伍は謎掛けのように言うと、今度はトワに尋ねた。

「トワさん、貴女《あなた》が園枝家の女中の格好をしたのは、いつですか？」

「夜会のための臨時雇いですから、その準備のための数日と夜会当日。あとは……温室で有朋さんと話したときに着物を拝借したときだけです」

「夜会の準備のとき、園枝邸以外の人に会いましたか？」

「いいえ。ずっと館の奥にいて、限られた園枝家の使用人の方以外にはお会いしていません」

園枝の老家令が、「臨時雇いの女中なら、そうだろうと思います」と、トワの証言を裏付けた。

それで新伍は、今度はしを乃に尋ねた。

「貞岡さんは、トワさんが女中の格好をしているのを、いつ見ましたか？」

新伍の問いかけに、しを乃は目を逸らした。

トワの話が正確なら、女中服の彼女を見る機会は二回しかない。夜会の当日か温室に行った、あの日。だが、さすが女優と言うべきか、垣間見せた動揺はすぐに消えた。

「それは、夜会のときさ」

「おかしいですね。園枝家の方たちにも聞きましたが、貴女《あなた》を見た人はいませんでしたよ」

「それは、たまたま、その連中が見かけなかっただけだろう？」

「招待状は？」

「なくても入れるさ。今をときめく貞岡しを乃だもの」

新伍としを乃の会話は平行線だ。新伍はどうするつもりだろうと見守っていたら、

「なるほど」と呟き、黒い髪をくしゃりとかき上げた。

「それでは百歩譲って、貞岡さんがあの場にいたとして、どうしてトワさんのことを園枝の女中だと思ったんですか？」

「そりゃあ、分かるに決まっているだろう？　みんなと同じ着物を着ていたんだから」

新伍がぺろりと唇を舐めた。まるで、獲物を捉えた猛禽類のように。

「変だな？」

藤高貢が呟いた。

「私も夜会に行ったが、着物を着ている女中なんて見なかった。あんた、本当に夜会に行ったのか？」

新伍や貢だけじゃない。トワも桜子も、勿論、園枝の老家令も気づいている。知っ

ている。あの日、園枝の女中はトワを除いて全員、洋装だったことを。

「あの夜会の日、私は確かに着物を着ていましたが、それは合う大きさの洋服がなかったからです。私以外の女中は、皆さん、特注した洋装の女中服でした」

トワの言う通り、しを乃が主張する『みんなと同じ』など、あるはずがないのだ。

自分の失言に気づいたしを乃が、大きく目を見開いた。新伍が捉えた獲物を追い詰める。

「一般的に考えて、園枝さんが、婚約を望むお嬢様や、その家族が来る場所に愛人である貴女《あなた》を入れるはずがないでしょう?」

老家令が、新伍の言葉に同意する。

「お坊っちゃまから事前に、使用人たちに通達がありました。招待状のない女は絶対に入れるな、と」

しを乃が、わなわなと震えている。

「あんた、最初ッから、それ知ってて……」

「さて、もう一度聞きますよ? 貴女《あなた》は、女中の姿のトワさんをどこで見ましたか?」

新伍の質問に、青ざめた顔で押し黙った。

「答えられませんか? では、僕が答えましょう。園枝さんに対する独占欲が相当強い貴女《あなた》は、園枝さんと子までもうけた女のことが許せなかった。だから、ずっとトワさんの存在を探っていたのでしょう。それこそ、男装までしてね。そしてあの日、貴女《あなた》は園田邸に行くトワさんのあとをつけていったのです」

「男装ですって？」

桜子は思わず、驚きの声を上げた。

「貴女《あなた》に会いに行ったとき、舞台裏で衣装の置いてある部屋を覗きました。劇団というのは、随分いろいろな衣装をお持ちですね。中には、背の高い貴女《あなた》に似合いそうな男物のスーツもありましたよね」

そういえば、しを乃の楽屋を訪れた時、新伍は途中で衣裳部屋を覗いていた。新伍はその衣装を見た時に、しを乃が着ることが可能だと判断したのだろう。

「貞岡さん。園枝家にいた『随分と洒落た様子で洋服を着こなす男』のことを、そんな男は絶対に出てこないと断言しましたよね。それは、その男が貴女《あなた》自身だからですか？」

新伍の言葉に、しを乃は黙っていた。何か反論するための言葉を探しているようだ。しかし、新伍はその隙を与えなかった。

「立っている状態の園枝さんを、僕と同じくらいの身長の女性が鉢植えで昏倒させるのは難しいでしょう。身体つきが逞しく、力仕事が得意なトワさんならともかくとして。だから貴女《あなた》が犯人の場合、有朋さんにあらかじめ低い姿勢をとってもらう必要がある。例えば、直前に誰かに殴られて床に伏している、とかなら可能でしょうかね?」

トワに殴られ、うつ伏せに倒れている有朋に、しを乃が——確かに、それなら辻褄は合う。

「ここからは僕の勝手な想像ですが、貞岡さんが温室を訪れたとき、まだ園枝さんは生きていたのでは?」

新伍が、しを乃の反応を探るように見る。

「それで園枝さんは、貴女《あなた》に話しかけましたか? ひょっとしたら、トワさんに話しかけるつもりで……」

「そうよ!」

しを乃の激昂した声が新伍を遮る。

「あの人は……有朋は生きていた。最初は気を失っていたけど、揺すったら頭を振ったんだ。そして、私に向かって呼びかけたのよ。『トワ……』って」

しを乃が、悔しそうに唇を噛んだ。トワを怨嗟のこもった目で睨みつける。

「あの男はあたしのことを、そこの女だと思って語りかけたんだ。『トワ……トワ……すまない。どうか、私から離れていかないでくれ。私が本当に心から欲している女は君だけなんだ』って」

厚い化粧を施したしを乃の目から、ボタボタと涙が溢れた。

「あの男は……あたしの有朋は、あの女を請うたんだ。目の前にいる私じゃなくて、あの女を。だから……」

　近くに置いてあった菊の鉢を手にとって、頭の上に降り下ろした。二度、三度、と。最後に大きく振り下ろしたとき、鉢が割れた。菊の花が散っていく。

「西洋蘭に焦がれたアンタだったのに、結局、菊の花に殺されるなんて滑稽ね。ザマァミロ……って、心の中で呟いたのさ。あたしの手に入らない、あたしのものにならない、あの男を私は殺したの」

　全身に纏わりつくような激しいしを乃の烈情に、桜子は鳥肌が立った。あの日、貢と見た舞台とは全然違う。しを乃の、本物の底知れぬ情念。

　ふとトワに目をやると、しを乃を見ながら静かに涙を流していた。園枝の老執事が、静かに目を瞑る。

　部屋には嗚咽とすすり泣きの音が響いていた。

　そのドロドロとした愛憎を断ち切るように、パンと乾いた音が響いた。新伍が手を叩いたのだ。

「さぁ、これで分かりましたね。園枝有朋さんを殺害した犯人が」

　これが真相だ。勝川を説き伏せ、トワを連れてきて証言させなければ、解明することができなかった。

「勝川警部補、あとはお任せしますよ」

新伍が勝川の方を向いた瞬間、しを乃が動いた。静かに涙を流すトワめがけて、髪を振り乱して、突進する。

「あんたも道連れだッ！」

手の先がキラリと光った。刃物を持っている。

新伍は一瞬、出遅れた。しを乃とトワの間に入り、次の瞬間、カランと刃物の落ちる音。しを乃が、藤高貢に押さえつけられていた。

ほっとしたのも束の間、新伍の足元の床に、ポタッと赤黒いシミが落ちた。血だ。

イツの甲高い悲鳴。桜子も叫んでいた。

「新伍さんッ！」

新伍に駆け寄る。新伍が身を屈めていたので、初めは、どこを切られたのか分からなった。どうやら傷は手首らしい。新伍の左手首が、横一文字にさっくりと切れている。そこから血がポタポタと落ちていく。桜子は着物の袖で新伍の傷を押さえた。

「すぐに薬箱を。それから、清潔な水を桶に汲んできてください」

貢の指示に、イツが走り出す。樹が「僕も行きます」と後を追った。

傷口を押さえている桜子の、山吹色の着物についた赤いシミが広がる。そのシミが、桜子の心を揺さぶる。

新伍を諦めると決めた。新伍のことは忘れて、藤高貢のもとに嫁ぐのだ、と。

それなのに、怪我をしている新伍を前にして、この人の側を離れたくないという未練が赤いシミと同じように心に広がっていく。

「どきなさい」

白髪の老人に声をかけられて、桜子はハッとした。

老人は、胡条家お抱えの医師だった。この会の始まる前に桜子を診た後、トワの息子を診るために屋敷に留まっていた。

「ちょっと診ようかね」

白髪の老医師が、丸メガネをくいっと押し上げた。桜子が、恐る恐る新伍の側を離れる。医師の後ろに、水の入った桶を汲んできた樹と包帯や薬箱を持ったイツがいた。

老医師は丸メガネの奥から傷を覗き込むと、軽い調子で言った。

「あぁ、大したことはない。もうほとんど血は止まっとる。すぐに傷口を圧迫したのが良かったんだろう。でも念のため、洗っておくか」

手早く桶の水を使って傷を洗い、軟膏を塗って包帯を巻くと、新伍の顔や腕に触れて診察をする。

「今夜は傷が痛んで熱が出るかもしれんが、あんたなら大丈夫じゃろ」

医師の手当てが終わるのを見計らって、勝川が新伍に呼びかけた。

「おい、探偵気取り」

屋敷の外で待機していたという部下が傍らにいて、狂ったように悪態をついているしを乃を拘束している。いつの間にか貢が引き渡したようだ。

「お前から、そこの女中と女優が怪しいから探れと言われていたにも拘らず、こんな事になって悪かった」

勝川は仏頂面の中に僅かな贖罪の表情を浮かべて、桜子を一瞥した。結果的に桜子が攫われたことを指しているのだろう。

あれほど反目しあっていたはずの勝川が、いまやどこか新伍のことを認めているようでもある。新伍がいつもの飄々とした顔で、ぺこりと頭を下げた。

「真相解明できたのは、勝川警部補のおかげです」

勝川はそれに薄い苦笑いで返すと、「協力ご苦労」と新伍と桜子の父、胡条重三郎、藤高貢に挨拶をして、部下にトワを連れて行くように指示を出した。

それを見ていた園枝の老家令が、新伍と父に申し出る。

「私も、これで失礼してよろしいですか？　奥さまと旦那さまに報告する必要がありますので」

父が新伍に確認してから「構いません」と許可をする。老家令は退席の挨拶を述べた後、最後にトワの前に行った。

「私は、お坊っちゃまが産まれた頃からお世話をしておりますが、お坊っちゃまも小さい頃、身体が弱く、よく咳き込んでいました。いつか、お坊っちゃまの……」

言いかけた言葉を止めて、律儀な家令は言い直した。

「いつか、トワさんの息子さんに、お目にかかる機会があればと思います」

トワは黙ったまま、深くお辞儀で応えた。トワは剛が園枝家に連れていかれることを恐れていた。トワの息子と言い直すことで、園枝家から手を出す意志はないと表明したのだろう。

園枝の老家令が部屋を出る。トワも、勝川の部下に付き添われて、動き始めた。

「さて、これで貴方の推理は全て終わりですか?」

尋ねたのは、貢だ。騒動などなかったかのように、いつもと同じ無表情で腕を組んで立っている。

新伍が「いえ、まだです」と、首を振った。

「まだ僕の話は続きがあります」

「ほう。まだ、何か未解決のものが?」

「ええ。だって犯人は、もう一人いますから」

新伍の発した言葉に、皆が一斉に困惑の表情を浮かべる。事件はすべて解明されたはずじゃなかったのか。

「トワさんと貞岡さん以外に、まだ誰かいるとおっしゃるのですか？」

「桜子さん宛ての手紙の件が残っています」

でも、手紙はトワが書いたと認めている。桜子はトワを見た。話が耳に入ったのか、トワは扉の前で足を止めている。

その時、父の重三郎が椅子から立ち上がる音がした。

「五島くん⁉　私は、桜子と胡条の名が傷つかぬよう、良きに解決してくれと頼んだはずだが？」

父の態度は明らかに焦っていた。何かを隠しているかのように。

「胡条さんにとっての『良きに解決』と、僕の考える『良き解決』は違います。僕は、きちんと明らかにするべきだと思います。桜子さんのためにも」

「私のため？」

二人のやり取りの意味が、桜子には分からない。ただ、桜子に関する重要なことであるのは確かなようだ。

「ちゃんと教えてください。私に関するものなのですから」

父は苦しそうな表情を浮かべたが、何も返さなかった。それを、新伍は了承の意と受け取ったのだろう。

「桜子さん。そもそも僕が何故、手紙を書いたのがトワさんだと気づいたのか、分かりますか？」

質問をしたくせに、桜子の回答を待たず続ける。

「答えは簡単。僕が、トワさんの書いた字を見たからです」

「トワさんの字？」

「ナデシコのハンカチーフです」

ナデシコ柄のハンカチーフは、桜子がトワに渡したものだ。攫われた後に、桜子の手に戻ってきた。

「僕が洞窟で尋ねたとき、桜子さんは、あの字に見覚えがないと言いましたね？」

「ええ、見覚えがありませんでした」

あの字は、お世辞にも上手いとは言えなかった。実際、トワは有朋と出会ってから手習いの教本で手ほどきを受けたと話していた。習ったばかりの字を一文字ずつ忠実に書いたのだろう。桜子が受け取った手紙の洗練された筆跡とは全く違う。

確かに、あれがトワの字ならば、先程解明されたはずの真相と合っていない。

新伍が、「なるほど。では」と、トワに視線を向けた。

「トワさん。貴女《あなた》は桜子さんあての手紙を何通出しましたか？」

話をふられたトワが、皆の方に向き直る。戸惑いながら答えた。

「一通だけ、ですけれど」

「一通？　そんなはずは……」

桜子の隣で、イツも「そうですよ！」と同調した。

「一通だけのはずありません。少なくとも、三通は出しているはずです」

「そのようにおっしゃられましても、確かに私が差し上げたのは、一通で……」

トワが軽く手を上げ、首を左右に振った。突然、新伍が桜子を向いた。

「おや。時津さん、驚いていませんね？」

新伍は桜子の隣に立つ時津を見ていた。皆の視線が時津に集まる。だが、時津は、いつも通りの冷静さで答えた。

「いえ、驚いていますよ」

「そうですか？」

探るように聞き返す新伍に、桜子の内にじわりと嫌な予感が広がった。新伍の態度や口ぶりはまるで時津を疑っているみたいだ。

時津が書いたはずなど、あるはずがないのに。

「あの、五島さん。時津を疑っているのだとしたら、無理がありますよ」

「何故ですか？」

「ご存知だと思いますが、時津はとても字が下手です。あの美しい手紙の文字とは似ても似つきません」

だが新伍は、桜子の反論に全く納得している様子がない。顎の下に手を当てたまま、桜子とイツを交互に見る。

「僕はずっと、桜子さんとイツさんが『手紙の文字が綺麗だ』と、やたらと繰り返すのが気になっていました。だって、僕が胡条さんに渡された手紙の字は、全く綺麗じゃありませんでしたから」

桜子はイツと顔を見合わせた。

あの手紙は、イツも一緒に読んでいる。一度見たら忘れられそうにないほど美しい字だと話したのだ。一体、何が、どうなっているのか。

「でも、父の書斎で手紙を見た時、五島さんは確かに、綺麗な字だとおっしゃいましたよね？」

「いえ、言っていません。見本を見ながら一生懸命書いた子どもの手習いような字に、特徴的ですねと言っただけです。普通の大人が書く字にしては、あまりにこなれていなかったので」

「そう……だったかしら……？」

記憶を探ったが、正確に新伍がなんと表現したのか、細かいことまでは思い出せない。

「では一体、桜子さんは、何通目の手紙を読んだのでしょう？」

新伍に問われ、桜子は思い出す。手紙は全部で三通あった。一通目と二通目はイツとともに、確かに読んだ。三通目は、父と朝食をとっているときに時津が持ってきて、桜子が読む前に父が取り上げて――

「一通目と二通目は読みましたが、三通目は読んでいません」

「そうですよね。そして、僕は三通目しか読んでいない。けれど、桜子さんやイツさんの話を聞けば聞くほど、僕とお二人の間には、明らかな認識の齟齬があるのが分かる。これの意味するところは一つです」

新伍が人差し指をピンと立てた。

「一通目、二通目と三通目は、書いた人物が違う、ということです」

桜子とイツは一通目と二通目を読んで綺麗な字の手紙だと思った。新伍は三通目だけを読んだ。

「あぁ、だから五島さんは、犯人がもう一人いる、と？　いえ……でも、あの手紙は、前の二通と全く同じ桜色の封筒に入っていて、同じ差出人としか……」

新伍が再びトワの方を振り返った。

「トワさん、貴女《あなた》は手紙を封筒に入れましたか？」

「そのような高価なものは、お恥ずかしながら……」

上等な紙までは用意できたが、封筒を揃えるまでの余裕はなかったと、恥じ入るように顔を伏せた。

「書いたものを四つに折りたたんで、子どもに託して、先程も申し上げた通り門前にいた家令さんに渡してもらいました」

そうだ。確かにトワはそう言った。三通目の手紙を運んできたのが時津だったから、そのことに何の疑問も持たなかった。

だけど今、トワの証言と渡された手紙との間にある食い違いは——

「トワさん、ありがとうございます。もう行っていただいて結構ですよ」

退出を促す新伍の言葉に、桜子の思考は打ち切られた。

トワたちがいなくなると、新伍が改めて時津に問うた。

「おかしいですね。時津さんに渡されたときには、封筒に入っていなかったはずの手紙が、桜子さんの目の前に差し出されたときには、前の二通と同じ封筒に入っている。これは、どういうことでしょう？」

確かに三通目の手紙は、間違いなく桜色の封筒に入っていた。誰かが封筒に入れたとすると、その人は同じ封筒を持っていた？　では、同じ封筒を持っていた人物は誰か。

「いいえ……でも、まさか！」

「信じられませんか？」

「だって、今のお話だと、結局、一通目と二通目を時津が書いたということになるのでしょう？　それだと、やはり筆跡が違うという話になりませんか？」

手紙の字は美しく、時津の字は下手だ。この事実は揺るがない。

「そこです」

新伍は堂々巡りをする桜子の疑問を断ち切るように、投げかけた。

「そもそも、時津さんの字は、本当に下手なのでしょうか？」

「……どういう意味ですか？」

時津のことなら、桜子がもっともよく知っている。字だって何度も見たことがあるのだ。今更何を否定しようというのか。

「実際に、試してもらうのがいいでしょう」

新伍は書生服の着物の懐に手を入れた。中から取り出したのは、蓋のついたインク瓶。新伍が唐突に、その瓶を放り投げた。

「書いてください、時津さん」

インク瓶は時津……ではなく、軌道がやや逸れて桜子の方へ。桜子は、自分目掛けて飛んでくるインク瓶に思わず目をつぶって身構えた。

パシッという音が、目の前で響く。

恐る恐る目を開けると、時津が桜子の目の前でインク瓶を掴んでいた。

「何をするんですか、五島さん？」

時津の切れ長の目が、新伍を冷たく睨む。

「お嬢様に当たります」

背筋がゾクリとなるほどに、凄みのある声音だった。

「いくら貴方でも、お嬢様に傷をつけたら許しませんよ?」

しかし新伍は、全く怯む様子なく、「ふぅん?」と、意味ありげに声を上げた。

「やっぱり時津さん、咄嗟のときには、左手が先に出るんですね?」

「えっ?……左手?」

確かに、時津はインク瓶を左手で掴んでいた。

「なんのことです? たまたま、私の左側に飛んできたのを捕っただけですが?」

「最初に気になったのは、勝川警部補がこちらに来たときです」

新伍が指摘したのは、有朋事件に関する聴取のときのことだった。あのとき桜子は、勝川の失礼な質問に、とても嫌な気分になった。

「桜子さんがカップを取り落としそうになったとき、時津さんが咄嗟に左手を添えたので、『おや?』と思いました」

「よく覚えていませんが、それも、たまたまでしょう」

時津の回答に動揺の色はない。いつも通りに冷静だ。

「次に気になったのは、時津さんの部屋に行ったときです。貴方は、僕が来る直前まで、煙管《キセル》を吸っていましたよね?」

「えっ？　時津が煙管《キセル》を吸うのですか？」

桜子は、てっきり胡条の使用人たちは、皆、喫煙はしないのだと思っていたのだ。

「時津さんは、煙管《キセル》を私室でしか吸わないそうです。だから、直す必要がなかった」

「直すって、何をですか……？」

桜子の疑問に対する新伍の答えは、至極簡潔だった。

「持ち手ですよ」

時津は黙っている。桜子に背を向けているので、表情は分からない。

「僕が時津さんの部屋に入ったとき、吸い終えた煙管《キセル》の灰が灰吹《はいふき》の右奥に落ちていた。僕から見た右奥は、時津さんから見たら、左手前。灰吹《はいふき》の左手前に灰が溢れるのは左手に煙管《キセル》を持って落としたから、ですよね？　それで、この人は左手で煙管《キセル》を持つんだな、と思いました」

「あの……五島さんのおっしゃりたいことも分からなくもないのですが、それも偶然ということは？」

「確かに一つ一つは、そういう癖の範囲だと言えるかもしれません。でも偶然も、重なれば目に付きます」

桜子の言葉に、新伍は肩を竦めた。

「どちらにしても、文字を書いてもらえば、すぐに分かりますよ。おそらく時津さんは、左で書くほうが得意なはずだから」

新伍は時津に向かって、手のひらを差し出して求めた。

「さぁ、書いてください。左手で」

それをイツが止めた。

「ちょっと待ってください。仮に左が利き手だとしても、字は右で書きませんか？」

「イツさんの言いたいことは分かります。でもそれは学校で、右手で書くように教えられた子どもたちですよ。この手のことは上流家庭であるほど、徹底的に矯正されますからね」

新伍は、ゆっくりと時津の方へと歩を進める。

「時津さんは、長じてから胡条に来ましたよね？　その前は貧民窟《スラム》。学校など、まともに通っていないでしょう。おそらく長い間、左を利き手として生活していた。ここで働き始めてから、胡条家の使用人として恥ずかしくないよう、右利きを装うために相当な訓練を積んだのではないですか？」

もし初めに独学で文字を学んだなら、元は左手で筆を持っていた可能性が高い。一度、左手で書くことに慣れた人間が、大人になってから右手に持ち替えて訓練するのは、かなり骨が折れるはずだと新伍が言った。

「僕が時津さんに見せてもらったのは、右手で書いた文字だけです。そして、おそらく左で書いた文字は右手のものと全く違い、貴方の性格通りの几帳面な美しい字ではないか、と思うのですが？」

時津は、左手に握ったインク瓶をじっと睨んでいた。

皆が沈黙している。やがて時津が、その沈黙を破った。

「……右手を使うよう訓練をしたのは、当たり前です」

重三郎と桜子を順に見て、フッと笑った。

「私は胡条家の筆頭家令。誰よりも完璧であらねばなりません。旦那さまと桜子さんに恥をかかせるわけには、いきませんからね」

インク瓶を片手に、自嘲気味に笑う時津。それは新伍の推理の正しさを認めたも同然だった。

何故こんなことをという疑問と同時に、時津が左手で書く文字は、性格通りの几帳面で美しい字なのではないかという新伍の指摘が、桜子には妙にしっくりと腑に落ちた。

「時津。どうして、貴方があんな脅迫状まがいの恋文を？」

「いいえ、お嬢様。私が書いたのは、恋文ではありません」

「恋文じゃない？　でも……」

「私は、お嬢様が結婚されることには一片も反対しておりません。現に、お嬢様のお相手に、樹さまをお勧めしたでしょう？」

確かに時津は、婚約者選びに悩む桜子が相談したときに、ハッキリと「樹がいい」と言い切った。そこに嘘はないと思った。

「そのとおり。時津さんは三人の候補者の中で、樹さんとなら結婚してもいいと思っていた。では、その理由は何でしょう？」

新伍が、樹と貢を見比べてから、時津に視線を移す。

「樹さんが桜子さんの幼馴染だから、なんていう単純な理由ではありませんよね？」

園枝有朋、藤高貢、東堂樹。

確かに三人の中で、樹だけは、時津も昔からよく知っている。しかし、人柄をよく知っているからというのが理由でないなら、何が理由なのだろう？

「この中で、樹さんにだけ、他の二人とは明らかに異なる条件があります」

すると左側から、イツがハッと息を呑む音がした。

「三人の中で、樹さんだけ長男ではないから……ですか？」

「ご名答です」

「どういうことですか？」

樹は確かに長男ではない。だが、それがどうして手紙を書く理由になるのか、さっぱり繋がらない。

何かに気が付いているらしいイツに尋ねようとすると、それより先に新伍が説明した。

「胡条家には、跡取りとなる息子さんがいませんよね。しかし代わりに、皆が口を揃えて『優秀だ』という、従兄妹の牧栄進《まきえいしん》さんがいる。となると、桜子さんは婿取りをする必要はないわけです」

新伍が時津に、確認をするように問う。

「桜子さんに縁談が持ち上がったときに、時津さんは、真っ先に恐れたはずですよね。桜子さんが、この家から出ていく未来を」

だから、縁談に反対する手紙を出した。この家から桜子が出ていくのは、自分の側から離れるのは、許さないと。

「ところが蓋を開けてみたら、候補者の中に一人だけ、時津さんにとって都合がいい人間がいた。それが、樹さんだ」

「じゃあ、もしかして樹兄さんならいい、というのは……？」

「そうです。樹さんだけが婿養子となるからです」

樹が婿に入るなら、桜子が出ていく必要はない。

「樹さんが婿入りすれば、時津さんは、ずっと桜子さんの側にいられるわけです」

「まさか⁉　そんなことのために、時津が手紙を？」

時津は確かに過保護だ。だが、だからと言って、あんな手紙を出すなんて、とても信じられない。

理解が追いつかない桜子に、時津が言い放った。

「私はお嬢様が結婚しようがしまいが、関係ありません。お嬢様が、『私のお嬢様』で居続けて下されば、それでいいのですから」

時津は目をつぶり深呼吸を一つすると、天井を仰いだ。

「初めてお嬢様にあった日のことは、今も忘れません。私は……俺は、あの日、本当は死ぬはずだったんです」

何日もまともに食べていない、腹からは血が出ている。意識はもうろうとしていて、あの時の時津は、確かに酷い有様だった。

「大して惜しいとも思わなかった。酷い人生だったと冷めた気持ちで、短い生を振りかえっていた。だが、そこに、お嬢様が現れて俺を連れて行ったんだ」

桜子は時津を無理やり人力車に乗せた。

「人力車の椅子で身体を丸める俺の手を、お嬢様はずっと『大丈夫だから』と言って、握り続けた。半分泣きそうな声で、摩《さす》りながら励まし続けた。だから俺は、どうせ死ぬにしても、最期にこの小さな温もりだけは覚えておきたいと思った」

時津は、自分の手の平をじっと見つめた。まるで、その手の先に、あの日の桜子の小さな手の平があるかのように、ぎゅっと拳《こぶし》を握りしめる。

「胡条家で介抱され、一命を取り留めたとき、俺は一度死んだと思っていた。だから、生きる理由が欲しかった。そして、それを……貴女《あなた》に見出したんです」

桜子の目を真っすぐに見据える。眼差しには妙な熱が込めていて、見慣れているはずの時津が少し怖く感じた。

「私はお嬢様の……桜子のためなら、命を捨てるのも惜しくはない。人を殺すことも躊躇《ためら》わないだろう。俺は桜子のために生きると決めた」

時津が握った拳《こぶし》に力を込めて、ぐっと唇を噛みしめた。

「だから桜子が俺から離れてしまったら、俺の人生に意味がなくなってしまうんです」

「一通目で結婚自体を止めようとしていたのは、その時点では、相手が誰か分からなかったからですか？」

新伍は一通目と二通目の手紙について、内容の相違をイツから聞いたらしい。

「その後、候補者に東堂樹さんが入っていると知って、樹さんと結婚すれば良いと思った。二通目で、園枝さんを名指しで批判したのは、家に来た園枝さんが思いの外、桜子さんとの婚姻に前向きだったからでしょうか？」

「まぁ、そうですね」

「僕が初めてこの屋敷に来たときに、桜子さんが胡条さんの書斎で聞いたという不審な音も貴方ですか？」

父に新伍を紹介されたときの話だ。確かに音がした気がすると、桜子は言った。けれど、イツの御守りが見つかったことで、そんなことはすっかり忘れていた。

「胡条さんが僕を呼んで、どんな話をするのか気になりましたか？　桜子さんが扉に近づく気配がして離れましたよね？　あのとき僕は、不審者が逃げるなら窓か階段だと思った。でも貴方なら、階段にも窓にも逃げる必要はない。すべての部屋の鍵を持っているでしょうから、隣の部屋にでも入って鍵をかければいい」

時津は黙っている。だが反論しないということは正解なのだろう。

「園枝さんが亡くなったとき、都合が良いと思いましたか？」

時津は沈黙を貫く。

「桜子さんは、藤高少尉のことを怖がっていましたから、これで婚約は樹さんに傾くと思った？」

また沈黙。

「まさか、最悪の場合、藤高少尉を自身の手でなんとかしようなんて、考えてはいませんよね？」

「ちょ……ちょっと待ってください！」

耐えきれなくなった桜子が、新伍を止めた。

「時津は、そんなことしません！　確かにちょっと無愛想なところはありますが、人を殺したりはしないわ」

「いえ。私は、お嬢様の身に何かあれば、人を殺します」

「時津、なんてことを言うの！」

時津があまりに平然と言うから、桜子は卒倒しそうなほどに驚いた。

「安心してください。さすがに私も、何の非もない藤高少尉に直接、手を出したりはしません。万が一にも捕まったら、お嬢様の側にいられなくなりますから」

堂々と物騒な宣言をする時津に、眩暈を覚えた。

「藤高少尉をなんとかしようとは思いませんが、なんとかして婚姻そのものを阻止したと思います」

「どうして……そこまで私のことを？」

大事にされているという自覚はあった。家令として、この家にもよく尽くしてくれている。でも、今の時津の言動は、桜子が認識していた過保護とは少し違う。

「桜子さまは、全然分かっていません。私が貴女《あなた》を想う気持ちを。あまりにも分かっていないから、わざわざ貴女《あなた》に手紙を書いたんです」

眼鏡の奥の切れ長の瞳が切なそうに揺れる。

「ひょっとしたら、お嬢様は私が書いたと気づくかもしれないと、怖れと同時に期待を抱きました。この家に来たばかりの、左手を使って文字を書いていた頃の私のことを覚えているかもしれない、と」

時津をこの家に連れてきたのは、桜子だ。大けがをしていたことも、周りに無理を押し通して連れてきたことも覚えている。けれど、時津の縋るような視線に込められた気持ちが何なのか、桜子には思い当たることがない。

「時津は、私に何を求めているの？」

桜子の側にいたいと願いながら、桜子と樹の結婚を望む。その心理が桜子には理解できない。

「桜子さん。時津さんの抱いている愛情は、その手の恋慕とは違います」

何故伝わらないのかと苦しげな表情を浮かべた時津の代わりに、新伍が答えた。

「あえて言うなら……忠義というのが近いでしょうか。時津さんにとっては、桜子さんに仕え、守ることが使命であり、人生そのものなのです」

ですよね、と確認する新伍に、時津は冷静さを少し取り戻したようで、いつもやるように眼鏡を押し上げた。

「五島さんのおっしゃる通りです」

真っすぐに桜子に向かい合う。

「私にとっては、お嬢様の結婚相手が誰かなんて、些末なことです。心底どうでもいい。お嬢様が私の手の中で守られてさえいてくれれば、それでいいのです。それが私の使命なのです」

レンズ越しの時津の目が、じっと桜子を見据える。見慣れているはずの時津の姿が、全く見知らぬ人のようで、恐ろしい。

「目が据わっていますよ、時津さん」

新伍が、さり気なく桜子と時津の間に身体を滑らせた。

「それと、貴方の想いに気づいているのは、僕だけじゃありません。胡条さんも、ご存知でしたよね？」

新伍の視線の先には、厄介事に悩まされているように頭を抱える父、重三郎がいた。

「知っていたから、僕に、この事実を暴かせたくなかったのでしょう？」

「えっ？　お父様は、時津が手紙を書いたと分かっていたのですか？　分かっていて、新伍さんに依頼したの？」

「胡条さんは、時津さんの利き手のことを知っていたはずです。おそらく、本当の筆跡も。知っていたからこそ、僕には三通目しか見せなかった。あえて濁して伝えましたね？　僕が調べていくうちに、桜子さんやイツさんの証言との食い違いに気づくことは、分かっていたはず。ですが胡条さんは、僕がその意図も含めて理解し、『良きに解決』してくれるだろうと考えた」

父は新伍に『良きに解決してほしい』と依頼した。新伍によると、父の考える『良きに解決』とは、三通目の手紙を書いた人物を探し出し、意図を確認して桜子への危険を排除すること。だが、それだけではない。

桜子とイツの得た手紙も、まるで一連のものであるかのように認識させること。時津のことをなかったかのように処理することを、父は暗に望んだ。

「……そのとおりだ」

父が新伍の指摘を、渋々認めた。

「イツが持ってきた一通目と二通目は、字と文面で時津が書いたものだと、すぐに分かった。桜子の結婚を……結婚して、この家から出ていくことを阻止したいのだ、ということも」

だが、桜子とて年頃になれば、結婚しないわけにはいかない。親としては、時津ではなく桜子にとって一番良い縁談を用意したい。

「それが、まさか、あんな手紙を書いて寄越すとは……」

時津が父の前まで来て、インク瓶を机に置いた。ドンという音が妙に大きく響く。

「ここで働くと決めたとき、旦那さまは私に約束しましたよね？　ずっと桜子さまの側にいていい、と。なのに旦那さまは、今更、私からお嬢様を取り上げようとなさる」

時津の声は、静かな憤怒に満ちていた。

「旦那さまは、約束を破りました。だから、あの手紙を見れば、私の怒りが伝わるだろうと考えたのです」

新伍が、穏やかな口調で、口を挟んだ。

「手紙を書いたのは、時津さんの気持ちを桜子さんに伝えることだけが目的ではない。むしろ本当の目的は、それほど自分が桜子さんに心酔していることを、胡条さんに思い出させるためではないのですか？」

桜子が取り合わなくても、時津と同じくらい桜子の身を案じているイツが、すぐに手紙を重三郎に見せるだろうと、時津は踏んだ。だが、実際は、すんなりとはいかなかった。桜子が手紙を隠そうとしたから。

三通目の手紙は、時津にとって渡りに船だった。トワの手紙を渡すことで、他の二通が明るみに出ると計算した。

「それほどまでに、あの手紙は胡条さんに渡す必要があった。何故なら、あの手紙は、桜子さんへの忠義の誓いであるとともに、胡条さんへの脅迫状……ですよね？」

『私は、たとえ、どんな手を使っても、阻んでみせましょう。

・・・・・・・

どんな手を使っても、必ずそうしてご覧にいれますよ。』

それは桜子ではなく、重三郎に対する脅しだった。

「時津。お前は私の仕事を補佐し、胡条の家令としても期待以上にこなしてくれた。

反面、だからこそ頭の痛い問題でもあった」

父が頭を抱え、「最初に五島くんにハッキリと説明しなかったのは、私自身に迷いがあったせいだな」と、苦々しく言った。

「時津が手紙の差出人であることは、大事《おおごと》にしたくなかった。桜子には知られぬよう穏便に済ませるつもりだった。お前の桜子への執着は、理解していたつもりだったし、頼もしくもあった。だが……これは行き過ぎだ」

キリキリと身体のうちから絞り出すように告げる。

「いざとなったら人さえ殺しかねない、その狂気じみた執着には、正直、危うさを感じる。このまま桜子の側に置いておくことはできない」

「そんな……」

時津が雷に打たれたように放心している。

「私はずっと、お嬢様の側に……」

熱に浮かされたように呟く時津に、父が諭すように言う。

「時津。お前は貧民窟《スラム》を出て、広い世界を見たと言っていたが、そんなことはない。お前の世界は、広がったのではなく、ただ桜子に移っただけだ」

時津は、ずっと桜子の側にいた。いつでも桜子を一番に案じ、危険が及ばぬように守ってきた。それなのに今は、立ち尽くすその背中が、怯えているようにみえる。

桜子は時津に近寄ると、その背にそっと手を添えた。時津がびくりと震える。

「時津、ごめんなさい」

桜子が謝ると、時津がこわごわ振り向いた。

「いつも、貴方を頼りにしていたわ。いつも貴方が守ってくれることが、当たり前みたいに思っていたわ。どんな時も……多少、過保護だって思っているけど、それでも、やっぱり時津がいると安心するの」

時津が桜子を大切にしてくれることが、時津の視野を狭め、桜子に縛り付けているだなんて、桜子は思ってもみなかった。そんなつもりで、時津をこの家に連れてきたわけじゃないのに。

「私は時津に、もっと自分自身のことも大切にしてほしいの。自由に自分の望むことをして……そうやって生きてほしいの」

時津を苦しめたいわけじゃない。ただ、幸せになってほしいのだ。その気持ちは、ちゃんと時津に伝わるだろうか。

「一度、桜子から距離を置いて、自分を見つめ直せ。桜子以外のものを見て、視野を広げろ。自分の望むこと、できることを考え、それでも桜子を支えたいと思ったら、桜子の側に仕える道もまた、見えてくるだろう」

父が、処分は追って伝えるとして、時津に部屋からの退出を命じた。

時津は、動くのを躊躇《ためら》った。桜子がその背を優しく撫でる。

時津は泣きだしそうな顔をしていたが、結局、諦めたように部屋を出て行った。

終幕　お転婆令嬢の婚約者

時津が出て行くのを見届けて、新伍が父に言った。

「さて。これで僕の役割は終わりです」

事件は全て解決した。手紙のことも、園枝有朋氏殺害のことも。だから、桜子は、これで新伍ともお別れになる。

「そうだな。あとは桜子の婚約についてだが」

その瞬間、応接室のドアが場違いなほど軽い音を立てて開いた。顔を覗かせたのは、禿頭に口髭、絵本に描かれる熊のような優しい風貌の男だ。

「三善のおじさま？」

「やや、すまん。もう終わってしまったかな？」

中将は、つるんとした頭を一撫でしながら、「よう、重三郎」と父に気楽な挨拶をする。

それから、背筋を伸ばして敬礼を取っている藤高貢に、崩して良いと合図を送る。

「中将、どうされたんですか？」

この来客は、新伍も知らされていなかったらしい。

「重三郎から、新伍が推理を披露すると聞いてね。楽しみにして来たのだが、公務で少し遅れてしまった。新伍はどうだい？　お役に立ったのかな？」

「あぁ、お陰様で。すっかり全部、解明してくれたよ。こちらの予想以上にな」

 やや困ったような父の顔で、何かを察したらしい。

「そうか。まぁ……全てが明るみに出ることが、必ずしも良い結果であるとは限らないからな」

百戦錬磨の中将の声音には、その場にいる者たちを労わるような響きがあった。

「それじゃあ、新伍はお役御免でウチに戻って来るのか？」

「まぁ、そうなるな。桜子の婚約も落ち着きそうだし」

「ちょっと待ってください！」

桜子が父の言葉を止めた。言うなら今だ。今しかない。

「私、やっぱり藤高少尉には嫁げません」

「貢くんのところに嫁がない？　しかし、お前は先日、自分で言ったじゃないか」

「少尉は良い方です。初めは少し怖いと思っていましたけど、今はちゃんと、志の高い、信頼のおける方だって分かっています。でも……」

「じゃあ、やっぱり樹くんの方がいいということか？」

桜子は、慌てて首をブンブンと左右に振った。

「樹兄さんとの結婚は、もっと考えられません」

桜子がきっぱり言い切ったことに、父が何か言い返そうとすると、樹が声を上げた。

「あのっ！」

緊張の中に、自分の意思を伝えなければならないという決意がみえる。

「突然、申し訳ありません。ぼ、僕も桜子ちゃんとの婚約は、辞退させていただきたいのですが」

「ほう？　どうしてだ？」

重三郎が、意外そうに両眉を持ち上げた。

「君と桜子は小さい頃から仲が良かっただろう？」

「桜子ちゃんのことは、勿論嫌いではありません。可愛い妹のように思っている。でも僕は、胡条財閥を継ぐつもりはないのです」

気弱そうに眉を下げて「その器でもありませんし」と、付け足した。

「ゆくゆく僕は東堂から独立して、洋服の仕立てを行う会社を設立しようと思っています。だから胡条財閥を継ぐことを期待された縁談は、お受けできません。これは、すでに兄にも話してあります」

「私が、それでも構わないと言ったら？」

「えッ？」

「もともと、君以外の候補者は長男ばかりだ。君にだけ入婿を強いるのは不公平だからね」

するると、樹が焦り始めた。そんなことを言われるとは思っていなかったのだろう。言葉を探して、しどろもどろになっている。

これ以上は、優しい樹兄さんには酷だ。彼の性格では、はっきり告げるのは難しい。桜子は助け舟を出そうとした。しかし、その必要はなかった。

「それでも、やっぱりお断りします」

樹が、意を決したように唇を強く結んでいる。

「どうしてだね？」

「僕には、他に好いている人がいます。出来ればその人と一緒になりたいと。だから……」

「他に好いている人？」

樹は、ゴクンと喉を一つ鳴らした。恐る恐る斜め後ろを振り返る。

「イツさんです」

指名されたイツが「え？」と声を上げる。驚愕に目を見張り、何が起こっているのか理解できていないように戸惑っている。

「僕は、イツさんが好きです。イツさんが受け入れてくれるなら結婚したいと思っています。本当は独立して商売が軌道に乗ったら、胡条さんに、イツさんとの結婚のお許しをいただきにあがるつもりだったのですが」

父が「そうか」と、驚嘆した。

「そうだったのか。全然気が付かなかったが……イツ、お前の気持ちはどうなんだ?」

水を向けられたイツは、まだ現実の出来事だと思っていないかのようで、どうしたらよいのか答えに窮している。

桜子が、イツの手を取った。

「桜子さま?」

「イツ。大丈夫、貴女《あなた》の気持ちを言ってもいいの。ううん、お願い。貴女《あなた》の心の内を、ちゃんと言って」

桜子は、ずっと知っていた。樹の気持ちも、イツの想いも。気づいていたからこそ、樹とだけは結婚出来ないという結論しか出せなかった。

「わたしは……」

イツの手は震えていた。桜子は、母が亡くなった後、何度もこの手のぬくもりに助けられた。

桜子がイツの手の上に、さらに自分のもう一方の手を重ねた。包み込むように握りしめるとイツの手の震えが止まった。心が決まったらしい。

「旦那さま。私も、樹さんをお慕いしています。身分違いだと分かっていますが、ずっと素敵な方だと、思っていました」

「イツさん！」

愛しい人の名を呼ぶ樹の目が、少し涙ぐんでいる。

樹は背筋を伸ばし、改めて、この家の主人と対峙した。

「胡条さん。僕が独立したら、イツさんとの結婚をお許しください。お願いします」

真っすぐな角度で、勢いよく頭を下げた。

いつも優柔不断で、自分の気持ちを言わない樹兄さん。その樹兄さんの強く決意した表情は、今まで見たことがないくらいに格好良い。

イツも、樹に倣うように「お願いします」と頭を下げる。

「お父さま、私からもお願いします」

桜子まで頭を下げると、父が「三人とも頭を上げなさい」と言った。

「樹くん。イツは当家の大事な使用人だ。みすみす苦労しそうなところには嫁にやれない。君が独立して、きちんと事業を軌道に乗せることができたら結婚を許可しよう」

樹の顔がパッと晴れた。

「ありがとうございます」

「良かったわね、イツ」

桜子が言うと、イツが照れたように、はにかんだ。幸せそうな顔にこちらまで気持ちが綻ぶ。

「お嬢様、ありがとうございます」

手を取り喜びあっていると、父が水を差した。

「しかし、お前はどうするつもりだ？　樹くんはイツと。貢くんとはダメ。まさか、このままずっと胡条にいるつもりか？」

喜びも束の間、桜子はイツから離れて、父の方を振り返った。

「いえ、私は……」

これから口にする言葉を想うと、心臓の鼓動が激しくなる。緊張で身体が震えた。でも、望みを叶えるためには伝えるしかない。イツだって、樹兄さんだって、ちゃんと伝えた。二人の姿に、桜子は勇気を貰った。

これ以上、自分の気持ちを見なかったことには出来ない。

「私にも、お慕いしている方がいます」

父が怪訝そうに眉根を寄せた。それは誰かと、目が問うている。

一度、大きく深呼吸。それから黒い散切り頭に視線を向けると、ゆっくりと名を告げた。

「私がお慕いしているのは、五島新伍さんです」

桜子にとっては一大決心をして伝えたことだが、名を挙げられた新伍は、何を言われたのか分かっていないのか「えぇっと」と、戸惑うようにこめかみを掻いた。

「桜子さん。今、なんと？」

当事者であるはずの新伍の質問を無視して、父が尋ねた。

「桜子、それは本当か？」

「はい。私は五島さんを……新伍さんを、お慕い申し上げております」

この気持ちに嘘をつかないと決めた。だから、貢とは結婚できない。

応接室が水を打ったように静まり返っている。その静寂を破ったのは、貢だった。

「別に、私はそれでも構いませんがね？」

感情を映さぬ涼しい顔で、軍帽の鍔を直しながら言った。

「桜子さんが誰を慕っていようと、藤高家の嫁としての職責を果たしてくれるのならば、特に構いませんよ。どうせ結婚は家と家の結びつきですから」

それは承知している。桜子も重々分かっているのだ。だからこそ、一度は藤高家に嫁ぐと決めたのだから。でも、それでは――

「私がダメなのです」

先程、新伍が怪我をして血を流す姿を見たときに思った。この先、私とこの人の縁が切れたら、私は心配することすらできなくなる。大きな怪我や病で伏せっても、二人で洞穴で過ごしたときに見せたような悲しい瞳をしても、慰めることも案じることもできない。

考えただけで、胸が苦しくなった。

「私が新伍さんの側にいたいのです。たとえ胡条の家を出ることになっても、新伍さんと共にいたいのです」

なんてワガママな娘なんだろう。分かっているけれど、もう止めることはできない。

感情の昂った桜子を制したのは、新伍だった。

「戯れ事はやめてください」

いつもの飄々とした物言いとは違い、感情的で早口に言う。

「家を出るなんて、気安く言うものではない。何不自由なく育った桜子さんは、僕や時津さんが、どういう暮らしをしてきたかを知らないでしょう？　藤高少尉は、貴女《あなた》に似合いの婚約者です。志は清廉で家柄も良い。桜子さんは、大人しく少尉のところに嫁ぐべきです」

新伍の理屈で詰め寄るような言い方に、思わず大きく頭を振った。

「いやです！」

「は？」

「私は五島さんをお慕いしていると言っているじゃないですか。五島さんと結婚したい、と」

新伍が心底信じられないという顔をしている。

「貴女《あなた》は、その手のワガママを言う人じゃないでしょう？」

それはその通りだ。桜子はお転婆だが、そのあたりは、ちゃんと心得ている。でも……

それでも嫌なのだ。ワガママだって分かっているのに、折れることができない。

にらみ合う桜子と新伍。父が呆れたように間に入る。

「桜子。五島くんの言うことは、もっともだ。私はお前を自由にのびのびと育ててきたが、所詮は良家の令嬢。お前が家を出て胡条の力を借りずに生きていこうとしても、一日と持つまいよ。冷たいようだが、それが現実だ」

父の言葉は冷静だった。家を出たら、一人では生きられない。改めて父に突きつけられる現実に、甘い夢が揺らぐ。恵まれている自分は非力だ。

「だから、五島くんについて家を出るなんて考えはやめなさい」

そういった父の声が、一転、明るいものに変わった。

「別に桜子が出ていかなくても、五島くんにうちに婿に入ってもらえばいいんだから」

「は？」

「え？」

新伍と桜子は、ほぼ同時に素っ頓狂な声を上げた。

「えっと、それはどういう意味ですか？」

父の口から出た提案が信じられず、聞き間違いかと問い返す。父は、新伍顔負けの飄々とした狸面で質問した桜子ではなく、新伍に尋ねた。

「さて、桜子はこう言っているが君はどうだね？　四人目の婚約者候補殿」

「四人目の……婚約者候補？」

婚約者候補というと、有朋、貢、そして樹のことのはず。何故、婚約者候補の話に新伍が出てくるのか。

「忘れたか？　もともと、婚約者候補は四人いただろう？　その四人目こそ、ここにいる五島新伍くんだ」

そういえば、婚約者候補たちについて聞いたとき、父が一瞬、そんなことを言いかけていた。正式に決まったのは三人だけだと言って、四人目についての詳しい話は聞いていない。もし、その四人目が新伍なら、少なくとも父は反対ではないということになる。

思ってもみなかった事実を知って喜ぶ桜子とは対照的に、新伍が苦々しく顔を顰《しか》めた。

「その話は、三善中将を通じてお断りしたはずです」

「あの時とは状況が違うだろう？」

逃げ腰の新伍に父が詰め寄る。

それを、三善中将が、「まぁまぁ」と宥めた。

「どうだい？　桜子さんは、君の思っていたような令嬢だったかな？」

「それは……」

新伍は、黙って視線を逸らした。

「新伍さんの思っていた令嬢？　どういうことですか？」

桜子が、父と三善中将の顔を交互に見る。二人は互いに顔を見合わせ、譲り合うような素振りをしていたが、結局、父が教えてくれた。

「五島くんはな、財閥令嬢なんて、とても自分とは釣り合わない。身分は言うまでもなく、話も合わないだろうから、互いにとって辛い結婚生活になると断ってきたのだ」

「だって、その通りでしょう？」

新伍が弱り切ったように、首の付け根を掻いた。

「考えてもみてください。桜子さんもご存知のとおり、僕はダンスすら満足に踊れない。蝶よ花よと育てられた財閥令嬢と仲良くできるような性格でもありません。加えて僕は貧民窟《スラム》出身です。財閥に迎えるのであれば、それなりの後ろ盾がある者であるべきでしょう？」

財閥に婿入りなんて現実的じゃないという新伍に、父が肩を竦めた。

「後ろ盾ではなく、私は君自身を気に入っているんだがね」

今度は三善中将が、軽い調子で言った。

「新伍。それなら、私の養子になるか？　三善家と胡条家の婚姻関係なら、外聞も気になるまい？　私が良いダンスの先生をつけてやろう。お前は器用だから、すぐに上達する」

「ご冗談を！　僕のような貧民窟《スラム》育ちの人間に、なんでそこまで……」

三善中将と父が、揃って目を瞬く。間の抜けたような時間の後、二人が同時に笑い声をあげた。

「なんだ、新伍！　お前、普段は柳の葉みたいに涼しい顔しているくせに、意外と繊細だなァ」

「出自なんぞ、別に気にすることはない。実力で黙らせてやれば良い。今はそういう時代だろう？　勝川警部補ですら、最終的には君を認めた。少なくとも我らは気にしない」

三善中将も「全く気にせぬ」と、鷹揚に同意した。

「なぁ、新伍。お前は、なかなか生きづらい幼少期を過ごしたかもしれないが、私に出会うという転機があっただろう？　私は、お前に光るものを感じたから連れてきたんだ。過去や生い立ちに縛られる必要はない」

「私も、君という人間が気に入ったから、桜子との婚約を打診した。大切なのは、君の過去や後ろ盾ではない。桜子には、君という人間が合うと思ったから望んだのだ」

父が愛おしげに目を細めて、桜子を見た。

「私は十分、蝶よ花よと育てたつもりだが、どうしたわけか、本人はこの有様だしな」

「お父さま！　この有様というのは、どういうことですか？」

桜子は頬を膨らませたが、父はそれすらも愛らしいとでも言いたげに微笑んだ。

「見ての通り、財閥令嬢にしては好奇心旺盛というか、お転婆というか。君が思うような、お高くとまった娘じゃないだろう？」

「確かに、そうですが」

「君だって、桜子のことが嫌いなわけではあるまい？」

まさか嫌いと答えるわけはないよな、とでも言わんばかりの圧が出ている。

「そ、それは、まぁ……」

「では、憎からず思っている、ということでいいんだな？」

少し困った顔の新伍と目が合う。否が応でも高まる期待。良い答えが聞きたい。せめて、多少は希望の見出せるような返事であればいい。

「桜子さんは、おっしゃるとおり気位の高い箱入り令嬢ではありません。好奇心旺盛なところもですが、それだけでなく、素直で真っすぐです」

新伍は、桜子の隣に寄り添うイツやその隣に守るように佇む樹を見つめた。

「特に、人に対する真っすぐさが、周りの人間の心を惹きつけるのだと思います。そういう意味で言えば、かくいう僕も桜子さんのそういう真っすぐさや明るさに惹きつけられていると言えるのでしょう」

ごく自然に浮かんだような新伍の柔らかな表情に、桜子の心が温かくなった。

拒否ではない。むしろ、望んでいた以上に前向きな回答だ。

「じゃあ、婚約してもいいんだな？」

言質を取ろうとするような父の姿勢に、新伍の目が少し泳いだ。

「でも、藤高少尉はいいんですか？　藤高少尉と桜子さんの婚約は、既に決まっているのですよね？」

婚約は家と家の問題だ。桜子がいくらワガママを言ったとて、藤高家と胡条家の関係を蔑ろにはできない。すると重三郎が首を傾げた。

「いや？　藤高家には、前向きに考えたい、とは伝えたが、正式には返事していないが？」

「え？　でも、藤高のお宅に返事をするとおっしゃっていませんでしたか？」

「桜子が五島くんに想いを寄せていることくらい、お見通しだ。これでも父親だからな。それに元々、桜子と五島くんは、相性が良いと思っていた。桜子だけではなく、五島くんにとっても」

「……もしかして、僕に事件解決を依頼したのはそのためですか？」

　新伍の渋い顔に、父が平然と告げる。

「解決してほしくて君を呼んだことに違いはないが、君という人間を、桜子に偏見なく見せることができる、またとない機会だと思った。勿論、逆も然り。おかげで君たちは、互いのことがよく分かっただろう？」

　まさか、その前日に夜の街で偶然出会っているなんて知ったら、流石の父も腰を抜かすかもしれない。なんてことを考えていると、藤高貢が話を止めた。

「もう、いいですよ」

　貢が長身をゆらりと動かし、貢が一歩前に進み出る。

「胡条さんは、五島さんが桜子さんに相応しいと思っていて、桜子さんも慕っている。五島さんの方も憎からず、ということでしたら、これ以上、私の出る幕はない。面倒だから、父には私から断ったと伝えましょう」

「貢くん、すまんな。胡条としては、これからも藤高への協力は惜しまん。何か入用の物があったら、いつでも言ってくれ」

　父が真摯に頭を下げた。貢も礼を返す。それから、新伍に向けて言った。

「私も、貴方と桜子さんは、こうなる気がしました。だから、君が婚約者の候補に入っていなくて良かったと思っていたのですが」

仕方がありませんねと漏らした声は、そう残念そうではなかった。

貢は桜子の前まで歩いてくると、帽子をとって胸に押し当てた。桜子の目の高さに合うように軽く腰を屈める。

「私が貴女《あなた》を怖がらせていたとは気がつきませんでした。申し訳ありません。本音を言うと、私は桜子さんを気に入っていたので、少し残念ですが」

ちらりと新伍を横目に見た。

「五島さんは、攫われた貴女《あなた》を助けるために、私の制止も聞かず単身乗り込む程度には貴女《あなた》を好いているようです。どうか、お幸せに」

貢の唇の両端が僅かに持ち上がった。控えめだが、笑顔だと分かる。無表情で冷淡だと思っていた貢の表情に、初めて温かみを感じた。

貢は、皆に「失礼します」と頭を下げ、三善中将に「公務に戻りますので」と敬礼して、応接室を後にした。

「さぁ、改めて仕切り直しだな」

父は部屋に残る面々の顔を順に眺めると、上機嫌に言った。

「桜子と五島くんの婚約について話を進めようか」

父は経営者としては辣腕だ。本気で決めれば、何が何でも推し進めるだろう。それは喜ばしいけれど、それでは駄目だ。

父がさらに何か言おう口を開きかけたが、焦った桜子がそれを制した。

「新伍さん！」

父の許可を得ることが第一の障壁だと思っていたから、認めてもらえるのは有難い。でも、父の力で強引に推し進めたいわけではない。

桜子は新伍の前まで歩み出た。新伍の困惑するような黒い瞳が、こちらを見ている。桜子の足は震えていた。さっき父に切り出した時とは、少し違った緊張が全身を包む。逃げるわけにはいかない。桜子は、ちゃんと新伍に伝えたいのだ。

「新伍さんが好きです。お慕いしています。私と婚約してください」

新伍の身体が一瞬、ビクリと震えた。何か言いたげに、何度も口を開いたり閉じたりを繰り返していたが、やがて肩の力を抜いて大きなため息をついた。

「いつだったか……嫌なことを無理に我慢する必要はないと貴女《あなた》に言ったのは、僕でしたね」

藤高家から帰る道すがら、有朋としを乃が腕を絡ませ歩いているのを見たときに、気持ちを押し込めようとする桜子に、新伍が言ったのだ。

「それと同じように、好きなことや望むことも、はっきりと口にしていいと思っています」

ゆっくりと言葉を選びながら語りかける。

「僕は、桜子さんのそういう真っすぐなところが、とても素敵だと思います。好ましくも思う。けれど……」

逆接の接続詞に、桜子の心臓がギュッと萎んだ。

「けれど、胡条さんの仰るように、入婿して財閥の跡取りにと言われても、今すぐお返事することは出来ません。僕自身も、そういう立場を望んだことは一度もない」

零れ落ちそうになる涙を堪えて下を向く。すると新伍の手が、そっと髪に触れた。優しく撫でるように。

驚いて顔を上げると、少しだけ首を傾げた新伍の黒い瞳と目があった。

「だから、とりあえず婚約者候補でいかがですか？」

「婚約者……候補？」

今まで、桜子を散々悩ませてきた文言を、新伍が少しだけイタズラっぽく口にする。

「はい。候補、です」

いつものように飄々と、でも誠実に。

「もう少しゆっくりとお互いを知って、先のことは……そうですね。一緒に考えましょうか」

「一緒に？」

新伍が、桜子の髪を撫でていた手を離して、前に差し出す。桜子は、おずおずとその手を握った。すると、新伍が握り返す。珍しく照れたように、微笑んでいる。

桜子は胸が高鳴った。今までのような切なくて悲しい鼓動じゃない。もう何も我慢しなくて良い。この人を、好きでいていいんだ。

嬉し涙が零れそうになった瞬間、乾いた音が部屋に響いた。父の重三郎が平手で新伍の背を叩いたのだ。新伍が「痛いです」と、軽く顔を顰《しか》めた。

「言っておくが、もう五島くんの他には婚約者候補は作らんからな。早く婚約者に昇格してくれよ」

「胡条さんは、万が一、僕が胡条財閥を継がないと言っても、いいんですか？」

父は、「いいと言ってるじゃないか」と明るく返す。

「たまたま胡条家は時流に乗って大きくなった。だが、今、成功している者や会社が永遠に栄え続けるわけではないし、そういうところに嫁いだからと言って、一生苦労しない人生が保証されているわけではない。君は一廉《ひとかど》の人物になる。私はそう見込んだ。君となら、桜子は幸せになる。それで一向に構わん」

「一廉《ひとかど》と言われても、僕はまだ何者でもない。ただの学生ですよ？」

「それが何か？」

新伍顔負けに、飄々と肩を竦めた。本当に何の忌憚もないと分かる。

「やはり胡条さんは変わり者ですね」

「桜子の父だからな」

父が、からっと笑って返した。それから、「そういえば、治正」と、三善中将に話を振る。

「悪いが当面、三善の家で時津を預かってくれないか？」

「なんだ、結局そうなったのか」

三善中将は、時津の事情を父から聞いているようで、父の依頼を二つ返事で了承した。

「お父さま、時津は三善のおじさまの家に行くのですか？」

「先程分かっただろう？　時津は、桜子から距離を置いたほうが良い。三善家に住み込み、胡条の仕事は引き続きさせるつもりだ」

父は、ちゃんと時津のことを考えてくれていた。三善家ならば胡条の目も届くし、悪いようにはならないだろう。新伍もいるし。

そう思って、何気なく新伍に視線を向けると、新伍が柔らかく微笑んだ。その顔が、「よかったですね」と告げている。

＊　＊　＊

ある晴れた日の午後、女学校から帰った桜子は荷物を置くなり、イツを呼んだ。

「イツ。ちょっと来てちょうだい！」

「あら、お早いお帰りですね」

「ねぇ、このリボンと花飾り、どちらがいいかしら？」

桜子は、右手の臙脂色のリボンと左手の黄色い花飾りを見せた。

「新伍さんは、どっちが好きだと思う？」

「そうですねぇ」

イツが少しだけ身体を引いて、リボンと花飾りを見比べる。

「今日のお召し物には、黄色の花飾りのほうが合う気がします」

「……子どもっぽくないかしら？」

「そんなことありませんよ。明るい桜子さまに、よくお似合いです」

イツの言葉に背中を押されて「じゃあ、そうしようかしら」と決めると、イツがクスクスと笑った。桜子が花飾りの方を気に入っていたのを、見透かしていたみたいだ。

「座ってください。すぐに髪に結わえますよ」

鏡の前に座った桜子の髪を、イツが丁寧に整えていく。

「お芝居、楽しみですね」

イツの言葉に、頬が自然に緩んだ。

これから新伍と芝居を観に行く。無理やりチケットを渡して、半ば強引に取り付けたけれど、それでも約束は約束だ。せっかく出かけるのだから、ちょっとでも可愛いと思ってもらいたい。

「出来ましたよ」

イツが手持ちの三面鏡の角度を調節して、頭の後ろを見せてくれた。うん、さすがイツ。

その出来栄えを確認すると、桜子はパッと立ち上がった。

「ありがとう。もう行くわ」

「えっ⁉ お芝居は四時からですよね？ まだ二時過ぎですよ？」

「いいの。始まる前に団子屋さんに行きたいし。それに時津の顔も見たいから、三善のおじさまの家まで、新伍さんを迎えに行くのよ」

「待ってください。桜子さまが時津さんに会いに行ったら、旦那様があちらに行かせた意味が……」

イツが何か言っていたが、桜子はさっさと部屋を飛び出した。

「ちょっと！　お嬢様⁉」

慌てて追いかけてきたイツに、玄関を出たところで振り返って手を振った。

「行ってきます！　お土産買ってくるわね」

イツが諦めたように足を止める。呆れたような顔でため息をついてから、微笑んで、小さく手を振りかえしてくれた。

「いってらっしゃい、お嬢様」

イツに見送られ、身体を翻す。暖かな光が降り注ぐ。鮮やかな青空に、白い雲。新伍と出会った春はもう終わり、季節は初夏へと移り変わる。

爽やかな風に、ふわりと髪が舞う。頭に着けた黄色の花飾りが桜子の弾む気持ちに合わせて、愉し気に揺れていた。

毎日に疲れたら
小さなカフェでひとやすみ。

子供の入院に付き添う日々を送るシングルマザーの美和。子供の病気のこと、自分の仕事のこと、厳しい経済状況――立ち向かわないといけないことは沢山あるのに、疲れ果てて動けなくなりそうになる。そんな時、一軒の小さなカフェが彼女をそっと導き入れて……(夜更けのぬくもり)。「夜更けのぬくもり」他4編を収録。先が見えなくて立ち尽くしそうな時、深夜営業の小さなカフェがあなたに静かに寄り添う。夜闇をやさしく照らす珠玉の短編集。

定価:869円(10%税込)　文庫判　ISBN 978-4-434-35325-3

イラスト:桜田千尋

ISBN:978-4-434- 35322-2

この作品に対する皆様のご意見・ご感想をお待ちしております。

おハガキ・お手紙は以下の宛先にお送りください。

【宛先】

〒 150-6019 東京都渋谷区恵比寿 4-20-3 恵比寿ｶﾞｰﾃﾞﾝﾌﾟﾚｲｽﾀﾜｰ 19F
(株) アルファポリス　書籍感想係

メールフォームでのご意見・ご感想は右のＱＲコードから、
あるいは以下のワードで検索をかけてください。

アルファポリス　書籍の感想　検索

ご感想はこちらから

アルファポリス文庫

桜子《さくらこ》さんと書生探偵《しょせいたんてい》　明治《めいじ》令嬢《れいじょう》謎《なぞ》奇譚《きたん》

里見りんか（さとみ りんか）

2025年 4月 25日初版発行

編　集－飯野ひなた
編集長－倉持真理
発行者－梶本雄介
発行所－株式会社アルファポリス
〒150-6019 東京都渋谷区恵比寿4-20-3 恵比寿ｶﾞｰﾃﾞﾝﾌﾟﾚｲｽﾀﾜｰ19F
TEL 03-6277-1601（営業）　03-6277-1602（編集）
URL https://www.alphapolis.co.jp/
発売元－株式会社星雲社（共同出版社・流通責任出版社）
〒112-0005 東京都文京区水道1-3-30
TEL 03-3868-3275
装丁イラスト－ヤマウチシズ
装丁デザイン－徳重 甫＋ベイブリッジ・スタジオ
印刷－中央精版印刷株式会社

価格はカバーに表示されてあります。

落丁乱丁の場合はアルファポリスまでご連絡ください。

送料は小社負担でお取り替えします。


ISBN978-4-434-35633-9 C0193